私（わたくし）のマリア

東雲めめ子

Contents

私のマリア

If Maria was full of original sin

私はマリアにふさわしくない。
だけど……もし、原罪に満ちた罪深きマリアだったら……

第一章

昨日、マリアが消えた。

どこまでもうつくしく、清廉で純真な私たちのマリア。

私が最後に見たマリアはいつにもまして麗しく、まばゆい輝きを放っていたというのに。

「白蓉女学院です。この人を探しています」

いつも大人しい同級生たちが、駅舎に向かう人々に走り寄って声をかけた。生徒会から配られたマリアの写真を見せて、なにか心当たりがないか訊ねている。

快晴すぎるくらいによく晴れた七月の土曜日。ここ米原駅の東口では、二〇人ほどの白い制服の女生徒たちが尼僧服の引率教員とともに人探しに励んでいた。

白一色のセーラーワンピースに共布の白いタイ。襟と袖の細いラインも白で統一されている。シスターの卵のようにつつましやかな、中学一年生から高校三年生の少女たち。白い制服を規定通りに着て、髪型も乱れなく整えた生徒の顔はどれも真剣だ。

マリアが消えてしまったから。

白蓉のマリアこと、高等部三年の藤城泉子様。

白蓉女学院は、滋賀県長浜市の北東部――旧A町と呼ばれる自然豊かな農村地帯の、山々の麓にある全寮制の中高一貫女子校だ。明治期創設の歴史あるミッションスクールで、生徒数は中高合わせても二四〇名程度と少ないものの、令和の現在でも伝統と格式を重んじる名門お嬢さま学校として有名である。ドイツの修道会から派遣された尼僧によって設立された白蓉女学院の寮では、シスターがともに暮らして生活指導に当たっている。

先輩のことを名前に様づけで呼ぶのは白蓉の伝統のひとつだけど、きっとマリアのことはそんな規則がなくてもみんなそう呼ぶだろう。白蓉のマリアには「泉子様」と呼んでみたくなるような神聖な雰囲気がある。

学院寮は原則ふたり部屋だ。泉子様は高等部の三年生で、私は高等部の一年。泉子様と同室の後輩である私は、全校生徒の中でもっとも早くその知らせを聞くこととなった。

ひと晩明けても、まだ信じられない。マリアがいなくなったなんて。

泉子様の姿が最後に確認されたのは、この米原駅の構内らしい。

昨日の放課後、泉子様は新幹線に乗るために米原駅行のスクールバスに乗った。白蓉では申請すれば週末は親元に帰ることが認められていて、泉子様は毎週末、東京の田園調布にあるご実家へ帰省していた。

白蓉からはスクールバスが米原駅と長浜駅の二方面に出ている。昨日スクールバスに乗ったのは泉子様も入れて八名。もう一週間待てば長い夏季休暇に入るので、このタイミングで家に帰ろうと思う生徒は少なかったようだ。

泉子様はバスを降りて駅の構内に入り、改札のそばで在来線に乗る生徒たちを見送った。ひとりで改札前のベンチに座る泉子様らしき姿を、駅員と売店店員が目撃している。だけど、それきり泉子様の消息は途絶えてしまった。

ご家族は昨夜のうちに捜索願を出している。到着予定の時間を過ぎても迎えの車が待つ目黒(めぐろ)駅東口ロータリーに泉子様が現れず、遅くなるという連絡もなかったので、すぐ学院にスクールバスの乗降履歴を確認して警察署に相談したらしい。捜索願を出した段階では、まだ無断外泊ですらなかった。

今月の末に十八歳になる娘に対して少し大げさというか、過保護な気はする。しかしそれだけいつも泉子様がきちんとしていて、そしてご家族から大切にされているということなのだろう。加えて泉子様の藤城家といえば、身代金目的の誘拐(ゆうかい)も想定されるような由緒(ゆいしょ)ある家柄なのだ。こういうイレギュラーには常に素早い対応が必要とされているのかもしれない。

白蓉の生徒たちもマリアが消えたと知って動揺した。昨夜の段階で詳細を知っていたのは同室の私と生徒会のメンバーだけだったが、生徒会長の九条真琴(くじょうまこと)様は火急の事態だと学院に訴え、シスターが引率するという条件のもと生徒会主体の捜索を行う許可を得た。

最後の目撃場所である米原駅周辺、山と田畑に囲まれた学院周辺、スクールバスのもう一方の行き先である長浜駅周辺の三手に分かれて、私たちは泉子様を探すことになった。

強い陽(ひ)射しに炙(あぶ)られながら、白い制服たちは軍隊のように統率のとれた動きを続ける。焦りがそのまま表情に出ている。マリアを見失ったという不安が、総数二〇〇名を超える生徒たちを突き動かしている。

マリアはどこに消えたのか。

あれほど清く正しい人を、私は他に知らない。泉子様はまさにマリアだった。

白蓉女学院に燦然(さんぜん)と輝くマリア様。完全無欠の聖少女。花にたとえるなら純白のクラシックローズ。春の昼下がりのおだやかな陽だまりでもあり、とろりと照り映える秋の夜の月でもあるような、そんな人だ。

私は完全中高一貫の白蓉女学院ではほとんど前例のない編入生だった。しかも編入したのは中学三年の十一月という中途半端な時期。待ち受けるのは尼僧院と綽名(あだな)される独特な校風と厳しい規則。関係者にも在校生にも知り合いはいない。

ひとりぼっちの私が白蓉に馴染(なじ)めたのは、泉子様のおかげだった。

そんなマリアがいなくなったというのに、必死に探す気になれない私はどこかおかしい。

私はマリアに救われたのだから、今度は私がマリアを救うべきなのだ。

たしかにそう思っているのに、ほかの子たちみたいに心から切羽詰まってはいない自分の薄情さを、私はやけに冷静に認識していた。悲愴な面持ちでマリアを探すみんなを一歩引いたところから見つめて、恩知らずな自分を隠すためにことさら一生懸命捜索活動に参加する後輩を演じている。

私が本当に探したいのは美奈子だけだった。だけど美奈子はどこにもいない。だって、美奈子は死んでしまったから。

全部、あの男のせいだ。

美奈子が私を捨てたのも。私がおかしくなってしまったのも。

私を騙してこんな山奥の学校に閉じ込めて、美奈子を永遠に奪った、あの男。

「鮎子さん」

生徒会長の真琴様に名前を呼ばれ、私は急いで表情をつくって駆け寄った。

真琴様の手には古いタイプの携帯電話があった。白蓉では通信機器の個人所有が禁止されているので、緊急連絡用として学院から各拠点のリーダーに配られたものだ。ちょうど通話中らしく、送話口が手で覆われている。

「お父さまが学院に面会に来られたみたいなの。今お電話が繋がっているわ」

最悪。

思い切り顔を歪めそうになったけど、真琴様の前だからどうにか我慢した。

あの男――仁見康司は私の父親で、美奈子の元夫だ。そして美奈子は私の母だった。

美奈子の死から二か月も経ってから、あの男は訃報を告げに白蓉に現れた。それ以来なぜか長浜インター沿いのホテルに泊まり込んで毎日学院へ面会に来ていて、今日でもう十日になる。私はその度にわざと邪険にして追い返したり、すっぽかして逃げたりしていた。出先まで電話してくるなと悪態をつきそうなのを隠して、私は両手で携帯を受けとった。

「すみません、すぐ終えます」

「気にしないで。ゆっくりしてね」

私は周囲の生徒たちからさりげなく離れ、電話を耳に当てた。その途端「おう、鮎子」とのんびりした明るい声が耳に飛び込んでくる。

「なんか白蓉忙しそうやな。みんな出払っとるみたいやん」

こいつ、どうしてこんなに仲のいい親子みたいな調子で私に話しかけられるんだろう。

「どうしたん、なんかあったんけ」

むかむかした気持ちのまま「忙しいんだよ」と私は吐き捨てる。

電話越しの康司はいつも通り、どうでもいいことばかり話している。夏休みは出かける予定はあるのか。お小遣いは足りそうか。それを私は相槌も打たずに聞き流していた。

康司の関西訛りに、私はいつもいらいらする。軽薄で無遠慮で馴れ馴れしい。十四年ぶりに再会した去年、こいつと私の顔がそっくりだと知って自分の顔まで嫌いになった。

いきなり私と美奈子の生活に割り込んで私を美奈子から引き離したくせに、今になって自分勝手に私に構って良い父親のふりをする。

　美奈子はこの男とどこで出会い、この男のなにを愛して結婚したのだろう。二十歳そこそこの早い結婚だったことぐらいしか、私は両親の馴れ初めを知らない。

　私の母の三科美奈子は、若くして彫刻家として成功した。

　十代で彫刻の大家・熊谷央逸に見出されて華々しくデビュー。央逸の薫陶を受けながら数多のコンテストで入賞、確たる地位を築き上げた。

　美奈子が得意としたジャンルは主に大理石とブロンズで、一貫して女性をモチーフとすることにこだわった。写実性の中に、一瞬の至高美を切りとって表現されたうつくしい女たち。美奈子の作品群における技術的なことは央逸の指導と影響が顕著なものの、彼女が目指していたものはカミーユ・クローデルのような優美な愛とエロスの表現だった。美奈子の生み出す彫像は国内外の贔屓客の邸宅を飾り、また各地の図書館や学校からもよく制作依頼を受けた。ここ数年は年に一度のペースで都内の美術館で大規模な個展を開き、毎回発表する新作の評価も上々だった。

　だけど大多数の人はその名前を聞けば三科美奈子の作品よりも、美奈子のあでやかにうつくしい容姿をまっさきに思い浮かべると思う。

　体力勝負の彫塑を生業にしているとは思えないほど、美奈子はほっそりした肢体とたおやかで完璧な芳顔を持っていた。

美奈子は『うつくしすぎる彫刻家』としてテレビ番組や女性向けファッション誌にたびたび登場し、妖精めいた可憐な幻影を世間に振りまいた。いまだ美奈子のことを容姿と話題性で成功を摑んだタレント芸術家だと思いこんでいる人は多いだろう。

美奈子は自分がとてもうつくしいと知っていた。人々が褒め讃えるそのうつくしさを誇りにもしていた。だけど、美奈子の美貌を受け継がずに生まれついた私のことを心から愛してくれているのだと、あの日までは無邪気に信じていた。

「鮎子、どうした？　ほんまに大丈夫か？」

適当な生返事ばかりしていたら、康司が心配そうに訊いてきた。

「べつに」

大丈夫なわけがないだろう。本当に教えてほしかったことは、ふたりともなにも語ってくれなかったくせに。

美奈子の病状を、ふたりは私にだけ隠していた。

潜入ルポ系記事を主戦場に記名無記名こだわりなくなんでも書くフリーライター兼カメラマンの康司は、私が一歳にもならないうちに美奈子と離婚して私たちのそばからいなくなった。だから美奈子とずっと一緒にいたのは康司ではなく私だったのだ。

人気の彫刻家として精力的に制作に打ち込む美奈子と、多忙な美奈子にかわって家事の一切を担ってきた娘の私。

私たちはふたりで、とてもうまくいっていると思っていた。

それなのに美奈子は体調の悪化を康司にだけ告げて、娘の私にはギリギリになるまで黙っていた。大がかりな開腹手術さえも、巡回展の打ち合わせで二週間ほど家を空けるからと誤魔化して私には伏せ、その手術には康司が立ち会ったという。そしてとても唐突に、治療に専念したいから私には全寮制の白蓉女学院に転校するように言ったのだ。

父と名乗る知らない男が当然のように美奈子に寄り添って、美奈子にかわって私に病状を説明した。一度も私に父親のことを語らなかった美奈子は、その男をなぜか深く信頼していて、そいつを「こうちゃん」なんて甘えた愛称で呼んでいた。

私だけが途方もなく蚊帳の外だった。いくら反論しても、もう全部決まっていた。

いつの間にか親権は三科美奈子から仁見康司に移り、私は三科鮎子の名前のまま康司の戸籍に入っていた。私が美奈子の病気と転校を知らされた日には白蓉の制服や備品はすでに一式揃っていて、編入手続きも済まされていた。

こんなこと納得できるわけがない。だけど美奈子のためだから、私は我慢した。

膵臓癌だということだが、ごく初期だから充分に治る。入院してもお見舞いには来てもらえるし、外泊の許可ももらえるだろう。万が一なにかあったらすぐに連絡する。美奈子は私にそう言った。それが去年の十月の最後の土曜日のことで、十一月のはじまりに間に合わせるように、私はその翌週にはもう白蓉女学院に入寮させられた。

嘘を見抜けなかった私は馬鹿だ。ふたりは私をまだ騙していた。

先週の水曜日、六月二十九日のことだ。

編入日以来で顔を合わせる康司はつとめて落ち着いた様子で、四月に美奈子が亡くなっていたことを告げた。

美奈子が死んでいた。

私はやっと、あのとき康司が本当のことのように話した美奈子の状態とこれからの治療方針が巧妙な嘘だったことを知った。開腹をした時点で、病状はすでに打つ手がないほど深刻だったのだ。余命宣告もされていた。ごく初期だからちゃんと治るなんて、医者もつかないような嘘だった。

どうして本当のことを話してくれなかった。なぜ私だけ除け者にした。

ふたりは約束を守る気などなかったのだ。白蓉に来てから結局、私は一度も美奈子に会えなかった。なにかあったら連絡すると言ったのに、美奈子の死に目にすら会わせてもらえなかったのだ。康司はひとりで美奈子を看取り、勝手に焼いて骨にした。

こんなことなら、あのとき康司の言葉を信じなければよかった。

私は美奈子に二度捨てられた。それをお膳立てして手伝ったのは康司だ。それなのにこの男は自分のしたことをすっかり忘れたみたいに、ずかずかと私に踏み込んでくる。

会いに来てくれるなら、美奈子じゃないと意味がない。赤ん坊のときに別れた三十七の男を今更父親だなんて思えるものか。白蓉ではこの男だけが私の保護者になっていて、当然のように「鮎子さんのお父さま」とされていることが、私は吐き気がするほど嫌だった。

　康司は私が無視していても、話題を変えてねばり強く話しかけ続ける。面会に来たときもそうだ。康司の話術と心の折れないところだけはすごいと思うけど、今の私にはひたすらに鬱陶（うっとう）しい。

「さっきからなんなの？　用ないなら切りたいんだけど」

「うーん、やったら明日また学校行くわ。なんかいるもんある？」

「来なくていいし。忙しいから」

　私は「じゃあね」とだけ言って即行で通話を切った。

　康司との親子ごっこなんてごめんだ。

　美奈子は康司とふたりで私を騙して、ふたりだけで人生を完結させたのだ。

　生きている限り、私はふたりを許さない。

第二章

藤城薫（とうじょうかおる）という人は、面会室のドアを開けるまでに思い描いていた雰囲気そのままの人だった。なるほどな、と納得しつつ、その人が男だったことはほんのわずか意外だった。

泉子（いずみこ）様の行方は、失踪（しっそう）三日目になる今日もまだわからない。

昨日と同様、在寮していた二三〇人ほどの生徒に三〇名弱のシスター、そして休日だけど駆けつけた学校の先生方とほぼ学院総出で捜索をしている。それに、地元の消防団も学院の周囲の山狩りをしてくれることになった。

私は消防団の人の指揮のもと集落を流れる川沿いの繁みを探していたのだが、いきなりこの班のリーダーの先輩から寮に帰るよう促（うなが）された。なんでも、私に来客があるらしい。

私の面会客は康司（こうじ）しかいない。だけど今朝すでに康司は訪れていて、しかたなく相手をしているうちに私は振り分けられた捜索班の米原（まいばら）駅行のバスを逃してしまい、学院の周辺を探す班に入れてもらっていた。それなのにまた来たのかと、私はふつふつと苛立（いらだ）ちながら農道を引き返した。

だけど舎監先生は、帰寮した私に思いがけないことを言った。

「もし鮎子（あゆこ）さんの気持ちに負担がなければ、藤城泉子さんのいとこの方に会っていただけませんか」

正直、困惑はあった。だが泉子様の親戚からのお願いとなると、おそらく私の立場で断っていいものではない。それになにより尼僧（にそう）服の舎監先生から滲（にじ）み出る威厳に圧倒されて、私は気がついたら「わかりました」と言ってしまっていた。

寮の先生方は全員が誓願を立てたシスターだ。寮の監督長である舎監先生は私たちの祖母といってもよい年齢なのだろうけれど、がっしりした体軀（たいく）にしなやかな鋼（はがね）の風情がある。

「ありがとう。藤城さんはただいまセミナーハウスで待っていらっしゃいます」

泉子様のいとこの藤城薫さんは泉子様の行方を探すため滋賀へ来ていて、すでに昨日のうちに白蓉（はくよう）に泉子様の同室生との面会を求めていたが、生徒の動揺と混乱を避けるために白蓉側は断った。だが藤城家からも正式に要請があり、ひとまず舎監先生が面談に応じること、同室生については本人に打診してみるということで話がまとまった。

その人は田園調布（でんえんちょうふ）の泉子様の実家で長く同居していて、兄妹（きょうだい）のような関係なのだという。歳（とし）は泉子様と同じ、高校三年生らしい。

舎監先生に付き添われてセミナーハウスの面会室に入室すると、待っていた青年は立ち上がって一礼した。

そのときの印象が、泉子様の親しい従兄（いとこ）というイメージそのままだったのだ。

凛とした端整な顔立ちと立ち姿のうつくしさが、泉子様の隣に並んだらさぞ似合いだろうと思わせた。こんな場所までやってくるくらいだからおそらく内心は焦りで気が気ではないのだろうけど、それを隠して平静に振る舞っている。

　薫さんは私に「すみません、無理にお願いして」と頭を下げた。

「ご迷惑をおかけしてすみません。泉子の従兄の藤城薫です」

　話し方から滲む自制心と謙虚さが、私の二歳上という実年齢よりもこの人を大人のように見せている。一方の私は挨拶までは想定していた台本通りにできたものの、席について向かい合うと途端に当惑に見舞われた。

　まごついていると薫さんは「たしか、泉子とは半年以上同じ部屋で寮生活されているんですよね」と水を向けてくれた。

「最近の泉子がなにか気に病んでいたり、変わった様子はなかったですか？」

「えっと……」

　それは泉子様がいなくなった金曜日の夜から、周囲に何度も質問されていることだった。訊ねられるたびに考えているのだが、何回思い返しても泉子様はずっとマリアだった。

「私は……泉子様が悩んでいたり、誰かとトラブルがあったように感じたことはなかったんです。いつでも泉子様は悩んでいると助けてくれる側の人でした。今もまだ行方不明になられたという実感もわかないし、失踪してしまう原因になったようなことは全然思いつかなくて……」

むしろ先週末の帰省を終えて寮に戻ってきてから、薄皮を剝ぐように綺麗になっていった気がする。もとから例えようがないほどうつくしい人なのだが、最後の一週間はその完璧な美貌に血が通い、体温を帯びたというような感じがした。

そうですか、と薫さんは言って、面接室の中に少し視線を巡らせた。

「僕はこの行方不明が、家出とは思えないんです」

それを聞いて私はやっとさっきの薫さんの質問が、泉子様が事件に巻き込まれたような様子がなかったかを訊きたかったのだということに気がついた。私は無意識のうちに、泉子様の行方不明を家出だと思い込んでいたのだ。

「家出ではないということは……?」

「誘拐か殺人ではないかと思います」

薫さんはきっぱりとそう言いきった。

泉子様の家族から誘拐や殺人と言われると、推測なのに現実味があってひやりとする。

行方不明の知らせを受けてから、白蓉内では泉子様は誘拐されたのだろうというのが暗黙の了解のようになっていた。生徒会の捜索も事件性のある失踪を前提にして行われている。だから学院の近くで人の隠せそうな場所を捜索したり、二か所の駅で目撃情報を募ったりしているのだ。

白蓉生が誘拐を疑うのは、泉子様の出自と容姿の両方が影響しているのだと思う。

泉子様のご実家が、日本の近代化に大きな功績を残した藤城グループの創業本家だということは、白蓉の生徒なら誰でも知っている。財閥はすでに解体され、グループ会社は創業者一族による同族経営ではないが、それでも泉子様が旧伯爵家という名家の御令嬢であることに変わりはなかった。

だが、私ははじめに知らせを聞いたときから家出を疑っていた。もし女子高生がいきなりいなくなったら、まず考えつくのは家出だろうと私は思うのだ。

泉子様が普通の女子高生にカテゴライズされる存在かは別としても、失踪前にターミナル駅の構内で目撃情報があって、東京行きの新幹線のチケットも持っていたはずだ。これが私だったら、おそらく白蓉と康司の双方に家出したと認識されているだろう。

高校生がこんな物騒な話をしていても、そばの椅子に姿勢を正して掛けるお目付け役の舎監先生は顔色ひとつ変えていない。

「あの、どうして刑事事件だと思うんですか？」

「泉子が家出する理由が思い当たらないんです。家出することのメリットとデメリットを比べたときに、泉子ならデメリットしかないと思う」

相槌を打ちながら、私は少し考えてしまった。

薫さんの言う事件とは、計画的なものを指している。前々から泉子様に目をつけていた犯人が泉子様を誘拐、または殺害してしまったというような。だから泉子様が事前に不安や怯えを口にすることはなかったか、なにかを隠している様子がなかったかを調べたいのだろう。

だが日常生活のなかで遭遇する事件には、突発的に起きたものがほとんどなのではないか。

「こんなことを言うのはどうかと思うんですが、たとえば轢き逃げにあって動けない状態で放置されたまま見つけられていない場合も失踪になるんじゃないでしょうか。事故に遭って、それを隠すために連れ去られたとか……」

「あの泉子です。もし車に轢かれるようなことがあっても、おそらく相手は泉子を見た途端に改心しますよ」

まるでそれが神の定めた真理であるかのように、薫さんは真顔でそう言った。

ごく軽い衝撃を一瞬受けたものの、その言葉には妙に納得させられるものがあった。それはきっと私が泉子様を知っていて、マリアの神聖を身に染みて感じていたからだ。

白蓉の生徒たちは皆それぞれが、泉子様を自分だけのマリアだと思っていた。先輩も後輩もみんな、泉子様に深い憧れや、胸のあたたかくなるような好意を持っていた。私は泉子様を悪く言う人には会ったことがないし、そもそもあの泉子様に対して、黒い感情を抱ける人はいないだろう。あれだけ清廉でやさしい人を、どうして悪いように言えるものか。

聖母マリアよりも、泉子様はマリアだった。

泉子様はすべてを持っている。容姿と才知、素晴らしい人柄に篤(あつ)い人望、たくさんの友人に著名な家柄。欠片(かけら)ほどの瑕疵(かし)すらなく、人から誹(そし)られ責められるような理由がない。

泉子様には欠けたところがひとつもないのだ。

わざわざ泉子様を見るためだけに、他校生が裏門から校内に侵入しようとしたことがあった。今年の春にあったその事件を薫さんが知っているかはわからないけれど、泉子様をよく知る人であればなおのこと、誰かにつけ狙われて計画的な犯罪に巻き込まれる心配をするかもしれない。人目を惹(ひ)きつけるうつくしい少女。やんごとない名門のお嬢さま。泉子様が家出する原因は思いつかなくても、これが犯人の興味を引いたのではないかという疑いの芽はいくつでも数えられる。

だがどれほど愛されるマリアでも、ふと逃げたくなるような瞬間はあるだろう。そしてそれは、外から見えないものなのではないか。

美奈子(みなこ)だって私から逃げた。私はずっと美奈子とふたりで生きていて、ふたりの生活はとてもうまくいっていると思っていたのに。

「もし嫌でなかったら、泉子を探すのに協力していただけませんか。学院内の泉子をよく知る人の手を借りたいんです」

「あ……えっと……」

はいと即答できないことにはいくつか理由があった。白蓉生とはいえ去年の十一月に編入してきた私ではたいした役には立てないだろうとか、家出なら泉子様は探してほしくないかもしれないな、とか。事件性があるならなおさら警察に任せるのが一番いいだろうし、正直なところ私よりも適任の生徒は絶対いる。たとえば泉子様と一番仲がよかった真琴様だったら、泉子様が秘めていた心の内も察しがつくかもしれない。

だけどそんな冷たいことは、ひたむきな表情で返事を待つ目の前の人には言えなかった。

「あんまり役に立たないとは思うんですけど、できる範囲でよかったら……」

悩んだ末に、私は結局もごもごとそんなことを口にした。こんな煮え切らない答えにも薫さんは涼やかな眸をかすかにやわらげ、ありがとうございますと言った。

この人は心配でたまらないのだ。だからわざわざ泊りがけでこんな田舎までやってきた。昨日白蓉を訪ねて門前払いされたのにあきらめなかったぐらいなのだから。その迷いのないまっすぐさはうじうじした今の私にまぶしくて、まぶしさの分だけ私は自分が美奈子にできなかったことを考えて暗い気持ちになった。

探せば会えると信じていられる状況はしあわせだ。探しても美奈子は帰ってこない。

薫さんは泉子様の友人で連絡先のわかる全員に、なにか事情を知らないか問い合わせたという。遠縁の親戚や実家の近所に住む人など、思いつく限りすべての知り合いに訊ねた。それでも泉子様の行き先を知る人はいなかった。

「たしか捜索願を出されているんですよね。警察の捜査も進んでいるんですか」

「いえ、家出とする見方が強くて、まだ捜査らしいことはできていないみたいです」

　薫さんはここに来る前に、捜索願の管轄になる長浜の警察署にも寄ってきたらしい。高校生がひとりで警察署と白蓉を訪れた行動力には驚いてしまう。警察署の人も私以上にびっくりしただろう。

「金曜日に泉子が部屋を出たときに、なにか気になるようなことはなかったですか？」

「それが、考えたんですけど思いつかなくて。ただあの日の泉子様は、いつも以上に……とても綺麗だったのが印象的だったんですが」

　変なことを言ってすみません、と謝りながら、私はあの朝の泉子様を思い出していた。

　部屋の小窓から差し込む朝の陽射しを浴びて琥珀のように輝いたやわらかな髪。思わず触れたくなる瑞々しい肌に吸い寄せられて近くに寄ると、澄んだ甘さがとろりと香った。

　名前を呼ばれて微笑まれるたびにせつないほど惹きつけられて、私はうれしいのにもじもじしてしまった。毎日同じ部屋で過ごしてその美貌には慣れているはずなのに、あの日の泉子様はことさらに魅惑的だった。

　だが薫さんが求めている情報は、こんな抽象的なことではないだろう。

「私は泉子様と一緒に寮の部屋を出て校舎まで行ったんですが、寮を出たときの泉子様はいつもの金曜日と同じで、学院の通学鞄とはべつに、帰宅の荷物を指定トランクにまとめていたと思うんです。今日は荷物が多いな、とはとくに思わなかったし、私たちの部屋もいつもの週末みたいで」

「指定トランクは白蓉の革トランクですか？」

「そうです、アンティークな感じの四角いやつで、硬い持ち手がついた……」

ノックの音とともに、シスターから冷たいお茶と焼き菓子が供された。そのお茶を薫さんに差し出しながら、舎監先生はゆったりと言った。

「先程ご実家からお電話がありまして、藤城さんにご来校いただいてお話ししていることをお伝えしました。ひとりでこちらまで来られたのは、大変なご苦労でしたでしょう」

渡されたグラスを丁寧に受け取った薫さんは、いえ、とひかえめに言った。

「なにか少しでも手がかりがほしいんです。手遅れにならないうちに泉子を見つけないといけないと思って」

一瞬、薫さんの表情に思い詰めたような影がよぎった。

手遅れ、という言葉にどきりとして、私はせめてなにか前向きなことを話そうと焦った。

「昨日から学院でも捜索はしているんですけど、そのことってもう誰かに聞いていますか？　ふたつの駅と学院の周囲のエリアを探していて、今のところはなにもわかっていないんですが……」

「伺（うかが）っています。ありがとうございます」

今朝米原駅の周辺で泉子様を探す白蓉生を見かけて、捜索のことは聞いていたという。薫さんは昨日から、米原駅近くのホテルに泊まっているらしい。泉子様の消息が最後に確認された場所の周辺は、もう自分でも実際に歩いて調べてみたのだろう。

「私たちの捜索では営業の邪魔になるといけないので、駅の周りのお店には伺っていないんです。あとはもしご実家と警察署の許可がもらえたら、情報提供を募るポスター貼ったらどうかっていう案も出ていて、原本はもうできているみたいなんですが」

「家と警察には僕から伝えるので、ポスターお願いできますか」

「わかりました。やりますね」

それぐらいは私も自分の意志でやらなくては。これはマリアに助けられたのに恩知らずな私の、泉子様へのせめてもの罪滅ぼしだ。

明日からは夏休みへのカウントダウンで、金曜日には終業式になる。だけど泉子様が失踪したままでは、白蓉は夏休みを心待ちにするような弾んだ気持ちにはなれそうにない。

開いた窓から、女子の集団がこの建物のそばを通る声が聞こえる。そろそろ今日の捜索を終えた生徒たちが引き上げてくる時刻だ。

薫さんも明日は学校があるので、このあと新幹線で家に帰るという。白蓉女学院から米原駅までは車で四十分ほどだけど、私営の路線バスを利用するとそれ以上の手間と時間がかかる。舎監先生はそれでは大変だろうから、スクールバスの運転手さんに米原駅まで送ってもらえるよう頼んでみると言った。

門まで見送ろうと一緒にセミナーハウスの廊下を歩いていると、薫さんはロビーに差し掛かるところでふいに足を止めた。

薫さんの見上げる先には、畳（たたみ）二畳分ほどの大きな油絵がかかっていた。

「これは、わが校の生徒が描いたんですよ」

先を歩いていた舎監先生が振り返り、同じように絵を見上げて言った。

「素晴らしい絵でしょう。その生徒に頼んで、ここに飾らせてもらいました」

薫さんは「壮麗ですね」と言いながら、まだ油絵を見つめていた。

「すみません、泉子に似ているような気がしたので」

キャンバスから視線をはずして薫さんはつぶやいた。

その大きなキャンバスには、阿修羅（あしゅら）がモチーフと思われる少年が描かれていた。古代ヤマトと思（おぼ）しき戦場に立つ戦神。油彩で描かれた荒々しい少年の姿は、青く血走ったような切れ長の瞳も挑みかかるような表情も、どこにも泉子様を彷彿（ほうふつ）とさせるものはない。舎監先生も微笑んだだけで、肯定も否定もしなかった。

この人はよっぽど泉子様が好きなのだ。私はそう思い、そして眼が勝手に錯覚するその感覚には痛いほど身に覚えがあった。

ほんの小さな惑いに視線を止めた薫さんは、その逡巡（しゅんじゅん）を恥じるようにまた規律正しく歩きだした。

バスは米原駅から戻ってくる車両で折り返してもらうことになっていた。私は校門前で薫さんとともにバスを待ちながら、あたりさわりのない話題を探す。

高校のことを訊ねると、返ってきた校名は都内の有名な男子校だった。私と同い年の高一の弟さんも通っており、明後日から高等部全体の勉強合宿だという。私が薫さんの状況だったらこのタイミングでの勉強合宿はより精神的にハードだろう。

「泉子様には兄弟はいらっしゃるんですか」

「いえ、ひとりっ子です」

「そうなんですか。なんとなく泉子様はお姉さんって感じがするので、意外です」

藤城家は泉子様の祖父母と両親、薫さんの母と弟、そこに休暇だけ泉子様という八人家族だという。三世帯同居は現代の標準からするとかなり大所帯に思える。私が美奈子とふたり暮らしだったから、よけいにそう思うのかもしれない。

「僕の弟にとっては、泉子は姉みたいなものだと思いますよ」

きっとそうだろう。泉子様みたいな綺麗でやさしい年上のいとこがいたら、つい甘えてしまうと思う。そう言ったら薫さんは「たしかにあいつは甘えてますね」と少し笑った。

見慣れた白蓉の送迎バスがゆっくりと山の端と田んぼに挟まれた道をやってくる。未舗装の地面が年季の入ったマイクロバスを不安定に揺らす。すでに捜索組はどちらの駅からも大半が引き上げていて、このバスは今日の最終バスだった。

門から少し離れたところにバスが停まる。乗り口は後方だったが、運転手に挨拶をするために薫さんは前方付近で生徒が全員降りるのを待っていた。

少し間が開いて、最後の生徒が降りてくる。

運転手と軽くなにか言葉を交わし、細い影が降り口に現れた。

最後の生徒は鈴様だった。私は少し身構える。

鈴様は軽く音を立ててタラップを踏んだ。降り口の横に立つ私たちをちらりと見る。先輩なので、私はとっさにおつかれさまですと声をかけてお辞儀をした。

先輩と会ったらどんなときでも足をとめて挨拶をすることは、たくさんある白蓉の生徒会規則のひとつで、後輩から挨拶をされたら先輩も同じように挨拶を返すことになっている。先輩には様をつけて、同級生や下級生はさんをつける（同級生なら呼び捨てでも大目に見られているけれど）、たとえ親しい友人であっても先輩には必ず敬語で話す、と行儀作法に関する決まりが白蓉ではとくに厳しい。

スマホやタブレット、携帯ゲーム機などは学院内持ち込み禁止で、十九時門限で毎日点呼をとる。洗濯機の使用時間や入浴順序といった寮の行動規則は、違反すれば部屋ごとの連帯責任になったりもする。転校前の学校は自由な校風が特徴だったから、白蓉の厳しい校則はものすごくカルチャーショックだった。しかも白蓉の人たちというのは基本的に真面目で大人しく、みんな素直にこういう規則を守るのだ。

窮屈に感じることもあるけど、決まりなので私は守るようにしている。

しかし鈴様はおそらく、そんな規則なんかまったく気にしたことなどない。私と違って、生え抜きの白蓉生なのに。

鈴様の三白眼は私ではなく薫さんを捉え、すぐ興味を失ったように逸らされた。かったるそうにセーラー服が遠ざかる。

高等部三年の綾倉鈴様。肩までの黒髪は染めも巻きもしていないし、制服のワンピースを大きく着崩しているわけでもないのに、奇妙なほどラフでアウトローに見える。清純の極みのようなこの白蓉の制服を着ていてなお、ここまで殺伐とした危険な空気をまとえる人もなかなかいない。

去年の秋に編入してすぐ、私は白い制服を血と泥で染めた鈴様が施錠された門を乗り越えるところを偶然見かけた。外の水道で泥を落とした鈴様がどこかへ消えた直後、制服警官が校門のインターフォンを押した。だがシスターたちがいくら探しても鈴様は行方をくらませ続けた。警官と舎監先生の会話を漏れ聞いたかぎりでは、鈴様は数人の若い男と夜道で揉め、持っていた飲料の瓶を叩きつけて相手方を負傷させたということだった。

平然と暴力をふるい、授業はサボって門限も破り、校内で煙草を吸って憚らない。常に爆発寸前のダイナマイトを白い制服で隠したような細い後ろ姿は今、私と薫さんの目の前を悠々と風を切りながら寮の裏手に消えていく。

鈴様の細く引き締まったふくらはぎに、バックシームのような蚯蚓腫れがあった。無造作に持った指定違反のハイブランドのボストンバッグは使い込まれて角が黒ずんでいる。全体的に使用感のある持ち物において、厚底の派手なスニーカーだけが新品のようだった。あらためて見ると鈴様の所持品はすべて白蓉の生徒規定から逸脱している。本人がさも当たり前みたいな顔で堂々としているから、これまでは気にならなかっただけかもしれない。

薫さんは鈴様の後ろ姿をまだ見つめていた。まるで声をかけそびれたみたいな様子は、偶然通りすがった人を見ているにしては意味ありげだった。

「鈴様とお知り合いですか」

薫さんはいや、と言葉を濁してから、なんでもないと打ち消した。

「鈴様も泉子様と同学年で、私が来るまでは泉子様と同室だったんです」

私が編入してきたことで生徒数が奇数になり、鈴様がひとり部屋になった。私は結果的に鈴様を追い出してしまったことになる。

「そうらしいですね」

車内の点検を終えた運転手が薫さんに、「おまたせ、行こか」と声をかけた。

薫さんは運転手に頭を下げてお礼を言い、バスに乗り込む前に私を振り返った。

「ありがとうございました。いろいろ聞けて、助かりました」

「あまりお役に立てなかったんですけど……またなにかあったら言ってください。私は部活もしてないし、帰省もしないのでずっと寮にいます」

バスに乗り込んだ薫さんに軽く頭を下げた。薫さんも微笑して手を振ってくれた。

時計は順調に針を進めたけど、夏の日没まではまだまだ猶予（ゆうよ）があった。肌にまとわりつく風はじっとりと熱い。

これで本当によかったのかな。

山端を縫（ぬ）うように遠ざかるバスを見送りながら浮かんだ問いはただ胸に酸（す）っぱいだけで、バスが消えても答えは出なかった。

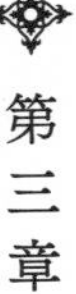

第三章

【東京・大田区で住宅火災発生、現在も延焼中】
——2022年7月13日午前4時30分　○○報道速報

【五人死亡田園調布住宅火災　築130年の旧伯爵邸全焼　鎮火まで十時間を要す】
——2022年7月13日　○○新聞夕刊

【旧藤城伯爵邸放火殺人、五遺体身元判明　合同調査本部設置】
——2022年7月14日　○○新聞朝刊

【T大で男子大学生刺され意識不明の重体、男子高校生現行犯逮捕】
——2022年7月14日午前10時00分　○○報道

【T大生殺人未遂事件　逮捕の少年は旧伯爵邸放火殺人の関係者か】

――2022年7月14日15時45分　××webニュース

*

昨日の朝、ニュースや各紙一面で盛んに報じられた火災事件は、マリアの不在に戸惑う白蓉に爆弾を落とした。そして続報が出るにつれ、衝撃はさらに大きくなっていった。

田園調布の旧藤城伯爵邸といえば、泉子様の生まれ育った家だ。

消火活動中に発見された五つの遺体は鑑定の結果、火災発生時に在宅していた藤城元麿氏と妻の摂子さん、元麿氏の長男将臣さんと雪子さん夫妻、元麿氏の長女の恭子さんのものだと判明した。将臣さんと雪子さんは泉子様のご両親だ。恭子さんは薫さんと弟の光さんの母で、泉子様には叔母にあたる。

明治二十五年に著名なイギリス人建築家によって建てられた白亜の名建築は、その広大な庭園まですべて焼き尽くされた。焼け跡の状況と遺体の損傷状態から、出火原因は何者かによる殺人目的の放火と見られているようだ。

さらに今日、文京区のT大学敷地内で男子学生が構内に侵入した少年に包丁で刺され、意識不明の重体になる事件が起きた。未成年のため加害少年の氏名は公表されていないが、高校一年の男子で放火事件の被害者の関係者なら、おそらく薫さんの弟の光さんだ。

刺されたのは神崎理久という二十一歳の大学三年生で、二、三年前から藤城家で加害少年とその兄に勉強を教えていた。加害少年は身柄を拘束した警察官に、自身の犯行と放火事件との関連をほのめかす発言をしたという。

泉子様は帰るべき家と迎えてくれるはずだった家族を失い、そして従弟は自分たちの家庭教師を殺そうとした。

とんでもないことが起きたのだ。

ショックで心の蓋がこじ開けられて、これまで泉子様が私にくれたたくさんの記憶が一気に噴き出てきた。

はじめて白蓉に来た日、泉子様は私を寮の玄関で待っていてくれた。煮えたぎる怒りを必死に押し殺して白蓉に来たのに、泉子様と過ごすうちに頑なな気持ちは自然と解けていった。どうにもならない苛立ちも、泉子様がいてくれたら少し中和される気がした。

私は泉子様にやさしくしてもらった。泉子様に慰められた。泉子様は私の拠りどころだったのだ。私は白蓉のマリアに、言葉にできないくらい救いを得た。

――高等部一年、三科鮎子さん。高等部一年、三科鮎子さん。保護者の方がお見えになっています。至急、寮一階の面会室まで来てください。

康司の面会を告げるアナウンスに、私はため息をついた。

新聞を片づけて談話室を出て、寮の職員室に声をかけ、いやいや面会室の扉を叩いた。

薫さんのときが例外だっただけで、本来は面会に先生は立ち会わない。

ノックへの返事はすぐにあった。

三畳ほどの面会室の小さい窓のそばに立っていた康司は私を見て眼を細め「悪いな、すぐ終わる」と言った。木のテーブルに向かい合って置かれた椅子(いす)に顎(あご)をしゃくる。そういう自分は立ったままらしかった。Tシャツにチノパンという軽装で、夏物のジャケットが向こうの椅子の背に粗雑に掛けられている。

こんな気楽な格好で家の外に出るなんて美奈子(みなこ)ならありえない。美奈子は学校に来るときは保護者らしく上質な素材のスーツを着たり、フェミニンなワンピースにジャケットを羽織っていた。美奈子がセンス良く装うと、私はいつも心が弾んだ。

私が椅子にかけるのを待っていたように「仕事受けたで、今から出んのや」と言われた。

「明日終業式終わったら夏休みやろ。休みになったら、東京の家に帰るか？」

家に、帰る。

家に帰ることを私に禁じたのは、康司と美奈子なのに。

「とりあえず家の鍵……これ、美奈子から預かってたやつ。それから夏休みに使うやろからお金。俺はしばらく仕事かかりきりになるやろから、一緒に渡しとく」

康司は私が答えるのを待たずに、テーブルに置いていた膨らんだ封筒を私の前に進めた。

「家の鍵って？」

「鮎子が住んでた家やんか。あれからなんもできてへんから、散らかっててすまんけど。それか今回の俺の仕事がひと段落してから一緒に戻るか。……そっちのがええか？」

美奈子と暮らしたマンションの部屋。

まだあの家があるということが、私には信じられなかった。

家はあっても、あの家に美奈子はもういない。帰っても迎えてくれる人はいないし、私が待つべき人もいないのだ。

一緒に帰ろうと美奈子と約束したのに、私ひとりでは帰れない。

答えが出せないまま、私は場繋ぎのために訊いた。

「そんなに大きい仕事って、どういう依頼なの？」

私が仕事について訊くと思っていなかったのか、康司は戸惑ったように眼を泳がせた。

「……いつもの取材記事やけど、公表まで詳しいことは言えへん」

なぜか今日はやけに口調が重くて、歯切れの悪い言い方をする。なんとなく私の表情を気にしている感じがするし、へらへら笑うこともない。

「どうしたの？　なんか変だよ」

もしかして、康司は藤城家に起きた事件を取材するつもりなんじゃないだろうか。

「その仕事、もしかして私の知っている人が関係してる？」

「……そうやな」

顔から血の気が引いていくのがわかる。狭くなった喉からやっと、やめてと絞り出した。

「……私はもう、大切な人のことを安全圏から好き放題書かれるのは嫌だ」

「鮎子には悪いかもしれん。でも、これは俺の仕事やから」

娘が泉子様と同室だったから、ほかの記者より取材対象に近いということか。康司はこの二週間ほど、白蓉に日参していたのだ。まだ藤城家の事件が起きる前から、泉子様を見かける機会もあったかもしれない。

「私に悪いと思ってたから、黙ってやっちゃおうとしたんだね」

あまりにも私を馬鹿にしている。白蓉に送ったときと同じやり方なんて。

康司は私をもう一度騙そうとしていたのだ。自分の都合でとり上げた鍵を一方的に私に返せばなにも知らない私が喜んで、それで今度も誤魔化せると思ったのか。

「美奈子のこと、嘘ばっかり散々書かれたの知ってるでしょう。有名人だからなにを書いてもいいみたいに、勝手に私生活まで作り変えて」

美奈子はいつも気にしていないふうを装っていたけど、笑顔で隠した心の中までは覗けない。それに本人は平気でも、その噂で悲しくなる人はいる。嘘八百があたかも真実のごとく広まってしまうことはよくあるし、事実無根でもその人の名前に傷がつく。一度落ちた評判は一方的な既成概念となって行く手を塞ぎ、ずっと先まで執念深くつきまとう。

顔も知らない誰かがついた嘘がさも事実だと信じ込まれることと、本当のことなのに信じてもらえないこと。私はそのどちらも、脳が焼き切れるような悔しさとともに知っている。だからもう絶対に、大切な人をそんな立場に置きたくない。

たしかに康司はいろんなことを調べて記事を書く仕事をしているけれど、一度は美奈子と結婚したのだから、無遠慮に覗き見られて書かれる側の苦しさも知っているはずなのに。

「悪意のある記事一本と、そこから生まれる誹謗中傷で立ち直れなくなるかもしれない。まだ、高校生なのに」

私は感情を律しながら言葉を選んだ。康司は言葉を挟まず、黙って聞いていた。

「そんなことにはせえへんよ」

押し殺した低い声に心臓がすくんだ。

逆光になる窓辺に無言で立つ康司は昨日までの鬱陶しくお節介な父親ではなくて、まるで知らない巨大な黒い影だった。

痛いほど唇を噛んで、私は立ち上がっていた。見咎めたのか康司が名前を呼ぶ。

あんたにできて、私にできないはずがない。

私が泉子様を見つける。

事件なのか事故なのか、失踪なのか誘拐なのかはわからない。だけど泉子様を傷つけるかもしれない人たちよりも先に、どうにかして助け出す。

泉子様を守るために。

康司と鍵を残して、私は面会室をあとにした。

泉子様を探そうと、私はやっと眼が覚めたように思った。

だけど、どうやって探せばいいのだろう。

泉子様の失踪は、藤城家放火と家庭教師刺殺未遂の先駆けだったのかもしれない。手遅れになる前にと、急いで単身白蓉を訪れた薫さんの懸念はとても聡(さと)いものだったのだろう。

薫さんから捜索に協力してほしいと言われたときに、もっと真剣になるべきだった。できる範囲で協力するなんて言ったくせに、私は薫さんの電話番号も訊かなかったのだ。

今、薫さんはどうしているのか。住む家と家族をいきなり奪われ、弟が殺人未遂で逮捕された。親しくしていた従妹(いとこ)はいまだ行方がわからない。

私が薫さんになにかできることがあるとすれば、それは泉子様を探すことだけだった。

ここまで来て、私の思考は毎回振り出しに戻る。

どうやって探せばいい？

泉子様と親しい人にいろいろ訊いてまわる？　だけど私は白蓉でクラスメイト以上の知り合いはおらず、友達といえる人もいない。泉子様を基点にそのとき限りの交流はあっても、泉子様と同じ密度で親しくしている生徒は皆無なのだ。

でも、ツテはないがどうしても話を訊いてみたい人はいる。九条真琴(くじょうまこと)様だ。

泉子様といえば真琴様。その逆も然り。

女子校の王子様的な真琴様とうつくしい泉子様の並びは、ドイツの古い修道院のような石造りの校舎に映える至高の眼福だった。

真琴様と泉子様は、とても睦まじい似合いの一対なのだ。

だが真琴様は最高学年で生徒会長というだけでも恐れ多いのに、今は泉子様のことでひどく心を痛めているだろうから、いつもよりもっと声をかけづらい。

しかも、明日の午後から学院は夏休みに入る。夕方には全校生徒の半分以上が学院からいなくなってしまうだろう。翌日にはもっと減るし、遅くなればなるほど泉子様の無事も危うくなる。

だから急がないといけない。だが方法がわからない。わからないから気持ちだけ急ぐ。

堂々巡りから抜け出せないまま事件についての新聞記事を読み返していると、部屋にやってきたシスターに呼び出された。泉子様のご親戚から、私に電話があったという。

私は慌てて寮の黒電話に向かい、メモの番号にダイヤルを回した。

コールの音がしてすぐ、落ち着いた声の応答があった。

白蓉女学院の……、と名乗ってから、つづく言葉を言うために口を開きかけては閉じるのを繰り返した。薫さんに降りかかったことはあまりにも大きくて、どんな言葉を選べばいいのかわからなかった。

「三科さんですか?　藤城です」

電話の向こうの薫さんは、まごつく私と違ってとても淡々と話した。はじめて会ったときとまったく変わらない冷静さ。その強い精神力に、私はお悔みを言いそびれた。

頼みたいことがあるんです、と薫さんは言った。

——僕は泉子を見つけないといけない。

「そうですよね、このままでは泉子様の身にも……」

私が言うと、薫さんは「いえ」と低く打ち消した。

「この前はそう思っていましたが、泉子は自分の意志で失踪したのだと思う。家の放火も弟の事件も、泉子が関わっている可能性があります」

「関わっている、というのは……」

静かだけど不穏な言い方に胸がざわつく。関わる、という表現で薫さんが示したかった意味が頭によぎりながら、私はそれを否定したかった。

「ふたつの事件の真相を泉子は知っている可能性があります。犯人ではなかったとしても、どうしてあれが起きたのかを」

犯人、と私はつぶやいていた。穏当を欠く語句と泉子様の清廉潔白が重なりあわず、私はまだ困惑している。

「お願いします。どうか泉子を見つけるために力を貸してください」

「でも私、泉子様を助けたくて……助けるために、やっと泉子様を探そうと決心したところだったんです」

「助けるためでも、問い糺すためでも、泉子を探すことに変わりはないんじゃないですか」

それはそうなんですが、と私は妙に納得しながら言った。なるほど理由がどうであれ、探すための手段に大差はない。目的は一緒なのだから協力しようということだ。

「薫さんから電話をもらうまで、どうやって探したらいいんだろうって悩んでたんです。明日の夕方には生徒のほとんどが地元に帰ってしまうから、急がないといけないんですが」

「泉子の失踪を手助けしそうな人や行き先の手がかりがほしいですよね。泉子と親しい人にそれとなく話を振るか、もしくは今は校内で泉子の噂がものすごく出ていると思うので、人の集まる場所に行けばそれだけである程度はなにか知れるかもしれません。あとは寮の部屋の泉子のスペースなんですが」

「私たちの部屋ですか？」

「はい。いずれは寮の部屋へも捜査が入るかもしれないんですが、学校側との兼ね合いもあるだろうから、立ち入りは泉子が被害者か加害者として正式に認定されてからだと思うんです。だからそれまでに、なにか手がかりになるものがないか調べてもらえないですか」

拍子抜け、とはこういう感覚を言うのだろうか。私がぐるぐると考えていたことに、あっさりと道筋が立った。昨日から白蓉は泉子様の噂で持ち切りだし、他人の会話に聞き耳を立てて自分たちの部屋を調べるぐらいだったら私でもできるだろう。

「このあとやってみます。その結果をまた薫さんに報告して……薫さんって、今はどうされているんですか？」

「いろいろやることがあるので、週明けまでは都内のホテルにいる予定です。それからは、しばらく祖父の家に泊めてもらうことになると思う」

勉強合宿に持っていっていたから、簡単な身の回りの品にスマホとタブレット、それから充電器はかろうじて無事だったのだという。だからよかったというニュアンスで薫さんは言ったけど、その程度のほんの手荷物だけを残して自分の持ち物がすべて燃えてしまった無力感がリアルに浮き彫りになった気がした。

「おじいさんの家はどちらなんですか？」

「京都の宇治。宇治でも田舎のほうらしいんですが」

「宇治かぁ……あ、もしかしてそれで薫さんなんですか？　名字は藤の城だし、宇治十帖からとって、弟さんは光源氏から……フルネームが完成されているというか、薫さんのノーブルな雰囲気にぴったりな感じが……」

思いついて言ってしまってから、なにを場違いなことを言っているのかと焦って慌てて謝った。だが電話口からは意外なことに噴き出す声が聞こえた。ただただ呆れられているのかもしれないけど、薫さんの笑い声ははじめてだった。

「由来はそうらしいです。藤城になったのは名前がついた後ですけど」

「え？　藤城が後からなんですか？」

　そこで私はようやく、現在付き添っている祖父というのが、薫さんには父方にあたるおじいさんであることを知った。

　藤城家は薫さんにとって母方の家系だった。火災で亡くなった母の恭子さんは一度結婚し、薫さんと光さんを産んだ。その後薫さんが九歳のときに父が死亡して、恭子さんは息子ふたりを連れて男児のいなかった実家に復籍。薫さんたちの名字は藤城となった。

　私は復籍という制度があることを知らず、また薫さんがかつては藤城姓ではなかったということにも驚いた。宇治のおじいさんは長くひとり暮らしで薫さんたちとは絶縁状態だったものの、火災の知らせを受けて急遽上京してくれたのだという。遠方の祖父が駆けつけて身元を引き受けてくれたことは、不幸中の幸いだったと薫さんは言った。

　現在の薫さんは戸籍上なら藤城家の人であり、藤城本家に変事があればすぐさま助けにくる親戚はいくらでもいるはずなのだ。だけどこんなに大きな困難に見舞われた薫さんに付き添うのは疎遠だった祖父ひとりだけらしい。放火事件とその後の諸々の処理や、弟の起こした事件の対応を、高校三年生の薫さんがひとりでやらないといけない。薫さんなら難なくこなせそうではあるものの、いきなり家族を喪った十八歳の高校生の境遇として、途方もなく寄る辺ないように思う。光さんの事件があったため、薫さんの双肩に藤城家のすべてが降りかかったのかもしれない。

「ほんと、変なこと言ってすみません」

「いや、なんだか……久々に笑った気がする」

真面目な調子でありがとうと言われて、制服の下にどっと汗をかいた。手に持っている受話器がずんと重たく感じる。笑ってもらえたからよかったものの、家族を亡くしたばかりの人に名前の話は遠慮がなさすぎた。冷静になればそれがわかるのに、どうして思いつきで言ってしまうのだろう。それもまだ友達とも言えない距離の薫さんに。

薫さんは週明けには白蓉に行けるだろうとのことだった。白蓉での情報収集は実質明日までがリミットなので、私が聞いたことを薫さんに週末に電話で伝える。それをもとに、次の方法を考えるという流れで話はまとまった。

黒い受話器を置いて、私はひとつ深呼吸をした。

＊

薫さんの読みは見事に当たった。

寮の自室から出てみれば、泉子様にまつわる話題はいくらでも聞こえてきた。

軽はずみなことを口にしないようにと諫(いさ)められてはいるものの、寮でも校舎でも臆病で寒がりな小動物のように仲間うちで集い、みんな泉子様のことばかり口にする。追憶を語るように噂しあうことで、心配な気持ちを少しでもまぎらわせようというように。

たしかに今の白蓉なら面と向かって訊いてまわるよりも、人のたくさんいる場所で聞き耳を立てているほうが効率的だった。あらたまって質問されると人は無意識に答えを作りがちだけど、友達との内緒話ならポロッと本音が出てしまうこともあるだろう。

寮での食事は部屋ごとに席次が決まっていて、食卓にはシスターも同席するので、そこまで開けっぴろげな会話は耳にしなかった。でもシスターがいてもみんな噂を堪えきれないのだから、生徒しか利用しない校舎の食堂ならどうだろう。終業式のあとの昼休みの時間が、ラストにして最大のチャンスかもしれない。

時間制限に急かされることなく、中一から高三までの広い年代がどんどん集まって昼食を食べる。タイミングも絶妙で、夏休みがはじまる解放感と泉子様が消えた不安、事件への畏れが入り混じっているはずだ。

ちょうど私は配膳準備の当番だった。ランチタイムのはじまる少し前からずっと食堂にいられるし、配膳作業をしていたら食堂の風景に同化できるからすこぶる都合がいい。しかも担当は違うけど、以前に泉子様と同室だった高村優里様も今日の配膳当番だったはずだ。うまくいけば、ちょっとでも話す機会があるかもしれない。

そんな目論見を隠して、私は揃いのエプロンをつけて食堂の配膳カウンターの中に立ち、延々とスープをお椀に盛ってはカウンターにやってくる生徒に渡すのを繰り返した。

　ガラス張りの食堂には、正午の陽射しがさんさんと降り注いでいる。だけど澄みわたる薄青の空や長い夏休みを迎える解放感すらも曇ってしまうくらい、広い食堂に集う生徒たちの空気は熱っぽく重たい。

　――泉子様がどうしてこんな目にあわないといけないの。

　――清らかで高潔で、どこまでもやさしい方だったわ。

　――泉子様は非の打ち所のない、完璧な聖少女よ。それなのに……。

　飲食スペースから聞こえてくる声は、どれもため息とともに吐き出されている。マリアの苦難は自分のことのようにつらくて苦しい、でも語らずにはいられないというように。

　配膳カウンターの生徒たちは仕事中だから口数が少ないし、期待していた優里様と話すきっかけはまだつかめていない。だけどそのかわり、テーブルの会話はよく聞こえる。

　泉子様の同級生には、藤城邸に行ったことがある人も数人いるようだった。泉子様の母の雪子さんや、祖母の摂子さんがおもてなし好きなのだという。

「藤城家の人たちは、本当にすてきな方々だったわよね。とても泉子さんを大切してらして……寮へもよく来られていたし、いつでも泉子さんを気にしていらっしゃったわ」

「私、五月の連休におうちに遊びにいったばかりだったのに……」

　そのときもやさしくしてもらって、とつぶやいたあとで、小さく鼻をすする音が聞こえた。ご家族まで亡くなられたなんて、今も信じられない。どうして泉子様がそんな苦しみに耐えないといけないの？　生徒たちは、喪に服すようにささやきあっている。

「西洋のドールハウスみたいに、完璧なおうちだったわね」

「そうね。主人公が泉子様で……」

泉子様の家族を、私は薫さんしか知らない。泉子様は自分の家柄や家庭のことを語らなかった。きっと泉子様みたいに、あたたかくて高潔な人たちだったのだろう。

「ねえ、あのこと、本当だと思う？」

低い声で疑わしげに訊ねているのが耳に入った。高等部三年生のグループらしかった。

違うと思うわ、と同じようにひそめた声が答える。ありえないわよ。ただの噂だわ。

拒絶の色の濃い返答が口々に返ってきて、そうよね、ないわよねとうなずきあう。

刺された家庭教師の神崎理久と、泉子様の関係についてのようだった。

生徒たちのあいだではいつの間にか、家庭教師の神崎が泉子様を誘拐し藤城邸に火をつけたということが完全な事実として認定されていた。まだ神崎は意識不明の状態で容疑者にすらなっていないのに、白蓉ではもうまごうことない大罪人として扱われている。

「泉子はきちんとした人なんだから、周囲に言えない相手と交際するなんてありえないわ」

「そうよね、それに東京と滋賀の遠距離恋愛じゃ間が持たないもの。私たちには黒電話か手紙しか連絡手段がないんだから」

「泉子は学院の規則は、すべて忠実に従っていたわよね。それに授業以外に生徒会や寮の仕事もあったから、恋愛に現を抜かす時間はなかったんじゃない？」

たしかに規則ずくめの白蓉で、泉子様はとても几帳面に校則を守っていた。真面目さは全白蓉生の傾向だけど、泉子様はそのなかでもひときわ模範的な白蓉生だったと思う。

「そうそう。寮の門限を破っているのなんか、六年間で一度も見たことないもの」

「外出時制服着用の原則なんて堅苦しい決まりも守っていたぐらいなんだから」

「でも泉子さん、たまに夕方にひとりで散歩していることがあったわよね。郵便局へ行くときに農道で何度か会ったわ」

ひとりがそう言ったとたん、一気にグループの空気が緊張したのがわかった。そのテーブルだけでなく周囲の生徒たちまで、とんでもない発言を聞いたように振り返る。周知の事実のつもりで口にしたらしい三年生の先輩は、思いがけない反応にあたふたしている。

食堂の音が消えたような一瞬のあとで、グループのひとりが「そうだったわよね」と慎重に言った。散歩ぐらいするわよね、とつづけた先輩はたぶん、泉子様のそんな習慣を知らなかったのだろう。だけどみんな知っているふりをして話を合わせている。

私たちのマリアについて、知らないことがあるなんて思いたくない。

「真琴さんと出かけていることはよくあったわよね」

真琴様の名前に、聞き耳を立てていたらしい周囲からも安堵の息が漏れ聞こえた。

まだ食堂に真琴様の姿は見られないが、カウンターに食事をとりに来る人はほぼいなくなった。配膳当番のリーダーからもう上がってねと言われ、私はスープの大鍋に蓋をした。

「あの人のこと、真琴さんも知らないと言ったんでしょう？　だったらやっぱり特別な関係なんてなかったのよ」

真琴様は家庭教師の神崎を知らなかった。その言葉はまるで免罪符のように、生徒たちに自信を与えたようだった。

「もしもその人がなにか泉子さんと関係があったなら、真琴さんが知らないわけないわ」

白蓉という閉鎖的空間において、マリアがマリアである証明に、真琴様ほど説得力のある存在はいないだろう。もしかしたら真琴様はマリアの恋人という自分の立ち位置を理解しているために、神崎のことはなにも知らないとしか言えないのかもしれない。

「家庭教師は泉子さんを好きだったのかもしれない。だけど絶対に片思いよ」

「一方的な恋がままならなくて、強い嫉妬に変わったとか？」

「藤城邸はお庭が広いしセキュリティも厳重だから、知識がないと母屋まで辿り着けないと思う。でも普段から出入りしていたら、そんなことにも慣れていたでしょうし」

私は真琴様がやってこないかと入り口を気にしつつ、自分の昼食を自分でよそってトレーにセットした。どこで食べようかと食堂内を見回すが、どのテーブルもグループで固まって盛り上がっていて、さりげなく座れそうなちょうどいい席はなかなか見つからない。

どうしようかな、と思ったところで名前を呼ばれた。

トレーに食事を載せた高村優里様が、カウンターを出たところで私に手を振っている。

私は急いで優里様のほうへ向かった。

「私、補助席出そうと思うの。鮎子さんも一緒に食べない？」

「えっ、いいんですか？」

「うん。そのほうが気楽じゃない？　それに鮎子さん、泉子様のこと気にしてるんでしょう？」

配膳しながら聞き耳を立てているのがばれていたのだとわかって、私はどっと恥ずかしくなった。もしかしたら顔にも出ていたのかもしれない。優里様は「どうしても聞こえてくるもんね。私も気になってた」とはにかんだ。

私たちはカウンターから出してきた折り畳み式のテーブルを食堂の隅にひっそりと組みたてて、遅い昼食をはじめた。

よし、意外と順調に計画が進んでいる。

現在高等部二年の優里様は、中二からの二年間、泉子様と同室で生活していた。泉子様にとっては一学年下の後輩にあたる。

白蓉女学院の寮は全校生徒二四一名と、舎監先生を筆頭に三〇数名のシスターが暮らす女所帯だ。

寮は中高通してふたり部屋で、同じペアは最長二年間。また状況によっては、学年途中でも部屋替えされることもあった。私の編入による泉子様の移動もそのパターンになる。

「泉子様のこと、心配だよね。私も、今は部屋が離れちゃったけど、変わらず気にかけてもらってたから、すごくつらいの。ご実家にあったことも、まだ信じられないし……」

優里様はかつて、白蓉をやめようかと悩んだことがあるらしい。

「私が今もここで学生生活が送れてるのは、じつは泉子様のおかげなんだ」

泉子様の、と私がつぶやくと、優里様は確信をこめてうなずいた。

「私が中二から泉子様と同室になったのは、私が寮生活なのに不登校っぽくなったせいというか……」

優里様は憧れの白蓉に意気揚々と入学して頑張っていたはずが、なぜか少しずつ気持ちが塞ぎがちになり、中一の冬休みから二月いっぱいはずっと実家で過ごしていたらしい。一年生が終わってしまうまでにはと思って学院に戻ってきたものの、寮の部屋に引きこもってろくに登校できないまま一年生を終えたのだという。だけど人間関係にトラブルはないし、勉強についていけないわけでもないから、せっかく入学した白蓉をやめたくない。もう少しここで頑張りたいのだということは、面談のときに先生にも話していた。

「そうしたら、中二で部屋割りが変わって泉子様と同室になったの。たぶん先生方が、泉子様ならいけるかもしれないって思ったんじゃないかと思う。実際、泉子様と同室になってからは病欠以外はしてないし。泉子様が看病してくれたとかじゃなくて、ほどよい距離感というか……私がひとりになりたいと思ってるときは部屋を空けて、寂しいと思っていたらさりげなく部屋にいてくれる、いい意味で空気みたいな……って言ったら失礼かな」

優里様の言わんとする泉子様像はよくわかる。私に接する泉子様も、どこか心地良い風みたいな存在だった。泉子様は気を遣っているということを、こちらに悟らせない。

かじかむほどに寒い日に身体（からだ）を包むふわりとした毛布のようであり、熱でうなされているときに額（ひたい）に当てられる冷たい手のような、そういうやさしさ。求めているものをさりげなく差し出され、私たちはマリアの前で幼子（おさなご）に還（かえ）る。

「それ、私もすごく思います。泉子様と暮らしていると、他人と暮らしている感じがしないですよね。部屋も狭くて、仕切りとかもないのに」

「そうなんだよね。誰かとずっと同じ部屋で一緒に過ごすのはしんどいことだけど、泉子様とのペアは天国だったって思うなぁ。なにも気になることがなかったの。衛生観念でも生活音でも、私にはまったく違和感がなかった。でも私の居心地がよかったぶん、泉子様はたくさん我慢していたんだと思う。……あの頃は泉子様の負担とかは全然、気づきもしなかった。自分のことしか見えていなくて、やっぱり今になるとすごく申し訳ないし、恥ずかしい。泉子様は私にわからないように、ずっと気を遣ってくれていたのね。負の感情をいっさい見せないで。……泉子様のおかげで、私は今もやめずに白蓉に通えている」

優里様はぽつぽつとそう語り、「私、泉子様がいなくなられてから、本当は泉子様の話は避けてたんだよね」と言った。

「私もそうだったんです。でも、やっぱり気になる気持ちもあって」

優里様は顔を曇らせてうなずいた。

「そういう人もけっこういるのかもしれない。みんなすごくショックを受けてるから……」

私もこれまでは泉子様の行方不明の話題を避けていた。だけど美奈子の喪失を引きずってなにも考えられなかった私と違って、優里様が言っているのは泉子様のショックが大きすぎて、意図的に情報を遮断しているということなのだろう。

「たとえば三年生の天音(あまね)様なんか、なんにも言わないでしょう」

「森園(もりぞの)天音様ですか？」

「うん、美術部のね。知らない？　泉子様が幼稚園に入る前からの幼馴染(おさなな じ)みだっておっしゃっていたの。あんまり一緒にいるところ見かけないけど、仲いいんだって」

「じつは私、天音様をまだ存じ上げなくて……」

知らないふりをしたけれど、泉子様には森園天音様という同い年の幼馴染みがいて、白蓉に通っていることは昨夜薫さんから聞いていた。

薫さんから泉子様の幼馴染みの存在を聞いたとき、私はいまいち泉子様の過去の姿を想像できなかった。泉子様にも幼い頃があり、いずれは年老いていくのだろうけれど、どちらも思い描くとシルエットに白い靄がかかってしまう。

白蓉のマリアとは、永遠に不変の完璧な美であるような気がしてしまうのだ。

「そんなに長いお付き合いだったら、すごく心配でしょうね」

本当にね、と言って、優里様は気がついたように続けた。

「よかったら美術部なら同級生がいるから、その子経由で紹介しようか？　夏休みに帰省しないなら、ここの知り合いは多いほうが心強いだろうし、天音様は長い休暇でも学院に残っていることが多いから」

やった、と私は思わず心のなかで叫んだが、それがばれないように少しおずおずと「ありがとうございます。ぜひお願いします」と言った。思いのほかスムーズに泉子様の幼馴染みとの繋がりを手に入れられそうで、幸先が良いことこの上ない。

私は軽い興味を装って、さりげなく泉子様の過去の同室生のことを訊ねてみた。あわよくば終業式から姿を見ない鈴様のことが訊けるといいなと思ってのことだった。

「泉子様と同室だったことがある方って、優里様と三年生の綾倉鈴様ですよね。鈴様って二回も泉子様とペアになられているんですね」

優里様は当然のように「それは泉子様がマリアだからだよ」と言った。

「泉子様と同室になる人って、それなりの事情がある人だと思うのね。鮎子さんは編入してきたし、鈴様とのペアなんかは、優等生に不良を更生させようっていう意図でしょう。

私とのペアが終わってからあなたが来るまで、半年ちょっとだけど泉子様ってまた鈴様と同室だったの。それは、鈴様が交流授業で暴力沙汰を起こしたからだって聞いたけど」

あの事件も衝撃だったわ、と優里様はひとりごちた。

白蓉は伝統的に同じカトリックの男子校であるS学院高校と交流を行っていて、年に一度合同で特別活動を行うことになっている。参加するのは両校の高等部一年生で、一緒に宗教劇を企画練習して、最終的にチャリティー公演を実施する。その年も十二月の本公演は滞りなく上演されたはずだが、男子高校生と鈴様にいったいなにがあったのだろう。

「最初の顔合わせで、S学の男子を殴って救急車が来たんだって。なんかもう、鼻が折れて血が出るまでボコボコにしたらしいけど……でも去年の私たちも交流授業はやったし、今年の鮎子さんたちもすることになってるでしょ？　そんなことがあったのに、まだ交流を続けてるってすごいけどね。でも事件のあと、鈴様は一週間ぐらい謹慎処分になってた」

病院送りの暴力事件に対して一週間の謹慎というのは、罰則として妥当なのだろうか。この情報だけだとなにがきっかけかわからないからなんとも言えないが、外でそんな事件起こしたら最悪警察を呼ばれて逮捕されるかもしれないのに。授業内で骨折させるほどの暴力をふるったのが真実なら、相手の親やS学ともよく揉めずにすんだものだ。

そんな疑問をもらすと優里様は「実家が太いからじゃない？」と言った。

「すごく明るいおじさんの社長がＣＭに出てる、テレビ通販の会社。知らない？　あの社長さんが鈴様のお父さんなんだって」

　そのＣＭと社長の顔は知っていたけれど、それが白蓉の生徒の父親だとは思っていなかった。にこにこと陽気な名物社長と、十戒を犯して躊躇のなさそうな鈴様のイメージはまるで重なり合わない。

「泉子様の力をもってしても鈴様は変わらなかったのかもしれないけど、でもやっぱり泉子様は問題児御用達だと思う。ごめん、鮎子さんはここに馴染みやすいようにということだけど、私も不登校だったから」

　いや、私も問題のある生徒だったと思う。

　おそらく美奈子は白蓉に、実際の病状を明かしていた。死期が近いことも、それを私には伝えていないことも。完全中高一貫で原則中途編入を受け入れていない白蓉にその原則を曲げて編入を受け入れてもらうには、事情を説明する必要があったのではないかと思う。

　先生方は美奈子の状態を知っていた。それに私に家族といえる存在は美奈子しかおらず、三科美奈子は社会的に有名だった。

　編入してくる有名人の娘。余命宣告された母子家庭の母とそれを知らない子ども。親や親族が卒業生というわけでもなく、学院の近隣に頼れるような知己もない。卒業まできちんと学業に励むことができるのか、白蓉にとって未知数の爆弾だったはずだ。

「早く戻ってこられるといいのに……」

「本当にね。私、泉子様にあんなことが起きたなんて、まだ信じたくないの」

優里様は泉子様の失踪の原因は、まったく想像がつかないという。ストレスや気苦労はあっただろうけど、それがはたして失踪に繋がるだろうかと。

「だけど無理矢理の誘拐ではないほうが、無事でいられるのかもしれない」

考え込んだ表情の優里様は、声を落として慎重に言った。

「みんな誘拐だと思っているみたいだけど、泉子様が騙されることってないと思うの。泉子様なら嘘を見抜くだろうし、どんな悪人でも泉子様の前だと悪いことができないような気がしない？　毒気が抜かれるというか、泉子様を見れば、心が洗われるみたいで」

「そうですよね。それになんだか私、行方がわからなくなる直前の泉子様は、とてもうつくしかった気がするんです。私が思っているだけかもしれないんですが……」

一週間足らずのあいだに、泉子様は磨きをかけたダイヤモンドのようにうつくしくなって、晴れやかな表情からは苦悩ではなくあたたかな希望や幸福が感じられた。それが失踪の原因と関連しているとは限らないが、蝶の羽化のようなあの変化はどこか気にかかるのだ。

私がそう切り出すと、優里様はハッと眼を大きくした。しばらく口元を手で覆って視線をさまよわせていたが、やがて怖れるように「そうかもしれない」とつぶやいた。

「……この頃、泉子様はまた一段と綺麗になったみたいだった。それは……恋をしている人の変化に似ていたかもしれないけれど、でもそんなことって……」

「優里様！」

切羽詰まった声が背中から私たちのあいだに切り込んできた。

薄暗い客席から、いきなり映画のスクリーンに引きずり込まれたのかと思った。それぐらい、振り向いた光景は私の眼に異質に映ったのだ。

すぐ後ろで真っ赤な顔をして睨んでいるのは、優里様の現在の同室生だった。学年章によると、中等部の三年らしい。そして屹立する彼女の背後にはずらりと、私たちを見つめる無言の瞳が並んでいる。

「優里様はどういうつもりでそうおっしゃっているんですか？　事件じゃない、無理矢理誘拐されたんじゃない、でも恋をしたように綺麗になっていた、だったら泉子様はどうなさったって言うんです？」

いきなりのことに、私は口をぽかんと開けていた。

優里様もあっけにとられたような表情で腰を浮かし、「どうしたの舞さん？」と呼びかけた。それでも彼女は「ひどすぎます、撤回してください」とさらに憤った。

「誘拐でなかったら、いったいどうして泉子様はいなくなったんですか！」

とがった声はどきっとするほどよく響いて、食堂の隅の私たちのテーブルはさらに多くの注目を集めた。席を立った優里様は後輩の肩を抱いてなだめている。

「ごめんね舞さん。混乱させちゃったね」

弾かれたように顔を上げた後輩の眼が涙で潤んでいた。そういうことじゃないというように激しく首を振る。ふたつに分けて結んだ黒髪が鞭のようにしなった。

「優里様は泉子様に良くしていただいたはずなのに、どうしてそんなひどいことを言うんですか？　優里様は泉子様が心配ではないんですか？」

「ううん、違うのよ。ほら、あっちでクールダウンしよう？」

優里様は私に「ごめんね、ちょっと行ってくる」と耳打ちし、泣き出した舞さんの肩を抱くようにして生徒たちの輪を通り抜けていった。気づかないうちに、吸い寄せられた生徒の輪は何重にもなっていた。どの顔にも動揺や戸惑い、そして興味が浮かんでいる。騒ぎを聞きつけて、いつのまにか私たちの周りに生徒が集まっていたらしい。

優里様と後輩が外に出ていってしばらくは、食堂中がシーンと静まり返っていた。

私も呆然とするばかりで、中途半端に立ったまま固まっていた。

――そんなことないわよね？

――ぜったいにないわ。

――泉子様にそんなことあるわけないもの。

我慢しきれなくなってぽろりと漏れ出した内緒話が、ドミノ倒しのように広がっていく。

中等部の下級生もいれば、高等部の上級生もいる。ひそひそと交わされる言葉を聞いているうちに、私はようやくざわめく感情の原因に気がついた。

後輩が先輩に突っかかるなんて、白蓉ではありえないはずだった。しかもあんな、言いがかりみたいな理不尽なかたちで。

だけど一部始終を見ていた高等部三年の先輩たちですら、優里様に楯突いた舞さんの言動を制することはなかった。食堂の空気は、先輩に激情を向けた後輩に同情している。

「優里さんの考えはいやらしいわ」

「まさか泉子さんが非道な悪魔に騙されて恋に落ちたとでも言いたいのかしら」

「……あれでは舞さんが可哀想よ」

高三生の断定的な口調が聞こえて、私は心臓をぎゅっと握られたように身が縮こまった。

私と優里様は泉子様について、ここまで責められるほどよくないことを言っただろうか。

優里様は同室の後輩を、とてもいい子だと言っていた。だけど彼女は泉子様の失踪について語る優里様に激高し、衝動のままにその感情をぶちまけた。なだめる優里様は辛抱強かったと思うけど、ついに同室の後輩は泣きやまなかった。

マリアがいなくなって、白蓉の理がずれはじめている。

嫌よ、と消え入りそうにつぶやいたのは、去年から同じクラスの同級生だった。

「そんな男といる泉子様なんて……泉子様がもしそんな男と関係があったら、私は泉子様のことも……」

貧血を起こしたようにふらつく彼女は、とても理知的な人のはずだった。曖昧な思い込みや偏見を持つことを嫌い、常に深い知識と広い視野を自分に求める。そんな彼女が青ざめた顔で肩を震わせながら、譫言のように「だって、そんなのは……」とつぶやいている。

私は逃げ出すことも座り直すこともできなくて、テーブルと椅子に挟まれたような恰好で立ち尽くしていた。優里様たちが食堂を離れてから、私はなかば忘れられたような感じになっているけど、ここで動いて変に人目を引くのがいやだった。

伝言ゲームのように広まるざわめき。ほんの片隅で起きた小さな諍いが、徐々に食堂にいる生徒すべてを巻き込んだ大きなうねりに変わっていく。

中等部生から高等部三年の先輩たちまで、みんな藤城家と泉子様のことを口にしあった。それまでは内輪の噂話ですませていた人も、ついに我慢の糸が切れたのかもしれない。規律正しさが白蓉生の誇りのはずなのに、学年の枠も周囲への遠慮もそこにはなかった。

泉子さんのことだから、ただの家出なわけがないわ、とひとりの先輩が言った。

「そうよ。だって泉子はそんなに無責任な人じゃないもの」

「駆け落ちでもないはずよ。家庭教師が無理に誘拐したとしか思えない」

「その人って泉子さんではなくて、いとこの人たちの担当なんでしょ？」

「そうそう。だって泉子は週末しかあちらのおうちにはいないんだから」

「だけど本当に、あの男は許せないわ。刺されたとき死ねばよかったのよ」

過激な言葉にも、生徒たちは当然のようにうなずきあう。死ねばよかった、という言葉が少女たちによって呪文めいて繰り返された。異様な光景にストップをかける人はいない。

身動きしたら叱られるとでもいうように、私は小さく固まっていた。

「家庭教師を刺したのはまだ十五歳の従弟なんでしょう？　だったらなおさらその男が悪いと思うわ。だって泉子様のご家族なら、正当な理由もなく人を刺すはずがないもの」

「家庭教師が泉子様を誘拐して、お屋敷に火をつけたのよ。だから刺されたんだわ」

「今は意識不明なんでしょう？　このまま死んでしまえばいいのに」

「マリアでない泉子様は——」

ひそめた声は、私の耳を氷のように貫いた。かき消えて聞こえなかった言葉の終わりはなんだったのか、その答えを私は悪いほうにばかり考えてしまう。

「あの家庭教師の男がすべての犯人に決まっているわ。そいつが泉子様をさらって、お屋敷に火をつけたんだもの」

「どうしてその男は藤城家の人々にあんなひどいことをしたのかしら。泉子様に恋をしてご家族に反対されたというのなら、あまりに身の程知らずじゃない？」

「でももしその男が泉子様の本当の恋人だったら、なんだか……」

尻すぼまりな言葉のあとに一瞬の沈黙とめくばせが交差して、生徒たちはお互いの腹を探り合っていた。

——なんだか、不潔じゃない？

ひとりが慎重に声をひそめて言う。するとみんなその言葉を口にする許しを得たように、不潔だと言いはじめた。真夏の午後の陽が差し込む食堂には不釣り合いな陰惨な台詞が、白布に零れた墨汁のように伝播する。

「不潔」

「不潔だわ」

「不潔なのよ」

「それに不純な感じもする」

「真琴様がいるのに」

「そうね、真琴様がいるもの」

中等部の学年章をつけた生真面目そうな女の子が、頰を紅潮させて「そうよ」と言った。

「あの方に男なんかいないわよ。聖マリアなのよ。泉子様にはそういう俗っぽい感情は似合わないわ。真琴様には泉子様がいて、だからあのふたりは完璧だったのに。もし泉子様が誰であろうと真琴様以外の人と特別なことになったら、それは許されない裏切りだわ」

裏切り、という言葉の険しさにどきりとした。罰せられるべき裏切りなど、ただの女子高生に存在するのだろうか。だけど輪に連なる人々は、彼女の激しさに感化されるように同意しあっている。

——あの泉子様がそんなことを。自ら男に逃げるなんて。

「あれだけ恵まれている人が、簡単に逃げることがあるかしら。だって犯罪者みたいに逃げなくても、運命そのものが泉子様の信者じゃないの。藤城泉子に生まれて、望み通りにならないことなんてひとつもないわ」

「男なんかがいたら、私たちはどうしたらいいの？」

「わからないわ、だって……」

そんなことじゃないんです、と輪の後方からいきなり声がした。

「泉子様には男なんていません」

ひときわ硬く尖ったような声が、よどんだ熱気の渦巻く食堂に響いた。

冷たく突き刺すようなその声に、食堂は一瞬で無音になった。あまりにはっきり聞こえたので、わざわざ声の主を探す必要はなかった。

「泉子様は、ずっとうつくしく清らかなままであるべきだと思うの」

まるで神に訴えかけるように、強くはっきりとその人は言い切った。

一歩足を進めた彼女の眼は血走っていた。高等部二年生だということは学年章でわかったが、名前を知らない先輩だ。食堂中の注目を一身に集めているのに、動じた様子は微塵も見られない。

「泉子様はこのまま永遠に変わらず、一番綺麗なときに一番綺麗なままで、聖なるマリアとして消えるのではないかしら。これから先、泉子様が年をとったり、普通のお母さんになるところなんて想像がつかないもの」

先輩はまるで宣誓でもするみたいに朗々と語っているけれど、その言葉の思い込みの強さに私は怖気づいていた。なんてことを言うのだろう。いくら泉子様への憧憬ゆえだとしても、こんなにエゴイスティックな理想を大勢の人の前であけすけに口にするなんて。

だが自らの求める泉子様のあるべき姿を滔々と語る先輩に、異議を唱える生徒はいないようだった。舞台の中央に立つその先輩を囲んで生徒たちは深くうなずいたり、仲間内で同意を示しあったりしている。

「一度私たちに夢を見せた以上、一生このままマリアでいてくれないとそれは身勝手な嘘つきよ。もし私たちを裏切って男と逃げたのなら、もう二度と姿を見せてほしくないわ」

低く這うような声で言い切った。その言葉の咎めるような響きに私は耳を疑った。

身勝手なのは、泉子様ではなくてあなたではないのか。だって、うつくしい泉子様に聖なるマリアの夢を見たのはあなたなのだから。

心で漏らしたその反発が聞こえたはずはないのに、頬を紅潮させた先輩は片隅で息をひそめていた私をすぐさま見つけてきつく睨みつけた。

暗い場所でいきなり強い照明を当てられたように、私は思わず身じろぎした。ぐさりと突き刺すように私に向けられたその視線に釣られて、魚群のような無数の眼がいっせいにこちらを向く。

「三科鮎子さん」

先輩は強い憎しみを込めて私を呼んだ。白い襟（えり）に包まれた肩がはっきりと震えている。

「あなたはさっきから、どうして黙ったままでいるの？」

なにか言わなくちゃと思いながら、口をパクパクさせるだけで言葉が出てこない。

いなくなる前に私が気づいたのは、泉子様が各段にうつくしくなったということだけだ。

だがそんなことを言えば、神崎とのただならぬ関係を暗に示しているようではないか。

先輩が足を踏み出すと道が開く。まるで食堂中の人々が先輩を後押ししているようだった。

あっという間に、先輩は私の前にたどり着いた。先輩の白い制服の肩は細く怒り、こめかみが生きもののように痙攣（けいれん）している。

「あなたは泉子様と同室で、とくに眼をかけていただいたはずよ。それなのにあなたは自分の行いを振り返って、泉子様を失ったことへの反省や後悔はないの？　どうして泉子様がいなくなったのに、のうのうと過ごしていられるの？」

言葉に抉（えぐ）られた心臓は、痛いぐらいに動悸（どうき）がした。きつい眦（まなじり）がギリギリと責め立てる。

白蓉生はみんな先輩と同じように私を憎み、軽蔑（けいべつ）しているのかもしれない。

頭が真っ白になって、どうすればいいのかわからない。震える私の背を汗が伝った。

さらに足を進めた先輩の身体がテーブルにぶつかって、ガタっと大きな音がした。

冷えた感触が制服越しに伝わってくる。テーブルにあったグラスが倒れたのだ。白い制服の裾からぽたぽたと、冷たいカフェオレが雨になって床へ滴り落ちる。

石に変えられたように動けない私の耳に、周囲が息を呑む音だけがはっきりと聞こえた。

「真琴さん」

「真琴様よ」

真琴様、という声を聞いて一時停止が解除されたようにざわめきだした生徒たちの中からひとり、心配そうな顔をした女生徒が小走りに駆け寄ってきて、私を見つめて固まったままの先輩の肩にそっと手をかけた。

「恵那さん落ち着いて、真琴様が来られたわ」

恵那さんと呼ばれた先輩の眼から大粒の涙があふれ落ちたのと、真琴様が私たちのあいだに割って入ったのはほとんど同時だった。

すらりとした長身の白いシルエットが恵那様から私を隠す。真琴様は私に「キッチンの勝手口から裏に出て、そこにいて」と耳打ちした。

「恵那さん、大丈夫よ。あなたの畏れているようなことはなにもないわ」

決壊したように声を上げて泣き出した恵那様をなだめながら、真琴様はもう一度私に目配せした。集団の注目はちょうど私から逸れているらしい。食堂中の女生徒たちは、今ようやく神を見つけたように一心に真琴様を仰いでその言葉を聞こうとしている。

「不安な気持ちはわかるわ。だけどそれを誰かにぶつけるのはよくないと思う。私たちにできることは、信じて待つことだけよ」

真琴様がきっぱりと語るごとに、食堂に集った生徒たちが鎮まっていく気配が背中の向こうに感じられた。すすり泣きの輪唱が聞こえる。だけど流す涙の雫ごとに、昂り荒ぶった少女たちの集団からは徐々に憑き物が落ちていくようだった。

私はそっと集団から離れ、キッチンの中に戻って勝手口を目指した。

最後にちらりと見たとき、真琴様は恵那様になにかを語りかけていて、集まっていた人たちもそれぞれのテーブルに引き上げていくところだった。

キッチンの勝手口から、私は食堂裏の渡り廊下に出てきた。

慎重に閉めたドアの外側で、私は深く息を吐いてずるずると簀の子にしゃがみ込んだ。

さっき飲み物が零れて濡れたスカートが太ももに張りつく。すぐそばには水道もあるけれど、今更起き上がるのが億劫だった。

普通こんなことになる？　まるで集団パニックのように、あそこまで……。

目の前に広がる人のいないグラウンドが、やけに静かにぽっかりと浮かんで見える。

私はとてつもなく疲れていた。まだ心臓がどくどくと鳴っている。

ここにはいない泉子様を求めて、白蓉は軋んだ。

突如行方がわからなくなって、さらにご実家が大きな災難に見舞われた泉子様について、生徒たちが噂をしあうことはわかる。たぶん泉子様ほど特別な存在でなくても、こんな事件に巻き込まれたら校内の大きな話題になると思う。だけどもしも消えてしまったのが他の生徒だったら、これほどの混乱は起きるだろうか。

なぜ泉子様は人の心をこうも強く惹きつけ、ついには乱してしまうのか。

泉子様はこれ以上ないほどうつくしい。人柄もマリアそのものの、清廉でやさしい方だ。私だって泉子様にたくさん助けられたし、白蓉の生徒なら誰でも泉子様に救われた記憶を持っている。だけどマリアに導かれたように純朴で真面目だった生徒たちは、そのマリアの不在をきっかけに秩序を失ってしまった。

あれだけの数の人の理性が失われるのだから、もしかしたらマリアのために罪を犯してしまう人がいても不思議ではないのではないか。

つらつらと考えていて、行きついた仮説にハッとした。そんなわけないと打ち消そうとするけど、神に誓ってありえないとは言い切れない。

私は現に見たではないか。泉子様をめぐってカオスと化した集団を。

泉子様を語る生徒たちの姿は、めくるめく祝祭によく似ていた。疲れと熱が入り混じり、倦んだ身体に収まりきらない昂りを持て余す人々。悪い夢に似た狂騒と崩壊の予感。

生徒たちは誰もが、泉子様は神崎に攫われたのだと主張した。あいつがやったに違いない。あいつが泉子様を手に入れるために誘拐して、交際に反対する家族を殺した。それに気づいた泉子様の従弟の少年が、復讐のために神崎を刺した。

すべては神崎が悪であると、食堂に集う生徒たちは弾劾した。まるで自分も現場にいて、一部始終を見ていたかのように。

だけど神崎は刺傷事件の被害者であって、今のところ放火犯でも誘拐犯でもない。そもそも容疑者ですらないのだ。神崎が泉子様の行方不明や藤城家の火災に関与しているというのは、あくまで憶測だった。

それなのにあそこにいた人たちはみんな、藤城家にまつわる事件はすべて神崎理久という大学生の家庭教師がやったのだろうと断定していた。この男こそが極悪人で、マリアを奪った許しがたい悪魔であると。

マリアが堕落するよりも、マリアが暴徒に殺されたという結末のほうがいい。

彼女たちは異口同音にそう願っていた。神話の終わりに彼女たちは、泉子様の帰還ではなく神崎の絞首刑を望む。そして神崎が処罰されるとき、聖少女から堕落した泉子様もともに果てて消滅すべきなのだ。

泉子様はマリアでなければ意味がない。

それは、なんと狂信的で身勝手なのだろう。

だけど私はそういった、愛という名の独善にはとても既視感があった。

——ずっと私の美奈子でいてほしい。

私は美奈子に捨てられるまで、ひたすら純粋にそう思いこんでいた気がする。

美奈子はいつでもうっとりするほどうつくしく、優雅なまでにミーイズムだったのに、昔の男とこそこそ画策して私を騙した。私は美奈子が、私の知る美奈子ではなくなったから腹を立てたのだ。

だけどそれはもしかして、私が知る、ではなく、私が思う、ではなかったか。

美奈子にはいろんな世間のイメージがあった。十五歳で師匠の央逸（おういつ）と出会うまでの経歴が固く秘められていることも、虚飾（きょしょく）めいた空想に拍車をかけた。

制作は他人に任せているとか、愛人稼業で仕事をとっているとか、師匠との関係とか、整形しているとか。技術も才能もなにもなく、ただの浮ついた派手好きであるとか。

私はそれがすべて嘘だと知っている。だからその嘘をまき散らす人たちや、信じてしまう人たちを軽蔑していた。本当の美奈子を知らないなんて、なんて可哀想なのだろうと憐（あわ）れんですらいた。

だけど、娘の私だけが知っていると信じていた美奈子の『素顔』というものは、私が勝手に作り上げた虚像に過ぎなかったのかもしれない。

午後の陽射しは相変わらず強いけど、食堂の裏手は庇（ひさし）の影が落ちていた。影の暗さで太陽の激しさがわかる。だが熱に淀（よど）んだ食堂よりも、この真夏日の炎天下の方が私には過ごしやすかった。

私が食堂で目にしたものは、純情という名の狂気だった。あれだけの熱を向けられて、泉子様は窮屈に思うことはなかったのだろうか。それは、むしろ恐怖かもしれない。

もしも仮に泉子様が自らの意志で失踪したのだとしたら、自分を祀り上げる無数の人々の熱、もしくは信仰といったものたちは、無形の枷としてその理由になりうるだろうか。

マリアという幻想が泉子様を苦しめて、ついには消えてしまいたいとまで思わせた？

事件の渦中にある人に対して、これは不謹慎な考えなのかもしれない。だけど私は泉子様がなにを感じていて、どうして逃げたのかを知りたい。

だってなぜ泉子様が失踪したのかを知れば、美奈子が私から逃げた理由も見つけられるかもしれないから。

さっきの食堂の生徒たちにとっての泉子様は、私にとっての美奈子だ。

私も美奈子に囚われているのかもしれない。いやおそらく、確実に正気を失っているのだろう。生まれてからもう十五年間も、ずっと。

私は虚脱した身体に力を入れて立ち上がり、すぐそこの水道に向かった。グラスが倒れてカフェオレで汚れたスカートに応急処置をしないといけない。

濡らしたハンカチで汚れをとっていると、食堂の裏口が開いて真琴様が出てきた。

「真琴様」

急いで手を洗おうとすると、真琴様はそばにやってきて「落ちそう?」と言った。

「ごめんなさいね。三年生もたくさんいたのに、こんなことになって」

「とんでもないです。私もどんくさくて、ご心配をおかけしてすみません」

スカートの染みはよく落ちた。こういうことは得意なのだ。それに私よりも、恵那様はもう落ち着いただろうか。

「あの、恵那様や食堂のことは……」

「恵那さんのことは大丈夫よ。本当なら彼女からあなたに謝るべきだと思うんだけど、ちょっと今日中は厳しいかもしれない。申し訳ないけれど、しばらく待ってあげて」

私が食堂に残してきた食器は、真琴様が片づけてくれたらしい。なにも気にしなくていいと言ってもらえた。真琴様は食堂に来る前に優里様と同室生の仲裁をしていたらしく、そちらも心配しないでとのことだった。

あれほど動揺して混乱状態にあった生徒たちを相手に、鮮やかに立ち回ってあっさり落ち着かせてしまうなんて、さすが白蓉のプリンスと称されるのもうなずける。

「ひとまずは落ち着いたから、気にしないで。……って言っても気になるわよね、あなただってつらいのに」

「いえ、私はたぶん……私にも責任があったんだと思うんです」

私は背の高い真琴様をためらいながら見上げた。

「一緒の部屋で過ごしていてなにも気づかなかったって、どうなのかなって思うし……いつも私が心配をかけてお世話になるばっかりで、全然泉子様のこと、わかっていなかった。恵那様の言われたことって、私だってもし違う立場だったら同じように思っていたかもしれないなって……」

恵那様に指摘されたことを、私は否定できなかった。

私は一緒に暮らしていた美奈子の病状にも気づかずにいた。

泉子様のことも、美奈子のことも、私はなにを見ていたのだろう。

真琴様の整った顔は、私の言葉を聞いてかすかに強張(こわば)った。

「いいえ鮎子さん。それは、私だって同じだわ」

私を見下ろしていた真琴様は髪を耳にかけて眼を伏せた。

わずかに背けられた真琴様の表情は、言葉の通じない異国に置き去りにされた幼い子どものようだった。

「私、なにもわからないの。泉子は学院での生活も、受験勉強も順調だった。神崎のことも薫君たちの家庭教師だとしか知らなかったし、予兆めいた変化があったのだとしても、私はなにひとつ気づかなかった……あんなに一緒にいたはずなのに……。恵那さんは私を面と向かって責められないから、言いやすいあなたを責めたのよ」

ぽつぽつと話す真琴様は、私の知っている学院の王子のイメージからは遠かった。

そういえば私は真琴様のことも、表面的な要素でしか知らない。

生徒会長。白蓉のプリンス。泉子様とは入学当初からの親友で、誰もが認めるゴールデンコンビ。

真琴様は女の子の世界でわかりやすく主役になれる人だった。女子校の王子様。泉子様が完璧な聖少女なら、真琴様は無双の王子様のはずだった。

だけど今の真琴様は、ため息が出るほどかっこいい容姿に反して、なぜかとても孤独に見えた。どれだけ周囲からちやほやされていても、比翼連理（ひよくれんり）だと思っていた泉子様がいない。あたたかな肉を裂いて無理やり翼をもがれたような、血の出る痛みと血を吐く寂しさ。

そうだ、と私はようやく気づく。なにか大きなもめごとが生徒間に起きたら、その場を収めるのはいつでも真琴様と泉子様のふたりだった。たとえば泣いている生徒は泉子様がさりげなくその場から連れ出して癒（いや）してなだめ、真琴様がお互いの言い分を聞いて関係修復に持っていく。

真琴様と泉子様はいつでも一緒だったのだ。少なくとも私たちはそう思っていた。

唇を噛んでいた真琴様は、小さく鼻を鳴らした。

「でも、ごめんなさい。私は恵那さんを咎められない」

どういうことだろう、と私は真琴様を見上げた。真琴様は痛みをこらえるように視線を落とし、うらやましかったもの、とつぶやいた。

「あなたは編入生だから、当たり前のように泉子と同室になれて、ふたりきりの時間を与えられたわ。それは私がどうしても欲しくて、でも手に入れることができなかったものよ。編入生じゃない私が泉子と同室になるためには、学院にとって気がかりな生徒になるしかない。だけど白蓉のプリンスであることを捨てれば、泉子にふさわしい私ではなくなる」

「でも、真琴様は泉子様の特別な存在だと……」

真琴様の唇の端は、微笑しようとしてかすかに震えた。

「そうだけど……だけど私が好きでいるほどは、泉子は私を愛してはいないわ……！」

かすれた声で吐き出された告白を、私はどう受け止めていいかわからなかった。だって私にはずっと、真琴様と泉子様はお互いに信頼しあっているように見えていたから。真琴様といえば泉子様だったし、泉子様といえば真琴様だった。他者からは不可侵の絶対的な関係性。気持ちのつり合いがとれていないなんて思わなかった。

「真琴様、それは……」

「泉子は、誰にでも分け隔てのない人でしょう？」

乾いた肌にまつげが影を落とし、整った顔は冷たい自嘲に歪む。

「私はずっと、泉子の特別でありたかった。生徒会だって、ふたりでできるから私から誘ったの。もちろん私は泉子と親しかった。だけどそれは私のほしい唯一無二の愛ではないって、こんなことになる前からわかっていたわ。私はあの子の特別になりたくて、ずっと柄でもない王子をやってきているのに」

白い襟に包まれた真琴様の肩が、痛みを誤魔化すように軽くすくめられた。

真琴様は泉子様のために王子になった。だけどじゃあ、泉子様は？

泉子様は誰のためにマリアになったのだろう。

「さっき、食堂にいたような人たち……。泉子にとって私の価値は、あんな人たちと同じなのよ」

——私は誰よりも泉子を愛したのに。

私は思わず耳を疑った。真琴様とは、このようなことを言う人だっただろうか。

弱音ともとれる言葉で、真琴様はその他大勢を蔑（さげす）んだ。この人は私のようなただの下級生に弱さをさらけ出すことはしないし、他人を侮蔑（ぶべつ）する人でもないと思っていた。だからこその白蓉のプリンスで、マリアの恋人だったはずなのに。

だけどそれは、けして満たされない王子の慟哭（どうこく）だった。

どれだけの人から愛されても、泉子様が自分だけのものにならなければ意味がない。

この人もまた、泉子様に焦（こ）がれて自分を見失ったのだ。

強くなった午後の光が真琴様の半身の影を濃くした。わずらわしそうに髪に指を入れ、真琴様は無表情につぶやいた。

「もしも泉子に特別がいるとしたら……」

もしも泉子様に特別がいるとしたら、いったいどうするというのだろう。

そのつぶやきは不吉な予告のように私の胸に広がった。だけど真琴様は疲れたように口を閉ざしてしまって、それから先を聞くことはできなかった。

*

夏休みの初日、私は朝から校舎の職員室を訪れていた。八月に学院で行われる夏期講習の申込書を出すためだ。電気をつけない職員室の床に、透明な太陽が降り注いでいる。

申込書に受講料を添えて担任の笹原（ささはら）先生に提出すると、先生は中身を確認する前に、無理はしていない？　と訊ねた。

「もちろん大歓迎だけど、夏期講習への参加は絶対ではないのよ。今の鮎子さんには、ゆっくり過ごす時間も必要かもしれない」

私は「なんだか、かえって落ち着かない気がして」と小声で言った。

「泉子様には、母のことでもいろいろ話を聞いてもらって慰めていただいたんです。だから……すごく悲しかったけど、泉子様のおかげで気持ちを切り替えることができて……」

台本を読んでいるのだと自分に言い聞かせて、私はそれらしい言葉を慎重に選んだ。

美奈子のことも泉子様のことも、本当の私はこんなふうには語れないし、語りたくない。

でも、なんとかうまく泉子様の情報を集めよう。食堂でも一時はどうなるかと思ったけど、結果的には真琴様と話すこともできたのだ。

頼りにしていた同室生を失って心細い生徒。泉子様がいなくなったことに負い目を持ち、責任を感じている。泉子様の同室生だったから生徒たちに嫉妬され、攻撃されたりもする。

それは実際のことではあるけれど、目的のためのキャラクターとして自分に纏わせようと思うと、とても陳腐で軽いものになった気がした。まるで私の中にある泉子様への気持ちまでがまがい物になったみたいだ。

だが私はどうにかして、優等生の突然の失踪に始まった立て続けの事件に動揺している先生たちから、泉子様にまつわる話をさりげなく引き出さないといけないのだ。

「なにかしていないと、考えてしまうんです。母のことも、泉子様のことも……」

そうだったの、とつぶやき、先生は眼鏡の奥の眼を伏せた。

「わかりますよ。私たちも泉子さんに、いつも助けられてばかりだった。つい頼りにしてしまって……」

あの子は本当に、いい子だった。

その言葉に、周りの先生たちもみんな暗い面持ちでうなずいていた。

先生方は口々に、泉子様のことを間違いのない生徒だったと言った。高潔で公平。あれだけのものを持ちあわせながら偉ぶったところがなくて、陰日向なく好き嫌いもしない。

自分を律する能力が高く、けして不機嫌な顔を見せることがない。どんなときでも他者を悪者にせず、今どきの子にはめずらしいくらい、親にも教師にも極めて素直。

「だけど、そういう評価が彼女には負担だったのかもしれない」

高等部でずっと泉子様の担任をしている光山(こうやま)先生は後悔の滲(にじ)む顔でそう言った。

ここ数日で、光山先生はひどくやつれてしまったようだった。

「泉子さんは誰にも弱音を吐かなかったけど、その吐けない弱音をくみとるべきだった。人として潔癖なところも、彼女のしんどさの表れだったんじゃないかと……」

潔癖症だったんですか、と居合わせた先生のひとりが訊いた。光山先生は首を振った。

「いえ、いわゆる潔癖症とは違っていて、もっとなんというか……自分自身に対する潔癖です。たとえばみんなに配るノートやプリントの束を泉子さんに渡そうとすると、彼女は目立たないようにハンカチでさっと手をふいてから受け取るんです。手の汚れがみんなのものにつかないように。コンポストの生ごみなんかを触ることは気にしないし、嘔吐(おうと)した生徒の介抱もするのに。だから泉子さんには、少しアンバランスな神経質さみたいなものがあったように思えて……手洗い場で見かけることも多かったし」

——手の汚れがみんなのものにつかないように。

私はボックスプリーツに触れている手を意識してスカートで拭(ぬぐ)った。なにかを特別に触ったわけではないのに、わざわざハンカチで手を拭いてから人のものを受けとる癖。それは、自分が汚れているという思い込みからだろうか。たしかに、泉子様はいつも清潔なハンカチを持ち歩いていた。日単位ではなく時間ごとに交換するくらい綺麗好きだった。

　私はふっと寮での光景を思い出した。泉子様はよく手にベビーパウダーをはたいていた。そのときはあまり気にとめていなかったけど。

　泉子様にはとても神経質な一面があったのかもしれない。だがそれは外向きではなく、ただ自分を律することに向けられていたのだろう。だからみんな、泉子様のそばで窮屈さを感じることがなかった。

　そういうところは多分にありましたねと、中等部の先生方も暗い面持ちで同意した。年相応の子どもらしいところがないことを、教師としてもっと気にするべきだった。あの子はあまりにも優等生でありすぎた。私たちはあの子に、一生徒の許容量を超えた負担をかけていたのかもしれない。

　先生たちは、泉子様が精神的に追い詰められて失踪したと考えているのだろうか。

「だけど今回の泉子さんのご実家の事件なら、いきなりテロに遭遇してしまったようなものではないですか？　予期なんて、誰にもできなかったでしょうから」

　のびやかな声が、湿っぽい空気にほんの少し風を通した。声の主を探すと、先生たちのデスクのそばに見慣れない女性が立っていた。

　若いその女の人は、首から来客用の名札を下げている。おそらく卒業生なのだろう。ペパーミント色のワンピースは大人っぽいけれど、まだ二十歳前かもしれない。良家のお嬢さんらしい、黒髪の綺麗な人だった。

女の人は微笑んで私に「こんにちは」と言った。慌てて私も挨拶をすると、先生たちは私もここにいたことをやっと思い出したようだった。

昨年卒業された先輩ですよ、と光山先生はその方を紹介してくれた。先輩は先生方に訪問の挨拶をしてから、私のことを訊ねた。

「去年の途中で編入してこられた、三科鮎子さん。高等部の一年生で、寮では泉子さんと同室なのよ」

「あら、白蓉に編入生とはめずらしいですね。ほかの学校を経験してからだと、全寮制のこの学校はかなり異質に思うでしょう？」

つい昨日全寮制という以上の異質さを体感したばかりだが、そんなことは言えない。

「でも、寮ではずっと泉子様と同室で、いっぱい助けていただきました」

「そうね。泉子さんとならどんな生徒でも安心だもの。正直、あなたはとてもラッキーだったんじゃないかしら」

先輩は昨年白蓉を卒業して、今は大学二年生なのだと言った。泉子様は二学年下の後輩にあたる。来月から一年間ロンドンへ留学するので、その報告に来たという。

「私は報道でしか事件を知らなかったんですけれど、さっきそこで会った子たちが口々に泉子さんのことやご家庭の事件のことを話していましたから……」

一応口止めしておきましたけど、と先輩は言った。光山先生は興味本位で話題にしないようにと言っているのにと疲れた声を漏らした。

「どうしても気になるんでしょうね。私も気になるし、他人事だと思えない。泉子さんが失踪したと聞いてから、なんだかいろんなことを思い出して、胸が閊える気がするんです」

清廉だったから、と先輩は言った。ゆっくりと私と目線を合わせて、そうでしょう、と首を傾げる。それから先輩は先生たちを意識しながら、なぜか私に向かって語りかけた。

「私はあの子の二学年上だったから後輩としてのあの子しか知らないけれど、すべてが完璧な後輩って年長者からしたら怖いものよ。だから、泉子さんは人気があるというだけでもなかった。取り込もうとされたり、猫可愛がりされたり、その反面話したこともないような人から嫌われたり。だけど嫌ってケチをつけるにも、泉子さんは間違ったところがなく、清くて正しい。白蓉のマリアというあの称号は、嫌いたくても嫌えない人たちがつけた、やっかみがはじまりだったのかもしれない。悪く言いたくても、誰もマリアには文句が言えないから」

私は美奈子に冠された愛称を思い出していた。彫刻界の妖精、マルマロス・マドンナ。美奈子はその名を気に入り、とても喜んでいるように見せていた。だけど泉子様のマリアはどうだっただろう。

マリアという呼称は、泉子様を縛ったのか。

泉子様はそう呼ばれる前から、マリアの名にふさわしい人だったのだとは思う。それは、泉子様の対人関係のあり方にも表れている気がする。

もしも他人から理不尽に嫌われ攻撃されたとき、私なら反発を感じるし、あまりにひどければその相手とはもう関わらないと決めてしまう。これは攻撃対象が私だった場合で、美奈子を攻撃されたら躊躇なく反撃するけれど。

だけど泉子様はきっと、嫌われる原因を自分に探す人だった。周囲からの棘棘した感情を察して、自分の悪いところを改めねばならないと思いこむ。たとえそれが、完全に周囲の妬みや逆恨みで、泉子様にはなんの落ち度もないとしても。

「普通の中学生の女の子、それもすごく真面目で責任感の強い子が突然、周りからマリア様みたいって崇められだしたら……私だったら受胎告知なみに戸惑うわ。だからあの子をマリアにしてしまった私たちはすごく残酷だったかもしれないって、先生のお話を聞いて思ったんです。泉子さんに訊いてみても、そんなことないって微笑むだけでしょうけど」

そういう人だったから、と先輩は言った。最初の印象では人好きのする微笑を浮かべていたうつくしい顔は、今は妙に白く平らに感じられた。ささくれのような後悔が、数年前の泉子様を知る先輩から表情を失わせていた。

長く蓋をしていた後ろめたさを、先輩は先生に懺悔したかったのだ。私という見知らぬ後輩に話すふりをして、彼女は仕切りの向こうの告解師に悔悟を打ち明けた。

この人はたぶん、泉子様のことを嫌いではなかったのだろう。むしろ親しくしていたのだと思う。だけど、泉子様を煙たく感じる人たちも知っていた。それも自分のすぐそばに。

先輩は白い指で口元に触れ、意識して表情を取り戻した。今更だわ、と自嘲するように。

職員室にいた人々が泉子様を過去形で語っていたことに、私はあとから気がついた。

＊

約束した時間に、私はひとりきりの応接室から薫さんに電話をかけた。泉子様についての経過報告である。

本来なら生徒は寮のホールにある黒電話を使うのだが、会話の内容が内容なので、どうしたものかと悩んでいた。それでダメもとで舎監先生に事情を相談してみたら、応接室にある電話を使っていいですよと言ってもらえたのだ。帰省ラッシュも終わって寮で過ごす生徒はもう二〇人程度になっていたが、いくら人の数が減ったとはいえ誰が来るかわからないホールではなく、会話の漏れない応接室で話せることにほっとした。

電話に出た薫さんは「こっち、うるさくないですか？」と訊ねた。とくに騒音らしいものは聞こえない。どうやら薫さんはホテルの部屋にいるらしかった。

嵐のような食堂での出来事や、真琴様が吐露した泉子様への生々しい感情まで伝えていいものか悩んだが、正直に報告しないと私はただの不埒な野次馬だと思い直したので割愛しなかった。だが真琴様の話を伝えても、薫さんに感情的な反応はなにも窺えなかった。

生徒たちは泉子様が神崎に誘拐されたのだと断定して異論を許さず、狂乱状態に陥った。学校の先生たちは今回の失踪を、精神的に追い詰められた末の蒸発かもしれないと思っているようだった。それを聞いた卒業生の先輩は、泉子様は上の世代からは可愛がられもしたが、じつは僻みや嫉妬の対象にもなっていたと明かした。

泉子様は清らかでうつくしい完璧な聖少女で、まさにマリアだった。誰に訊いても、それだけは同じだった。

そんなこと、ありえるだろうか。

聖少女マリアという、ただの少女には荷が重い尊称と、ひたすら自分自身に向けられた厳しすぎる潔癖。誰に対しても分け隔てのない律された博愛。

「話を聞いていて、先生方の言うように精神的に追い詰められての家出かもしれないなとは思ったんですね。だけど、行き先の手がかりはまだ全然です」

長い話に口を挟まず聞いていた薫さんは、私が話し終えてから「泉子は、なぜ追い詰められていたんでしょうか」と言った。

「この前に白蓉に行ったときに驚いたんです。泉子がまるで本当のマリアみたいに崇拝されているから。どんな善人や人格者でもひたすら崇められるなんてありえないと思うんですけど、泉子ならそれもわかるような気もしたし、同時に泉子だから不自然な気もした」

「でも私はこれまで、そのことに違和感はなかったんです。誰からも泉子様への妬みや悪口を聞かなかったし、それに泉子様って、嫉妬させるレベルを超越している気がする。マリアと自分を比べるなんておこがましくて、そんな発想にもならないじゃないですか。だけど食堂でのあんな騒ぎは、ただ単にその人がとても好きという感情だけでは起こらないかもしれないですね」

あまりにも完璧な存在へのどうにもならない焦燥があって、表に出せば異端者の烙印を押されるその嫉みを隠すため、大げさに信仰しているふりをする。とくに真琴様に強い思慕を持っている人だったら、大好きな真琴様に嫌われたくなくてことさら泉子様を賛美するということもあるかもしれない。

「泉子様だからかえって神聖視が不自然というのは、あの美貌や恵まれた家柄は周囲から妬まれるだろうってことですよね」

まあ、そうですねと薫さんは言いづらそうに首肯した。ちょっと訊き方がいやらしかったかもしれない。

「泉子は、昔からずっとああなんです。感情の波がまったくなくて大人しい、人形みたいな……だから マリアと呼ばれるのも、泉子に人間臭さがないからかもしれない」

感情の波が皆無の、うつくしいお人形。

薫さんは家での泉子様の様子を見て感じたままを言ったのだろうけど、親しくしていたわりにはよくここまで褒め言葉に聞こえない表現を選んだものだ。でも泉子様を言い表すのに、聖少女マリアのビスクドールという表現はやけにしっくりきてしまう。

「おうちで泉子様がイライラしてたり、薫さんと喧嘩したこととかはなかったんですか」

「ないと思いますね。泉子は中学から寮生活とはいえもう十年も一緒に暮らしているけど、泉子が文句や不満を感じているところすら見たことない。喧嘩も、僕や弟だけでなく誰ともしたことないと思います」

「そんなこと、あります？」

「三科さんは泉子が悪口を言ったり、誰かと揉めているところって想像つきますか」

「……つかないですね」

泉子様は家では総じて大切にされていたと薫さんは言った。祖母の摂子さんにとっては自慢の孫娘で、母の雪子さんは泉子様を溺愛していたらしい。だけど掌中の珠のように慈しんできたお嬢さんを遠方の寄宿舎に入れることは、不安ではなかったのだろうか。

「あの、泉子様が白蓉を選んだのってなにか理由があるんですか？　ご家族に卒業生がおられるとかですか？　中学から親元を離れるのはめずらしいな、と思って。それに毎週の帰省も、この距離だと大変じゃないですか？」

「白蓉に決めたのは祖母なんですが、全寮制でカトリックの女子校だったからですかね。帰省の頻度は、ずっと以前に祖父が気にしていたことがあったんですが」

泉子様は滋賀県長浜市の白蓉から、都内の実家へ毎週末帰省していた。そのことについて泉子様の祖父の元麿氏は、頻繁すぎる帰省が泉子様の負担になっているのではないかと苦言を呈したことがあった。せめて月に一度の帰省にしたほうがいいのではないか。だが摂子さんと雪子さんは娘が親元に帰ることが負担なわけがないとはなからとり合わず、また泉子様も大丈夫ですと言ったという。それはまだ泉子様や薫さんが中学一年の時期だったが、その一件以来元麿氏は泉子様の教育には口を挟まなくなったらしい。

「……うーん、いろいろあったんですね。……そういえば、泉子様って大学受験の志望校は決まってましたっけ？」

「まだ決めてなかったですね。祖母と伯母がいろいろ言っていたけど、結局いつもみたいに泉子を差し置いてそのふたりで揉めてしまって」

摂子さんは都内の私立女子大でないとだめだと言い、雪子さんは自分の母校の私大に行くよう言っていたという。雪子さんの母校が女子大なら紛糾しなかったかもしれないが、生憎その大学は共学だった。進路選択における嫁と姑の価値観で一致していたのは、自宅から通える私立大学という点のみだったらしい。

「じゃあ、ひとり暮らしが必要な進路だったら、どれだけレベルが高くてもあんまりって感じだったんですか？　国内でなくても、たとえば海外の名門校に留学とか」

「伯母がついていって一緒に住むと言ったかもしれない。でも、それだと祖母と伯母が採めるだろうし」

泉子になにか、自分自身のことで強い希望はあったのだろうかと薫さんはつぶやいた。

「なにかやりたいとか、これが欲しいとか、そういう欲求ってあったのかな」

「えっと、人間なんだからなくはないんじゃないですか？　なにかしらは……。ただ、私も思い出せないかもしれないです。学校でも寮の部屋のことでも、泉子様からこうしたいって言われたことはないかも……」

鮎子さんはどうしたい？　どれがいいと思う？

泉子様はいつでも、下級生の私の意見を尊重してくれていた。よっぽど泉子様のほうが良い判断をするという場面でも、必ず私のしたいようにさせてくれたのだ。

「でも、泉子の自分に対する潔癖さというのはわかる気がします。たしかに泉子は人から不潔に思われることを始終気にしていました。祖母がとても綺麗好きだったから、それでかもしれない。肌や服がちょっとでも汚れていると、僕もよく注意されたので」

泉子様と薫さんをそれぞれ思い出して、なるほどと納得する。白蓉に来たときの薫さんは暑いさかりだというのにかすかに石鹸の香りがして、男子高校生らしい脂っこさを感じさせなかった。泉子様にも共通する清潔そのものの身だしなみの良さは、摂子さんの教育の賜物なのかもしれない。

「寮の部屋がいつも片づいていたのも、おばあさまの影響なのかもしれないですね」

この前の電話のあとにあらためて寮の部屋の泉子様のスペースを見てみたが、とにかく整頓されて物がないという印象だった。

「部屋に、泉子のスマホは残っていなかったですか？」

「えっ……泉子様、スマホを寮内に持ち込んでいたんですか？」

反応が予想外だったらしく、薫さんは不意を突かれたように「知らなかった？」と訊き返してきた。

「はい、白蓉は校則で持ち込みが禁止なので……スマホとかタブレットとか、ノートパソコンもだめだし。そういうものを校内に持ち込んでる人って見たことないですよ。ばれたら絶対怒られるし反省文です」

「ああ、そうなんだ。でも泉子は入学したときから持ってましたよ。伯母が連絡用に持たせていたので」

「ええー……そうなんですか。よく見つからずにすんだなぁ……」

白蓉は校則で通信・電子機器の校内持ち込みが禁止されている。私も編入までは持っていたのを解約して入寮した。編入してからいろんな生徒と知り合ったけど、スマホ類を持ち込んでいる人は私の知る限り皆無だった。だからあれだけ真面目な泉子様が、みんなが守っている校則をこっそりと破っていたということが衝撃だったのだ。

親の勧めで校則を破るのは、正しいのだろうか。それがもしばれたとき、まず叱られるのは所持していた子どもだ。それに泉子様の性格なら、ぜったいに親を言い訳にしない。

なんだかなぁと思いながら、私は泉子様がスマホを使っているところは一度も見たことがないと言った。着信音や充電をどうしていたのか。同室の私が気づかないなんて、よっぽどの注意を払って隠していたのだろう。

「泉子のスマホ、端末を探しても反応しないんです。今、警察でも調べているんですが」

「部屋では見つかりませんでしたけど……。というより、そもそも本当に私物の少ない部屋だったんです。見られて困るようなものはひとつも残っていなくて」

私は、自分と泉子様の部屋を捜索したときの様子を薫さんに話した。

白蓉の寮のふたり部屋は八畳の洋間で、床は板敷だ。部屋は正面に二枚組みの窓があり、窓のある壁にくっつけるように学習机がふたつ並べてある。左右の壁際にそれぞれベッドが置かれ、チェストも揃いのものがふたつ。家具はすべて無垢(むく)材で、部屋は非常に質素。

ここまではどの部屋もまったく同じだ。

だが私たちの部屋を他人のつもりで観察すると、まるで面白味のない部屋だった。まずふたりとも私物が少ない。ただ私の使う半分は片づけていてもどこか生活臭がして、泉子様の空間は色を塗り忘れたみたいに無味乾燥だった。新築マンションのモデルルームのほうがまだ個性と彩りがあるだろう。

私はこれまでけして触れなかった泉子様のクローゼットの内部をおそるおそる覗いた。まだ埃も溜まらないクローゼットには長袖の冬制服だけが残り、チェストの中には畳んだ衣服がきちんと並べられていた。

整頓された学習机。整然と並ぶ教科書。手帳や日記の類はなく、使いかけの授業ノートには整った硬筆が刻まれている。棚には衛生用品や常備薬のストックがきちんと管理されていて、ベッドヘッドの引き出しには愛用していたベビーパウダーの缶があった。

なにもかもが泉子様らしく、そして泉子様らしさとは透明な無個性だった。

本棚には蔵書がそっくり残されていたが、秩序正しく並ぶ背表紙の著者名とタイトルは、現国の教科書に掲載される読書リストのようだった。誰に見られてもなんら恥じることのない書棚。教養としての課題図書。年季の入った読書好きの高齢男性とも、英米文学科卒の中年女性とも、日本文学好きの留学生とも、程よく話を合わせることができそうな選り好みのない博覧強記。

部屋を見回しながら、私はなんだか頭の隅に引っかかるものを感じた。

泉子様の感情や内面を表すものは、この部屋に残っていなかった。徹底的にその人個人が不在の部屋。まるで死を覚悟した人の身辺整理のようだ。だけど実際には泉子様がいたときと、部屋の中身はなにも変わっていない。

ただ、泉子様が消えたというだけで。

「整理整頓され過ぎていているから失踪のために片づけたように思うけど、考えてみたら泉子様がいたときからそうだったんですよね。おばあさまが綺麗好きということは、泉子様は実家のお部屋もこんな感じだったのかな、と思って」

「綺麗にはしていたと思います。ただ、僕は泉子の私室には入らなかったし、本格的に調べる前に火災になったので……。でも僕たちの部屋は、不在にしている間に祖母が頻繁に点検に来るんです。泉子の部屋は伯母もよく立ち入っていたから、寮の部屋以上に事件を匂わせるものは残せなかったんじゃないかと思います」

「留守のうちに勝手に部屋に入られるんですか？　抜き打ちチェックみたいな？」

「そうですね。片づいているかとか、変なものを置いていないかとか」

そんなこと、規則の厳しい白蓉の寮でもされないのに。

分類できない戸惑いを感じている私と対照的に、薫さんはそのことについてはもう慣れていてたいしたこととも思っていないようだった。常に見苦しくないよう片づけて掃除していればそれですむという認識らしい。

家族に勝手に部屋に入られることについて、薫さんは入ってもいいけど私物には触らないでくれと言い、光さんはたびたび私室のドアに買ってきた鍵を取りつけては怒られた。

そして三人のなかで泉子様だけは、黙してすべてを受け入れていた。

「僕が頼んだことを祖母たちは一応納得してくれたけど、たぶん通学用のリュックなんかは勝手に開けられていたんだろうと思います。母もそういう人だったから」

だからといってどうということもないが、という淡々とした言い方だった。

私だったら、たとえ家族でも内緒で私物を探られたらとても嫌かもしれない。

部屋に黙って入って私物を触るなんて、美奈子は絶対しなかった。むしろ留守中に美奈子の寝室に入るのは、家中にまとめて掃除機をかけたい私のほうだった。でも入る前には許可をもらっていたし、美奈子が部屋に置いているバッグやポーチの中を見たいとは思わない。だって人の持ち物は、いくら親しくても勝手に触ってはいけないから。

ルールとして決めるまでもなく、そういうものだと思っていた。

ただ娘の私が家事全般を担当して、母である美奈子は娘を置いて仕事に没頭し外泊すらするという私たちの生活も、おかしいと感じる人はいた。

美奈子と暮らしていた頃、私たちの家を外から垣間見ただけの他人に心配されたり、注意されることがよくあって、その度に私は腹を立てて傷ついた。私は美奈子とのその生活に、とても満足していたのだ。それに美奈子を悪く言われることはなによりつらかった。

人の親や家庭について、自分本位な物差しで測って批判したり可哀想がったりすることは、無神経な傲慢(ごうまん)さなのだと私は思う。

だから薫さんが話す藤城家の話を聞いただけで、なんだか嫌ですねと軽々しく言ってはいけない。私の育った環境とあまりに違うから、違和感があるだけなのかもしれない。

私はかいつまんで自分の生い立ちを薫さんに話した。一方的に根掘り葉掘り訊いて自分のことをなにも明かさないのでは、これから協力していくのにフェアではないような気がしたのだ。だけど母が彫刻家の三科美奈子であることや、おそらく現在は藤城家の取材をしているのだろう康司の仕事のことまでは言えずに隠してしまった。だから、ずっと母子家庭で育って数か月前にその母が亡くなったことと、祖父母や親戚とは一度も会ったことがなく音信も不通のため、どういう存在なのかわからないのだと伝えるにとどまった。

「学校に行って、家のことも全部三科さんがしてたんですか？　小さい頃から、ひとりで？」

薫さんも私の話に驚いていて、どこか疑問に思っているのがうっすら感じられる。薫さんの環境ならそうだろう。電話越しの薫さんに戸惑いが感じられるということは、内心ではありえないと思っているのかもしれない。

「いやぁ、私は母がいるときしか家事しませんでしたよ。母にやれと言われたわけじゃなくて、私が母に喜んでもらいたくてやってただけだったし。母が一週間留守だったら洗濯機は回さなかったりとか、自分ひとりなら料理もしないし」

「……もし、お母さんが連泊中に三科さんが熱を出したりしたら？」

「私、身体はかなり丈夫なんですよ。だから寝込むということはなかったけど、軽い風邪程度なら薬飲んで学校に行くか、家で寝てました」

そうやってひとりの夜に慣れてしまっていたから、私は康司が出てくるまで美奈子の病気に気づけなかったのだ。

「ふたり暮らしって、そういう感じでやっていくんですね」

電話の向こうの絶句は短かった。いろいろ思っただろうけど飲み込んだらしい。

「これから、しばらくは祖父とふたりになるので」

「あ、でもこれはうちだけの特殊なパターンかもなんですが」

「僕のこれからも、たぶん特殊です。これまでもそうだったのかもしれないけど」

薫さんはそう言って少し笑って、先の見えない明日を冗談にした。

「親族世帯と一緒に住むのって、ひとつの世帯よりも気を遣うものですか?」

私が訊くとしばらく考えてから、薫さんは「気を遣うのは、何人家族でも同じじゃないですか」と言った。

「同居人数が多くても妥協と譲り合いが増えるだけで、家族は好き嫌いじゃないと思う」

薫さんは個人間の感情はどうであっても、親や親族とは敬(うやま)うものであり、弟妹(ていまい)や子どもは守るべきものと考えているようだった。

「ただうちは家が広くて部屋数が多かったし、経済的に余裕もあったから、それで助かっていた部分はあるかもしれない」

それはあるかもと言いそうになって、私は口をつぐんだ。薫さんが言うその広い家も豪勢な家財も、すべてが燃え尽くされたばかりなのだ。

この人はいつでも淡々として正しい。正しいから、この人が莫大な不幸の中にいることも忘れそうになってしまう。

神崎を刺して捕まった光さんは現在、事件管轄(かんかつ)地域の少年鑑別所にいるそうだ。逮捕されてから黙秘を続け、薫さんが面会に行ってもなにも話そうとしなかったらしい。刺された神崎はいまだ意識が回復せず、事情聴取できていないという。

藤城家事件の対応と並行して泉子様の行方も探しているが、それもまだそれほど進んでいないと薫さんは言った。

「泉子は八日にスクールバスを降りてから、乗るはずだった新幹線には乗っていないようです。八日以降で泉子名義の交通系ＩＣカードが使用された記録はないし、銀行預金にも一切手はつけていない。正式にわかっているのはそれだけです」

泉子様の失踪は七月八日で、十日に薫さんは学院を訪れた。その後十三日未明に火災事件が起きて藤城家の五人が死亡。弟の光さんとともに勉強合宿に参加していて難を逃れた薫さんは急報を受けて合宿を切り上げ、駆けつけた祖父とともに警察から事件について詳しい説明を受けた。そして翌十四日、宿泊していたホテルから姿を消した光さんが神崎理久を刺し、逮捕された。

「私、この前名前を聞いていた森園天音様と会えるかもしれないんです。あとは今日、ちょっと気になったことがあって……」

私がそう言いかけたとき、電話の向こうで薫さんの名前を呼ぶ声がした。

ちょっとすみません、と薫さんが言って、スマホから遠ざかる気配がする。

薫、どうした、と訊ねる眠たげな声が漏れ聞こえた。ごめん、声大きかった？　と薫さんが言っている。私と話すよりもやさしい声だった。

会話している気配が伝わってくる。大丈夫だよ、と薫さんは向こうで言ったようだった。

薫さんとおじいさんは、あの火災からずっと都内のホテルに滞在している。薫さんは語らないが、大きな事件の関係者として常に気を張った宿泊だろう。この会話の内容は他人に聞かれるわけにはいかないから、薫さんはおじいさんの寝ているホテルの部屋で私の電話をとった。最初にうるさくないかと薫さんが訊いたのは、おじいさんのいびきのことだったのかもしれない。

「ごめん、なんでした？」

「あ、また今度にしますよ。私もまだ確信がなくて、様子見なので」

薫さんは電話口に戻ってきてくれたけど、私たちは次に会う火曜日の時間を確認しただけで通話を終えた。

第四章

終業式の日に食堂で別れたきりになっていた優里様は、帰省する前に部屋を訪ねてくれて、食堂では荒れていた同室生の舞さんも恥ずかしそうに隣に並んでいた。あのあと真琴様の仲裁もあり、無事に仲直りできたという。

帰省前で慌ただしかっただろうに、優里様は食堂での会話でちらっと出てきた、泉子様の幼馴染みの森園天音様を紹介する手筈を整えてくれていた。

優里様は美術部の友人に『泉子様の現同室生で去年に編入してきた高等部の一年生、お世話になった泉子様の行方不明をすごく心配している』と私を紹介したらしい。伝えられた二年生の美術部員は終業式の昼に食堂の騒乱に居合わせており、私と恵那様に起きたことも知っていた。

その美術部の先輩はさらに『泉子様と同室だったばかりにみんなの面前で恵那さんから一方的に責められて、泣き出してしまった可哀想な後輩』とかなり歪曲した情報を付加して天音様に私を引き合わせた。この他己紹介を、私はあえて訂正しなかった。

天音様は、美術室の隣の美術準備室にこもって作業していることが多いらしい。

キャンバスに向かってデッサンをしていた天音様は、ふたりきりになってあらためて挨拶をした私に胡乱な眼を向けた。長い黒髪を後ろでひとつにまとめていて、浅黒いむき出しの額が脂で光っている。座っていても威圧感を感じるくらい重量級だ。

「泉子のことなら、私に話せることはなにもないわ」

かえって小気味よくなるくらいの切り口上だった。私は「お邪魔ですよね、すみません」と言いながらしれっと天音様のそばに近寄った。泉子様の幼馴染みに話を聞けるせっかくのチャンスなのだから、簡単にあきらめるつもりはない。

「なにか少しでも、泉子様のことを知りたいんです」

「迷惑よ。帰ってちょうだい」

「お願いします、どうしても泉子様のことが……」

真剣にお願いしながら、私の眼は広い作業台の上にある塑像に引き寄せられた。

「これ、美奈子の……」

私は思わず背をかがめて、三十センチほどに縮められた白い女の裸身を覗きこんだ。

その全身像は、美奈子の作品の縮少コピーだった。美奈子の作品のなかでも代表的なものは原寸大のレプリカだけでなく、サイズや素材を変えた廉価版も製作されて一般向けに販売される。だがこの作品はどちらかといえばマイナーな作品で、廉価版は販売されていないはずだった。

「これ、三科美奈子が一昨年の四月に発表した『ある女――c29』ですよね。でもこのシリーズの縮少版は出ていないはず……。もしかして、天音様が自分で作られたんですか？」

　女子高生が自分で作ったのなら、それはとてもよくできていた。

　興奮する私をしげしげと眺めていた天音様は、キャンバスからこちらに身体の向きを変えた。どっかりと座り直して、眉根を寄せて私を見つめる。私はやっと気がついて卓上の塑像を覗きこんでいた身体を起こし、脱線した会話を急いでもとに戻そうとした。

　だが天音様は「そうよ。とても好きな作品だったから、美術の先生に教えてもらって自作したわ」と言った。

「あなた、たしか三科鮎子さんというのよね？」

「はい、あの……」

「違っていたら悪いけど、あなたもしかして三科美奈子の娘なの？」

　そうなんです、とうなずくと、天音様はニキビの目立つ頬を掻いた。眉間のしわが深くなる。

　天音様はなにかに迷っていた。腕組みをしながら、じっと考え込んでいる。私は等しい重さで揺れている天音様の天秤が、私に有利に傾くのを祈りながら待った。

「そこらへんの椅子、適当に座って」

ついに得た勝利は、天音様にとって苦渋の決断らしかった。私は作業椅子を引き寄せて天音様の斜めになる位置に腰を落ち着けた。

「あなたになら泉子のことを話してもいいかと思うけど、私が泉子について知っていることは彼女のほんの一部分に過ぎないわ」

「でも、とてもお付き合いが長いんですよね。幼馴染みで、今もとても仲が良いと泉子様が言っていたって、高村優里様から伺いました」

天音様は眼を眇めた。まあねえ、と苦い顔のままで言う。

「泉子とは、幼稚園の受験スクールで出会ったの。スクールから幼稚園、小学校が同じで、泉子が中学は白蓉を受験すると言ったから、それで私もここを知った」

泉子様と天音様が通っていた短大までエスカレーター式の一貫校も、校名を訊ねたら有名なカトリックの女子校だった。するとわざわざ中学受験をしなくても学校選びの基準はクリアしているように思うが、摂子さんの中にはまだなにか理由があったのかもしれない。

「出会ったのは一歳になるかならないかぐらいだった。小さい頃の記憶はあまりないけど、泉子がとにかく可愛らしかったことだけははっきり覚えている。本当に可愛かったの。性格も昔から変わらないわ。あの頃は天使で今はマリア。天使がそのままマリアになったみたいな人よ」

天使がそのままマリアになった、というのはとても泉子様らしいような気がした。

「泉子様って、そんな小さい頃から泉子様だったんですね」

　天音様はちょっと肩をすくめた。

「そうよ、もう完成していたのよ。幼稚園の頃から泉子はきちんとした敬語を使って、出したおもちゃや使った食器はすべて片づけて帰るの。あの子は挨拶をしてお辞儀ができるのよ、って母がびっくりしていた。五歳年上の私の姉やその友人より、ずっとよくできたいい子だったの。だからうちの両親は、私を叱るときによく泉子を引き合いに出すのよ。あの子を見習いなさいってね」

　軽く鼻で笑った天音様は、その言葉は聞き飽きたと言いたげだった。古くからの幼馴染みだから、比べられて反発する時期はとっくに通り過ぎたのかもしれない。

　だがそれから、天音様はまた唇を結んで無言になった。なにかを言い淀(よど)んでいる。

「……泉子の家、行ったことある？」

「いえ、じつは冬休みに誘っていただいたんですけど、私はそのとき帰省しなかったのでお邪魔していないんです」

「じゃあ、これから言うことはあくまで幼かった私の感想だと思って聞いて」

　天音様の前置きはどこか暗い陰(かげ)があって、泉子様の家を訪れたことのある白蓉生の、まるで天上世界を語るような礼賛とはまったく違う雰囲気を持っていた。

「藤城(とうじょう)家は素晴らしい家よ。お城みたいにうつくしい洋館で、四季折々の花が咲く庭は入園料をとってもいいくらい見応えがあるわ。幼い頃はお邪魔するのが楽しみだった。でも、年齢が進むにつれ泉子の家で遊ぶのを避けるようになったの。本当は、私あのおうち少し苦手だったのよ。みんなやさしくていい人たちなんだと思うけど、なんだか……泉子がとても家の人に気を遣っているようで。幼稚園の頃からそうだったのよ。まあ、他人の家に来て緊張するのはわかるじゃない。だけどあの子、自分の家でもものすごく気を遣うの。それにお母さんがべったりそばにいて……お母さんが用事で家にいない日はおばあさまがそばに来るのね。幼稚園の頃は気にしなかったけど、なんだかね。……言い方は悪いけど、ちょっと監視されているみたいだなって思った。だから小学校の途中からは、私の家でばかり遊ぶようになったわ」

いい人たちだとは思うのよ、と天音様は自分を納得させるように言った。これまで思い描いていた藤城家の家族写真がわずかに彩度を変えた。薫さんから家のことを聞いたときに感じた薄曇りがまた胸に広がっていく。なぜそんなふうに思ってしまうのか、自分でもわからないのだが。

親友の家族、それも不幸なかたちで亡くなってしまった人たちのことを手放しで賛美できないことに罪悪感を覚えているらしい天音様に、私は空気を変えるつもりで訊ねた。

「小学校も一緒だったんですよね。泉子様って当時も人気だったんですか」

「もちろん人気があったわよ。可愛いし、とてもやさしいし。みんなで泉子の奪い合いというか……そのぶん妬まれもしたけど、でも年下の生徒はこぞって憧れていたし、あとは先生たちにも総じて好かれていたと思う。知ってる？　泉子って、本当は無口なの。周りの人がよくしゃべるだけで、あの子自身はあまりしゃべらないのよ」

たしかに泉子様は、人の話を聞く役に回ることが多い。泉子様に聞いてもらえると心地よかった。寮の部屋で過ごすときも、私ばかりがしゃべっていた気がする。

泉子様は人気があったけど、まったく偉ぶったところのない人だった。自惚れを感じたことがなく、出しゃばりでもない。ある意味、ストイックな性格だと言えるのかもしれない。愚痴も弱音もはかず、人に反論することもない。これ以上なくマリアというか、潔斎が極まった聖女めいたところが多分にある。

「聖女ね……まあ過ぎた謙遜というよりも、泉子は本当にあまり自分に自信がなかったのかもしれない。いくら褒められても解消されないような、根本的なところで」

「あんなに完璧な人がですか？」

「ええ、意外と細かいコンプレックスがあったのよ。足の指のこととか、肌荒れとか。減量しないとなんてふざけたことを言って、野菜スープだけで何日も過ごしていたりね」

天音様はそう言って、重たいため息をついた。

「……泉子が愚痴を言わなくなったきっかけは、思い当たることがあるの。小学校ぐらいから、女子って見た目のことといろいろ言い出すでしょう。ニキビができたとか、脚が太いとか、色黒がいやとか。そういう悩みで盛り上がったりもするじゃない。それである休み時間に、みんなでそんな話になったのね。それでそのときある人が泉子に、泉子ちゃんは悩みなんかないでしょって言ったの」

泉子様は言い淀んだあとでぽつりと、「あるわ」と答えたという。当時の同級生たちは猛烈に反論した。そんなに可愛いのに、芸能人の誰々より、ずっと美人なのにと。天音様も言わなかったけど、同じように思っていたみたいだ。

泉子様は顔を赤くして「私、足の指の形がおかしいの」と恥じ入るように告白した。

「足の指の形がおかしい？」

「ええ、親指より人差し指が長いからって」

「いや、そんなのはただの……何パターンかある足型のひとつじゃないですか？　ていうか私もそういう型ですよ」

たしかギリシャ型というのだっただろうか。靴屋さんで美奈子に言われたことがある。でも美奈子はこの足の形を、爪先（つまさき）を出すようなサンダルがよく似合う形だと褒めてくれた。私の身体はとにかく頑丈さが取柄なのだが、そんな私の容姿について素敵だと言ったのは美奈子だけだった。いや、美奈子は私のことなら、なんでも認めてくれていたのだ。

私の動揺を読みとったように天音様は首を振った。意味がわからないでしょ、と言う。

「なにを言っているのか、私にはわからなかった。だって泉子は素晴らしい脚線美の持ち主じゃない？　太ももより膝（ひざ）から下がすらっと長くて、きめの細かい白磁（はくじ）のような肌で、無駄なところや気にするようなところなんかひとつもないわ。最高級のビスクドールみたいなのよ。それなのに、足の指がおかしいと言うの」

そういえば私は同じ部屋で寝起きをしながら、泉子様の素足を見たことがない。

泉子様はいつも素足を隠して生活していた。それぐらい、泉子様にとっては根深いコンプレックスだったのかもしれない。

「鮎子さん、泉子が言うこと、人を馬鹿（ばか）にしているように思う？　だけど泉子は真剣なのよ。直さないといけないとか言ってね」

小学生の子どもが、自分の骨格を直さないといけないとまで思い詰めるなんて、よっぽどのことじゃないだろうか。そのことについて終始、近しく影響を持つ人、たとえば親から言われ続けるようなことがないと、なかなかそこまで思わない。

だから自分はだめなんだと、自力ではどうにもならない身体的特徴に悩む気持ち。

そしてそんな泉子様の気持ちは、同級生たちに受け入れられることはなかった。

嫌味っぽい、悩みなんてどうせないんだから無理に言わなくていいなどと、集中砲火を受けたらしい。

――そんなことを言って、またみんなの気を引きたいんでしょ？　泉子ちゃんって可愛いけど、性格は悪いよね。

みんなひどかったけど、その言葉が一番残酷に聞こえたと天音様は言った。またその発言に怒って食ってかかる生徒もいて、先生がいない休み時間の教室は一気に戦場になった。

「泉子は……よく泣かないで我慢したと思う。そんなことを言って難癖をつけるなら、泉子のいないところで存分に傷を舐め合っていればいいだけなのに。所詮ブスはブスなのよ。だけど当時は私もまだ子どもで、どう言い返せばいいかわからなかった。泉子が本当に悩んでいるのをどう言えばわかってもらえるか必死で考えて、馬鹿なことを言ったのよ」

――こんな足の形だと靴下に穴がすぐ空くでしょ。制服の靴下は一足六百円よ。すぐ穴が空いたら一年間にどれだけかかると思ってるの。

冷静に考えると月に四足買っても藤城家にはたいした負担ではなかっただろうと天音様は肩をすくめた。でもそれをきっかけにして、なんとなく場が白けて話は終わったらしい。

みんながそれぞれに散ってから、真っ赤な顔をした泉子様が天音様の制服の裾を摑んだ。

泉子様は真っ赤な顔を伏せて、ありがとうとつぶやいた。それから慌てて制服から手を離し、自分の手が天音様の制服を汚したと思いこんで謝り、ハンカチで拭おうとした。

泉子様の足は制服の靴下と上履きに隠されていて、幼い手のひらは汗で冷えていた。

泉子様が絶対に愚痴をこぼさなくなったのは、それからだと思うと天音様は言った。

「だってなにを言っても、ひねくれて受け取られてしまうんだから。そしてそれと同時に、泉子の中には自分の弱さを許せない潔癖さがあったのだと思う。それは美点のようでもあるけれど、私は間違いなく短所であると言いたいわ。あの子は自分で自分の首を絞めている。泉子は私にとってとても大切で尊敬のできる親友で、マリアよりも素晴らしい人よ。だけど、私は神様に泉子と立場を交換してあげると言われてもなりたくはない。あの役はあまりにもしんどすぎる」

天音様はこれまで称える人ばかりだった泉子様の数々の美点を、泉子様を苦しめる弱点でもあると思っているようだった。

――あの子は自分で自分の首を絞めている。

やめてとも嫌だとも言えない状況で沈黙しつづけないといけないのは、きっと窒息と変わらない。

「泉子が自分からマリアになりたいと言ったことはあったかしら？　おそらく、みんなの幻想の押しつけに過ぎないわよね」

それは職員室で会った卒業生が言っていたことと繋がるかもしれない。私たちが泉子様をマリアにしてしまった、そしてそれはとても残酷なことだった、と。

「あの子は完璧よ。見た目も人となりもね。だけどその完璧さは尊敬と同時に憎悪されることもある。とてつもない劣等感があるけど、劣等感ゆえに嫌いだと認められない。どうにもならない感情を泉子に持つ人を、私はこれまで何人も見ているわ」

それはたとえば誰が……と訊ねると、天音様は「さっき言った小学校の同級生に、白蓉のすぐ上の学年の先輩たち。それから小学校時代の若い女の先生にも、あからさまに泉子への扱いがおかしい人がひとりだけいたわ。逆のえこひいきというか……愛情深い先生のふりをして、泉子にだけ他の生徒には要求しないレベルのことを日常的に求めて、達成できないとみんなの前で叱っていた。あなたは全校生徒の模範なんだから、きちんとしないといけないわって」と言って顔を歪めた。

「あの女の先生は泉子のような人を、公然と叱る理由をなんとかして見つけたかったのかもしれない。とても可愛くて、だけど大人しくて、なにも言っても反論も反抗もせず、素直に自省を繰り返す泉子のことを」

泉子はどんな形でも誰かに悪意を向けられると、ひたすら自分に原因を求めたのだと天音様は言った。悪いのは私であり、私には直さないといけないところがあると。

「もしも泉子が並みの人間らしく、あの美貌に高慢なところや我儘な部分も持ち合わせていれば、そういう表裏一体のぬめった感情を向けられることはなかったかもしれない」

強そうだったらということですかと訊ねると、天音様は「そうね」とうなずいた。

私は美奈子を思い出していた。

強くてうつくしい、私の美奈子。

美奈子はもしかしたら強かったのではなくて、強くあろうと演じていたのかもしれない。

「私は泉子が好きよ。だけどそれを吹聴しなかったし、本人に言うつもりもなかったわ。

そのことで周りから、森園は泉子を妬んでいるんだろうって言われたりしたけれどね」

「それで天音様は悲しくならないですか？　本当は仲がよくて、お互いに大切なのに……」

むしろほっとするわね、と天音様は言った。

「ほっとする？」

「こんなに太っていて吹き出物だらけで性格の暗い人間が好いたら、そのものの価値が低く見られそうじゃない？　私は大切な存在を汚すことが怖くて、それが好きだと言えない。気持ち悪い私が好きなものは、私と同じように気持ち悪いと思われるかもしれないってね。わかってくれなくても全然いいの。だけど私は、泉子を好きなことは人に言いたくない」

私は悩みながら、答えを探して天音様を見つめていた。

どうして天音様はそこまで自分を卑下（ひげ）するのだろう。親しい幼馴染みが自分に対して容姿や性格を引け目に感じていたら、泉子様はさみしく思うのではないだろうか。

でも私も、美奈子の評価を下げたくなくて似たようなことをしてきたかもしれない。私は美奈子とまるきり似ていないし、美術的なセンスも才能もないから、三科美奈子の娘だと自分からは言わないようにしてきた。中学に上がった頃からは、むしろ母のことを隠そうとすらしていたかもしれない。白蓉の生徒で私の母が三科美奈子だと知るのは泉子様と天音様だけだろう。

「あなたのお母さんのサイン会に行ったことがあるわ」

「まだ小学生だったけど、彼女の彫刻作品が好きだったから親が連れて行ってくれたのね。その会場で美奈子さんをはじめて見て、なんて綺麗な人なんだろうって思った。それから自分の順番が来るまで列の後ろから顔ばっかり見つめてたんだけど、自分がサインをもらう順番が来て気がついたのよ」

「え？」

なにに気がついたのだろうと、私は思わず息を詰めていた。

「あの人の手、まるで工事現場の男の人の手だった。ごつごつと太くてマメで硬くなって、切り傷や火傷だってあったわ。それを、繊細な黒いレースの手袋で隠してるの」

あ、と私は声を漏らしていた。美奈子はいつもそうなのだ。サイン会やトークショーで人前に出るときは節くれた手をうつくしい手袋で覆い、撮影されれば修正を依頼する。

「母はいつもそうしていたんです。あの手がイメージを壊すのを気にして……」

それがかっこいいんじゃない、と天音様はきっぱり言った。

「あの手を見ればどれだけ本気で命を削ってやってきたかがわかるのに、あえてそれを隠して見せないようにするところに、私は痺れたの」

美奈子について、私と同じことを思ってくれる人がいた。

気持ちを曇らせていた霧が晴れていく感覚は、ずいぶんとひさしぶりだった。

「あなたが三科美奈子の娘だったから、泉子のことを話そうと思えた。私はあの人の、作品も美貌も本人の生き様もすべてが好きだった。そうね、あなたが泉子を心配するのと同じかもしれない。私は尊敬している人の訃報を知って、とても悲しかった。だからその人の娘が泉子のことを知りたいと思っているのだったら、それを手伝うことがファンである私ができる恩返しかもしれないと思った。ずっと、素敵な夢を見せてもらったから」

　それは美奈子にとって最大級の賛辞であり、愛のこもった弔いだった。私は天音様が言った言葉を噛みしめ、ありがとうございますと頭を下げた。

　美奈子が華やかな笑みを浮かべ、どう？　というように誇らしげに胸を張る姿がまぶたに浮かんだ。思わず感情がこみ上げそうになるのを、私は奥歯を強く噛んで抑え込んだ。

「私はいろんな意味で醜いから、なおさらうつくしいものが好きなんだと思う。私にとっては、知りうる中で最高の美は泉子だった。だけどね、どうかしら、私にはあの子が本当はなにを思っていたのか、それはわからないのよ」

　泉子様と親しかった人について訊ねると、天音様は太い眉を寄せた。

「誰に対してでも、泉子は分け隔てをしないわ。たしかに生徒会長とは親しかったけど、あの人は泉子と恋人でいたい人なんだと思う。深くは知らずに、惹かれて惚れているだけじゃないかしら。泉子の上辺しか知らないというか、そこしか見せてもらえなかった」

　そこまでは順調に言葉を運んでいた天音様は、ふいに口をつぐんでものすごく渋い顔をした。そして、これは言いたくないけれどと前置きしてふたたび口を開いた。

「泉子は一時期、綾倉鈴とすごく仲がよかったことがある。でも正反対でしょ？　綾倉鈴は入学当初から目立って浮いていたわ。白蓉だからではなくて、たぶん公立の中学校にいても目立ったと思う。校内で煙草は吸う、嫌いな授業はさぼる、他校生のみならず大人ともひどい喧嘩をして補導される。泉子は来るもの拒まずだけど結局は相容れなかったのか、中二の夏を境に疎遠になって正直ホッとしたわ。私は綾倉鈴のこと、真琴さんより嫌いよ」

「それは、鈴様の素行のせいですか？」

「あの人、絵を描くから」

　天音様は画材でいっぱいの作業台を忌々しそうに見た。うまいのよ、とつぶやく。

「正面玄関に、鬼に化身する女を描いた日本画があるでしょう。あれ、綾倉鈴が描いたのよ。文科大臣賞とってるわ。それからセミナーハウスに飾られている少年の阿修羅も県展で大賞をとった。あちらは油彩だけど、あれもまた大作だわ。あの人は美術部でもないし、どこかできちんと絵を習ったことがあるのかも私は知らないけれど、天才的に絵が上手いの。自分では作品展なんかに出さないから学校が勝手に出すんだけど、出品すれば必ず賞をとる。私みたいな底辺からしたらやりきれないわね。真面目に指導を受けて数えきれないほどデッサンしても、気まぐれで描く前科持ちまがいのヤンキーに敵わないんだから」

　天音様は息をついて、不満そうに描きかけのデッサンを見た。モノクロで描かれたギリシャ風の石膏像。作業台の上には、画材に交じって芸大の赤本やノートが几帳面に積まれている。自作を見る天音様の眼には、理想のままに描けない焦燥と苛立ちが溢れていた。

「泉子になにがあったのか私はわからない。でも、生きて帰ってきてほしい。それだけよ」

それはごく当たり前の気持ちのはずなのに、私の耳にはひどく新鮮に届いた。

「泉子は完璧だった。あの子の爪の形を知ってる？　細くて整っていて、なにも塗らなくても桜貝みたいなの。爪の色や形まで綺麗なのよ、藤城泉子は。嫌味のひとつも言いたくなるわ。なによ、ギリシャ型の足の人間が世界中に何億人いると思ってるのよ。私はあの子が羨ましいわ、心の底からね。泉子は私にはないものを全部持っている。天賦のうつくしさも、性格の高潔さも、藤城という家柄も。泉子の将来と幸福は約束されていた。もしなにかいやなことがあったとしても、現実を放棄して逃げ出すなんて無責任はしないということも、私は知っているわ」

だけど、と天音様は言って言葉を切った。

「だけどいくら親しくても血が繋がっていたとしても、心の中を覗くことはできないでしょう。もしかしたら泉子は泉子であるために、とても無理をしていたのかもしれない」

「天音様は泉子様が、無理をしてマリアであったと思いますか」

「誰だって、周りの人や環境に合わせて、ある意味演じて生きているでしょう」

泉子様はマリアだから、年をとるところも母親になるところも想像できないと言った恵那様のことが思い出された。彼女はマリアのことが大好きで、マリアを失ったことにとても憔悴していた。だがそうした強い思慕も、泉子様をじわじわと追い詰めたのかもしれない。

「聖少女をやめることができれば、泉子様は帰ってきてくださるでしょうか」

言いながら気がついた。そのときは、もとの場所に縛られる理由がなくなってしまう。

「どうかしらね。そりゃあ、完全完璧の藤城泉子のままであってほしいとは思う。でもそれはなんというか、勝手な期待よね。もし泉子が神崎と恋に落ちて駆け落ちしようとしたというのでも、それを親でも教師でもない私たちが責めるのは違うでしょう」

そうですよね、と私は言った。とてもそう思うのだという深い同意を伝えようと思ったら、そのひとことしか出てこなかった。

これまでの天音様との会話を反すうしながら、私は自分のなかの天秤が家出に傾いているのを感じていた。泉子様は誘拐されたのではなく、自分の意志で失踪したのではないか。逃げ出したくてひとりで消えたのか、逃げ出したくて誰かに縋ったのかはわからない。駆け落ちだとしても、相手が神崎とは限らない。泉子様のためなら、すすんで手を貸す人はいくらでもいるだろう。

泉子様はなぜ消えた。

わからないから、私は知りたい。

どうして美奈子は私からいなくなったのか。

「天音様は泉子様が失踪された理由を、なんだと思われますか。あの……」

つい遠回りな訊ね方に逃げそうになるのを堪えて、私は正直な言葉を探した。この先を訊くのは食堂での狂騒を思い出して怯んでしまうが、泉子様について真面目に訊ねることなら、天音様は飾り気のない気持ちをストレートに言ってくれそうな気がした。

「……私は失踪される前の泉子様が、とても……いつも以上にうつくしかったように思うんです。それが関係しているとは思わないんですが、でもすごく気になっていて……」

「それは私も同感よ。だけど、私に彼女の失踪の理由はわからない」

天音様は、失踪直前の泉子様の光り輝くような姿を冷静に思い出しているようだった。

「……いなくなる直前、泉子は私が知る泉子の中で一番うつくしかった。しあわせで満ち足りて、それが内側から溢れ出ているようだったわ。私の眼にはそう見えたけど、本当はすべてから逃げ出したいくらい苦しい気持ちを抱えていたのかもしれない。でも人の内面を勝手に想像することは、とても無遠慮で思いあがったことだと思うから」

天音様はしばらく私を見なかった。描きかけのキャンバスに眼をやったままかすかな貧乏ゆすりをしていたが、やがて嚙み過ぎて血が滲んだ唇で「もしかしたら、綾倉鈴だったら……」と苦くつぶやいた。

「鈴様だったら、なにかご存じでしょうか……」

答えを探すように間が空いた。

そんなわけないわねと低く言って、天音様は打ち消すように首を振った。だけどその否定にはどうしても子どもみたいな強情さが拭えていなくて、かえって私の中で綾倉鈴という名前を浮き立たせることになった。

「どうでもいいの。泉子が誰を愛して、今どこにいたとしても」

天音様は作業台にそっと手を伸ばし、『ある女』のコピーを手にとった。重たげな像を膝の上で抱え持つ両手の、白くうつくしい女の像と対比するほどに木炭で黒ずんだ太い指。その指は十字架に縋るように白い女を撫(な)でる。美奈子が生み出したあるひとつの美のかたちを敬虔(けいけん)なまでに忠実に再現したコピー。所有していない等身大像の縮尺寸法を執念深く割り出し、硬い石が鏡のような女の肌に変わるまで研磨する確たる技術。その徹底した模(も)倣(ほう)には、天音様の卑屈と自負が絡み合っているようだった。

天音様はもしかして、泉子様の似姿をそこに写してみたかったのかもしれない。だけどできなかった。天音様は美奈子が一度完成させた美から逸脱することも、自分の技量では泉子様の美を損ないかねないことも、そのどちらもとても怖かったのだ。

綾倉鈴だったら、と言いかけた言葉には「綾倉鈴だったら、これをどう創ったのか」と続けることもできる。鈴様だったら、ある女としてのマリアをどのように描き出したのか。

「私、泉子とふたりで舞台を観に行く約束をしていて、チケットももうとってあるの。泉子も楽しみにしていたから、私が公衆電話に籠城(ろうじょう)してとったのよ。泉子は今月の三十日が誕生日だから、ちょうど誕生日プレゼントにもなるでしょ。だから……だから、帰ってきてほしい。マリアであってくれなんて望まないわ。生きて私ともう一度会ってくれたら」

「生きて……」

さらりと言いたかったのだろう天音様の言葉に、私は胸が詰まるのを感じた。薄暗くじめじめした泥濘に、ようやく一筋の光が差しこんだようだった。

だけど天音様のその気持ちが胸に迫るだけに、安易な慰めは口にできなかった。祈りを捧げる対象を失った私たちは、油絵具と除光液の匂いに満ちた狭い部屋で視線を落として黙りあう。

「……泉子は私の星なのよ」

天音様は顔を伏せて、じっとマリアの偶像を見つめていた。

＊

――もしかしたら、綾倉鈴だったら……。

鈴様だったら、なんだというのだろう。

そういえば、鈴様を見かけたときの薫さんも様子が少しおかしかった。泉子様の元同室生だと知っているのに、あえて興味がないふりをしているように見えた。

天音様が言う「親しかった」というのが、どの程度なのかはわからない。ただの同級生としてなのかもしれないし、誰とも口を聞かない鈴様が泉子様には返事をしたとか、そのぐらいのことなのかもしれない。だがそれなら薫さんはわだかまりもなく、鈴様からも話を訊いてみてくれと私に言うのではないか。

真琴様も鈴様のことは、不自然なまでに口にしなかった。泉子様の同室生だった期間が一番長いのは鈴様で、私と同じぐらい真琴様には面白くない存在のはずなのに。

もうすでに帰省してしまったかもしれないと思いつつ、私は鈴様の部屋に向かった。鈴様は私の編入による特例として、ひとりで屋根裏の小部屋を使っている。ひとりきりの部屋を与えられたことを、鈴様はラッキーだと思っただろうか。それとも、泉子様との部屋から追い出した私を煙(けむ)たく思っただろうか。

泉子様はどんな相手でもうまく合わせ、相手にとって心地いい存在になるのだろう。だけど鈴様は、周囲を攻撃することなく誰かと過ごしている姿を想像できない。

授業からも出て行くのに、それより狭い寮の部屋で他人と生活するなんて可能だろうか。だが二度も同室になっているのだから、おそらくふたりの間に眼につくほどのトラブルはなかったのだろう。暴力で寮生活が破綻(はたん)するようなら、いくらなんでも優等生による不良更生はあきらめるはずだ。

軋(きし)む階段を登ってたどりつた屋根裏部屋はひっそりとしていた。ドアをノックしても応答はない。この屋根裏部屋も標準のふたり部屋と同じく鍵はかけられないようになっているらしいが、留守の部屋のドアを勝手に開けるわけにもいかない。

鈴様、と呼びかけてしばらく待ってから、開かないドアをあきらめて引き返した。

その後、私は寮に残っていたある高三生の先輩から、鈴様なら終業式のあとすぐに学院を出て行ったから、もう東京の実家に帰省したのではないかと教えられた。

*

ああ、やってしまった。

食堂で聞いた噂をヒントに泉子様の散歩をトレースしたときには、名案だと思ったのに。

恥ずかしさに後ろから蹴られながら、私は来たばかりの道を逃げるように走っていた。

風に揺れる稲穂が立てるざわめきが、潮騒のように聞こえている。

見渡す限りの田畑の青が、山端のこの集落を圧倒的な海に変えていた。私はその荒れ狂う波に溺れるように、息を切らして羞恥にもがいている。

畑の脇に置かれたラジオから流れるＮＨＫ－ＦＭが、時刻はもうじき九時半だと告げた。

時計も狂ってしまったのか、私の頭上には真昼のような太陽がギラギラと照りつけている。

波間で黙々と作業する人たちとその農村風景は、まるで半世紀前の写真を見ているようだった。もしくは私だけが、昭和の昔に飛ばされてしまったか。

腰をかがめて畝を這うくたびれたタンクトップに、椅子代わりの錆びた煎餅缶。旧式のキャタピラーのような農耕機が農道を横切り、おばあさんたちはなめし革色に焼けた腕でやがて実になる花を間引く。カラス避けテープが風に流れ、陽を反射しては私の眼を射る。

誰も私なんか見ていないのに、みんなが私のことを笑いあっている気がした。

さっき診療所の待合室にいた人たちも、きっと私のことを笑っている。迷惑なやつだと呆れるか、常識のない高校生だと憐れんだだろう。

馬鹿なことしちゃったなぁ……。

蠟が溶けるように汗が背中を流れる。夏の風に揺れる若い稲の旺盛な匂いより、ずっと私は青かった。

「三科さん？」

男の人の声で名前を呼ばれて振り返ると、少し遠くに薫さんが立っていた。

びっくりして立ちすくんでいると、薫さんはさっさと近くにやってきた。こざっぱりした紺のシャツの肩に、薄いボディバッグをかけている。

「薫さん、えっと、どこからですか？」

「向こうのバス停から歩いてきたんです……どうかしたんですか」

薫さんとの約束は十三時に白蓉だったので、こんなに早く会うとは思っていなかった。

薫さんは約束の時間まで、このあたりの集落を散策するつもりだったらしい。

「ちょっと、やらかしちゃって」

気楽な冗談にしたかったのだが、なんとなく尻すぼまりな情けない笑いになった。

「泉子様が通っていたかもしれない診療所に行ってみたんですけど、うまく訊けなくて。せっかくのチャンスだったかもしれないのに、自分でだめにしちゃいました」

「診療所？」

薫さんは来た道を振り返り、白い箱のように見える平屋の診療所に視線を投げた。

「診療所って、あれですよね？　あそこに泉子が通院していたんですか？」

「通っていたかも、なんですけど、先輩の話からそうなんじゃないかって思って。それでさっき、開院を待って行ってみたんです」

診療所の方向に向かって歩きながら、私は今朝までのいきさつを話すことになった。

「三年生の先輩が、泉子様は平日の夕方にこのあたりを散歩していたって言っていたんです。ほかの三年生たちは知らなくてびっくりしていたから、なにか秘密があるのかもしれないと思って、私も話に出ていたあたりを散策してみたんです」

私は薫さんと並んで、割れたアスファルトの農道を診療所に引き返すように歩いた。山端の墓地の前を通り、集落を流れる太い川にかかる橋を渡る。この橋を越えれば民家みたいな郵便局がぽつんと建ち、二反の田んぼを挟んで診療所が見えている。ここは周辺で唯一の総合的な医療施設で、今日は連休明けだからとくに混雑しているのかもしれない。

受付の人や待合室にいた患者ともう一度鉢合わせしたら恥ずかしすぎると思いながら、私はこそこそと木造平屋の古めいた診療所の入り口の前に薫さんを案内した。磨(す)りガラスの格子(こうし)窓の横に大きな診療案内がかかっていて、内科・小児科・産婦人科・形成外科・一般歯科の診察時間がそれぞれ記されている。

「この案内を見て、泉子様はもしかしたら散歩というかたちでこっそりこの病院に来ていたんじゃないかと思ったんです」

「白蓉って、校内医がいるんじゃなかったですか?」

「えっと、看護師さんが常駐してます。だからたいていのことは校内で対処してもらえるし、校内で手に負えない症状なら長浜(ながはま)の大きい病院に連れていってもらえるので、生徒が自分で病院に行くことがあまりなくて。でも私、以前に泉子様に別の歯科医院を紹介してもらったことがあるんです」

「歯科医院ですか? 泉子が?」

そうなんです、と私はうなずいた。薫さんは話の続きを待つように私を見る。

「親知らずが腫(は)れちゃって。すごく痛いから虫歯だと思って泉子様に泣きついたら、長浜駅のほうの歯科医院を紹介してくれたんです。とてもいい先生で、自分もお世話になっているからって。でも白蓉から歩ける距離のこの診療所にも、歯科はあった」

たしかにその歯科は腕のいい先生で、私はそこで切開して抜歯をした。だけど学院から徒歩圏内にも歯医者はあったのだ。そしてたぶん、泉子様はこの近い診療所が歯科も診(み)ることを知っていた。

「だから、泉子様がわざわざ遠くの歯科を教えたのは、この診療所で私とばったり会いたくなかったからなのかもしれないと思ったんです。自分がここに通っていることを知られたくなかった、とか」

私は居心地悪く唇を噛みしめた。この診療所の話を土曜日の電話でしなかったのは、ここと泉子様を結びつかせた私の思考回路を薫さんに明かすのが憚(はばか)られたというのもある。

「ここは産婦人科があるから、もしかしたらって……この診療所にある科だったら、女子高生が人目を避けるのは産婦人科だと思うので。だからもし泉子様がなんらかの事情で妊娠してしまったのなら、それを隠すために逃げたんじゃないか、ここに訊いたら相手のことも知れるんじゃないか、と思ったんですが……」

こうして人に説明してみると、結論ありきで疑いをこじつけてしまったような気もする。

私がもごもご話すあいだ、薫さんはまったくの無表情だった。プライベートを邪推したから怒っているというよりも、泉子様なら妊娠云々(うんぬん)はありえないので、私の説などはなから相手にしていないらしい。薫さんの反応はもっともだろう。私だって診療所を訪ねるまでは何度も逡巡(しゅんじゅん)した。

「それでどうだったんですか」

訊ねる声の穏やかさがかえってつらい。

「受付で、すごく怒られました」

言いながら、私はまた頬が熱くなっていく。できるならもう一度やり直したい。

私たちは診療所のすぐ前から、詳しい説明のために近くのバス待合所に移動した。

小さな待合所はトタンの片流れ屋根も壁の薄い木材も等しく剝がれかけていて、一畳ほどの内部にはコンクリートのベンチが置かれている。東屋(あずまや)の三方に壁をつけたみたいな粗略な造り。更新されていない時刻表と色褪(あ)せたポスターが並んで貼られた屋内は暗くてなんとなく湿っているけれど、激しい陽射しと外からの眼が避けられるだけでありがたい。

伏せたU字コンクリの座面を軽く払って腰を下ろした。短いベンチにひとり分の距離を開けて薫さんも座る。こうして見ると薫さんはほんの十日前よりも瘦(や)せて、横顔の印象が尖(とが)ったみたいだった。

「診療所の受付で、泉子様の受診歴を訊ねてみたんですね。自分の学生証を見せて、泉子様の名前を言って。そうしたら、奥から出てきた師長さんに怒られちゃって」

――親や親族でもない他人に受診歴を教えることはできない。もしそれをあなたに教えて、その人や家庭になにか差し障(さわ)りが出ても我々には責任はとれないのだから。

「すごく正論だと思ったんですよ。私は泉子様を探そうとばかり思って、そのことで誰かに迷惑をかけるかもしれないとか、傷つけるかもしれないということを意識していなかった。本当は診療履歴を調べるのでも、もっとやり方を考えてから行動しないといけなかったんですよね。しかも朝の混雑した時間に受付の仕事を止めちゃって。それで一気に眼が覚めて恥ずかしくなって、ただ平謝りして逃げてきちゃったんです」

これまでの調査はとんとん拍子だったから、私は気づかないうちにいい気になっていたのだ。今までだって、自分の首尾でうまくいっていたわけではなかったのに。

基本的な調査の進め方すら、私は薫さんに教えてもらうまでなにも思いつかなかった。それに天音様も言っていた。泉子様のことは人に語りたくないが、私が三科美奈子の娘だったから、三科美奈子のために私に泉子様のことを話す気になったのだと。

泉子様という存在の持つ力と白蓉生の共通認識、それに私に新たに追加された不憫なイメージが白蓉内における私の最大の切り札だった。だからその手札が通用しない外の世界では、まともに相手にすらされない。

「だけど……たとえこれがエゴでも、私はどうしても泉子様を探したいんです」

あのとき私は康司に騙されたのだけど、最終的に美奈子の手を離すと決めたのは私だ。おかしいと思いながらふたりの演技を信じて、本当のことを知ったのはすべてが終わってからだった。私には今も後悔が燻り続けている。私を騙して捨てたふたりを許せないが、唯々諾々と従った自分はもっと許せなかった。

だから私はマリアを見つけることだけは、絶対に投げ出したくないのだ。

「勝手なのは、僕のほうじゃないですか」

薫さんの言う「勝手」には、私の言ったエゴとはまた違う意味がある気がした。

「あの家の生き残りで年長なのは僕だから、僕が三科さんに調べてほしいと言っている以上、なにが起きてもそれはすべて僕の責任です」

そう言って、薫さんは考えるように視線を落とした。紺色の半袖シャツが寂れた待合所の隙間風にかすかにはためいて、暗い影の下で白い肌のなめらかさが目立った。

「泉子が歯医者に行っていたのは、どういう症状か訊いてますか？」

「たぶん泉子様も親知らずの治療なんだと思うんですけど、でも今も通ってるみたいな言い方だったんですよね。泉子様って、実家のほうでは病院にかかってなかったんですか」

「皮膚科みたいな病院には通っていたと思うけど、それ以外はとくに知らないですね」

皮膚科も歯科も、泉子様が頻繁に通う必要がなさそうな場所だ。泉子様は肌も歯もすごく綺麗で、スキンケア用品や歯磨き粉のＣＭにそのまま出られそうなぐらいだったから。

でもたしか天音様が、泉子様は肌荒れもコンプレックスに思っていたと言っていた。よくケアされていたから気づかなかっただけで、症状は慢性的なものだったのかもしれない。

「さっきの診療所、混んでたんですよね」

「そうですね。開院してすぐ行ったんですけど、もう待合室はいっぱいでした」

「じゃあ、あとで連絡して行ってみます。僕も気になるし」

それから薫さんは、泉子様が放課後に集落を散歩する習慣があったとしても、その目的は秘密の通院に限らないだろうという至極もっともなことを言った。

「純粋に散歩したかっただけかもしれないし、郵便局に手紙を出しに行っていたのかもしれない。もしくは、誰かと会っていたか」

泉子様が、白蓉の外でこっそり誰かと会っていた。

「その相手が、神崎さんかもしれないってことですか」

たとえばです、と薫さんは言い、私は先走りが恥ずかしくなって首をすくめた。

「ただ、放火の実行犯は先生で固まってきているみたいです」

警察の捜査によってすでに、神崎は放火前日の十二日にレンタカーを借り、都内のホームセンターを回って灯油を大量に購入したことがわかっている。十二日の夕方に大学を出てから十三日の一限目の講義までアリバイが皆無で、十三日の未明のうちに無人パーキングに返されていたレンタカーの座席足元のカーペットからは、少量ながら灯油が検出されている。神崎は昨日の夜遅くに意識は回復したものの、いまだ面会ができる状況になく、事情聴取にはしばらく時間がかかりそうだという。

「おそらくこのまま逮捕だろうし、裁判になれば死刑は免(まぬが)れないと思う」

神崎について語る薫さんからは、弟が殺しかけた一族の仇(かたき)への感情がまったく読みとれなかった。他人の私ですら五人もの人間を殺したと聞けばむごいと思うのに、事件の被害者である薫さんがここまで冷静だとかえって心配になる。まだ状況のなにもわからない段階であれほど白熱して神崎を弾劾した白蓉生たちも異様だったけど、薫さんの徹底した自制もどこか不自然だった。放火犯かもしれない神崎を憎悪して今の状況への泣き言を吐いてくれたほうが、一緒に泉子様を探している私はほっとするだろう。事件から薫さんにになにか感情めいたものが見えるとするなら、それは泉子様への深まる疑惑だけだった。

薫さんは強いのだ。だけど強いから、簡単に弱音を吐けないのかもしれない。

「薫さんは……」

大丈夫なんですか、と言いかけて口を閉じ、それよりもましな言葉を探そうとした。

聞き逃した言葉を訊ねるように薫さんが私を見た。私はえっと、あの、みたいな意味をなさない息継ぎを続けている。うまい具合に心を開いてもらえそうな言葉は見つからない。

「どうしたの?」

薫さんに気を遣わせてどうするのか。これならとにかくしゃべりまくる康司のほうがまだましだ。というか、あれも一種の苦しまぎれだったのかもしれない。

こういうとき、泉子様だったら。

泉子様なら、隣にいてくれるだけでよかった。

私が美奈子のことでとてもつらいとき、泉子様はあの寮の部屋で黙ってそばにいてくれた。隣に並んで座っているだけで、なにも言葉にしなくても私の荒(すさ)んだ気持ちは鎮まり、やわらいでいった。それは泉子様のうつくしさのせいだったのかもしれないし、泉子様が持つ清浄な神秘性のおかげだったのかもしれない。私は何度も泉子様に救われた。

薫さんも、そうだったんじゃないだろうか。

今の薫さんに必要なのは、慰めの言葉ではなく泉子様なのだろう。たとえ泉子様を疑って強く恨んでいたとしても、薫さんは泉子様を求めている。

「弟さん、どうされているんですか」

弟は今も都内の鑑別所にいるが、何度面会に行っても僕にはなにもしゃべらないと薫さんは言った。だが公衆の面前での凶行で現行犯逮捕されているから、光(ひかる)さんが罪を犯したこと自体はいくら黙秘しても揺らがない。捜査も着々と進んでいて、凶器になった包丁の入手経路も割り出されたという。

「少年事件に強い弁護士に頼めたので、あとはうまくやるしかないです。まだ十五歳だから、なんとかして不処分にしたいし」

「そうか、私と同い年でしたね」

「三科さんのほうがずっと大人ですよ。あいつは本当に甘ったれで、我儘で」

だけど弟を語る薫さんの横顔は、一面が開いたバス待合所の入り口の向こうの田んぼを見つめながら、少しだけ柔和になった。

「仲がいいんですね」

「仲がいいわけではないけど、でも兄弟だから」

　薫さんは少し逡巡してから、父の死後に復籍して藤城家に引き取られてからも、弟は宇治の祖父にたまに連絡していたらしいのだと言った。

「祖父に聞くまで、知らなかったんです。だけどそういう繋がりがあったから、祖父は火災のあと急いで駆けつけてくれたのかもしれない」

「お父さんが亡くなるまでは、けっこう交流があったんですか？」

「どうかな。祖父は京都にいて、僕らはずっと東京だったから、たまに電話して年に数回会う程度のつきあいだったと思う。でも、弟は中学受験のときに、関西の学校を受けたいと言い出したことがあったんですよね」

「えっと、中学受験ですよね？　なんで東京から関西に？」

　白蓉だって全寮制なのだからありえない話ではないけど、中学から親元を離れるのはパターンとしてはめずらしい。それに私立中学の選択肢が多いのは首都圏なのではないか。

「家を出て自立したいとか、泉子もこっちで寮生活しているから自分も、とか。宇治の祖父の家に住んでS学院に通うんだと一時期すごく主張していたけど、まあ現実的ではなかったので」

　もともと光さんは、薫さんと同じ中高一貫校を目指すことになっていた。だが光さんは六年生の途中で母の恭子(きょうこ)さんに黙って、塾の教師に志望校の変更を告げた。その後模試で志望校をすべて京阪神(けいはんしん)の私立中学校で埋め、模試の結果が家に届いて家族の知るところになったという。

「S学は白蓉と交流があるから興味が出たんですかね。学校見学にも行かれたんですか？」

「いえ、母も祖父母もあまり本気にはしていなかったから。受験から逃げたくてそんなことを言っているんじゃないかって」

　当時中学生だった薫さんも、反抗する光さんに元の志望通り自分と同じ学校に来るよう言ったという。勉強に行き詰まっているなら手伝うから、自暴自棄になってできもしないことを考えないほうがいい。一緒に住むと言っても宇治の祖父だって困るだろうし、と。

　薫さんたちの学校とS学なら、よほど薫さんの学校のほうが偏差値も高いし有名だろう。だから逃げだと思って取り合わなかったというのも頭ではわかるけど、なんだか光さんが可哀想な気がした。想像にすぎないが、出来の良い兄と同じコースに進むのがしんどかったのかもしれない。兄が受かった学校に落ちるわけにはいかないとか、学校でもどうせ比べられ続けるんだろうかと思って憂鬱(ゆううつ)だったんじゃないか。

　だけどそんなことは、自分なりに弟を大切に思っているらしい薫さんには言えなかった。

「もし光さんがS学に行っていたら、私も交流授業で会っていたかもしれないですね」

　そういえば鈴様が白蓉で語り継がれるような大きい事件を起こしたのもS学との交流授

業だった。そのことを知っているか訊こうと思って薫さんを見ると、薫さんはかすかに視線を落としてなにか考えているようだった。

「……光がもし祖父と宇治に住んでいたら、先生を刺すことはなかったかもしれないとは思ったんです。なんで光が、警察が疑うより早く先生を刺してしまったのか」

ひとりごとのような疑問が、私はとっさにどういう意味かわからなかった。

「光さんが神崎さんを刺すのが早かった理由？」

「じつはそれが、泉子を疑ったきっかけなんです。ショックを受けさせたくなくて弟は事件に触れさせないようにしていたから、対応に当たったのは僕だけだった。弟はずっと祖父が付き添ってホテルにいて、焼けた家の跡地も遺体も見ていないはずなんです。それなのにどうして弟が、誰よりも早く先生が犯人だと気づいたのかがわからない」

薫さんたちが知らせを受けた十三日の時点では、まだ警察も火災と神崎を結びつけてはいなかった。光さんが神崎を刺したことで、一気に捜査が動き出したのだ。

「弟さんって、こうなる前は神崎先生と仲がよかったんですよね？　親しくしていたから、なにか思い当たることがあったとか……」

だが仮に家族を殺した犯人に気がついたとして、自ら手を下してその人を殺そうとするだろうか。まずは兄や警察に相談するほうが、よっぽど真っ当で容易い。

どうやって気づいたかではなく、なぜ殺そうとしたか。

「泉子が先生に家を放火させて、光に先生を始末させようとした」

「泉子様がそんなこと……」

しないですよ、と言う声に、待合所の前を横切った大きなトラックの騒音が被った。機械油の臭いがトラックのあとに続き、黄色っぽい土埃が舞い上がる。小屋の中にまで吹き込む臭気に私は軽くむせながら「そんなこと、泉子様がするわけがないじゃないですか」となんとか続けたが、突っ掛かるような言い方になってしまった。

「いえ、光が先生を刺したから、わかったんです」

私が薫さんの言葉と激しい土埃に動揺しているあいだも、薫さんは姿勢よく座ったまま表情も動かしていない。やっぱりこの人は、少しサイボーグめいたところがあると思う。

「泉子なら裏で糸を引いて、自分の手を汚さずに人を殺せる」

「……だって、泉子様ですよ？　犯罪からもっとも遠いところにいるじゃないですか。人を殺すのも人を操るのも、そんな悪いことは思いつきもしないほどに清い人なのに」

薫さんだって言っていたではないか。悪人でも泉子様を見たら改心するだろうと。まるで神の定めた真理のようにそう口にしていたのは、ほんの十日ほど前のはずなのに。

「泉子だからできるんです。あのふたりは泉子をとても好きだったから」

光さんは、同居する前から泉子様をとても慕っていた。ほかの家族の言うことは聞かなくても泉子様の言うことならどんなことも素直に聞き、高校生になった今でも藤城邸の泉子様の部屋によく遊びに行っていたという。

「神崎先生は授業のある日はうちでそろって晩御飯を食べることになっていたんですけど、泉子がいる晩は普段よりゆっくり食事をして、さりげなく泉子に話を振るんです。ほかの人間がいない場所で、泉子に出かけようって誘ったり……映画とかだったけど」

人づきあいに慣れた大人の手管で、神崎はさりげなく泉子様との距離を詰めようとした。人好きのする明るさと、誠実そうに見せるだけの賢さがあったと薫さんは元教師を評した。

神崎は藤城家の人々がいる場所では、絶対に泉子様をデートに誘わなかった。だけど神崎が泉子様を誘うと、どれほどうまく隠そうとしてもいつも光さんだけは約束に勘づいた。光さんは泉子様に言い寄る神崎の不埒を大人たちに告げ口しない代わりに、必ずふたりに同行したらしい。そして一連の経過を、光さんは毎回思わせぶりに薫さんに報告した。

僕は行かなかったからその三人の外出がどんな雰囲気だったかわからないが、まあ先生にとって光はとても邪魔だっただろうと薫さんはあっさり言った。

「家庭教師の大学生としてなら、先生は良い人だったんだと思う。僕は好きだったし、学業面では信頼していた。だけど泉子は先生の恋愛感情には気がついていて、それで困っているようだった。先生に対して礼儀を欠いてはいけないと思っていたみたいだから」

神崎は今年大学三年なので、泉子様や薫さんより三歳年上だ。高校生の教え子にこうも冷静に下心を分析されるなんて、こんな辱めはなかなかないだろう。せめて小馬鹿にしたように語られたら笑い話にもできるけど、神崎について話す薫さんはＡＩ音声のほうがまだ情緒があるくらいに心底どうでもよさそうだ。

「光さんはともかく、先生の態度とか行動とか、そういうのは薫さんは気にならなかったんですか？」

　薫さんは私を見て、なぜ？　というように片眉を上げた。

「べつに、無駄なことじゃないですか。泉子がふたりを選ぶことはないんだし」

　うわ、と言いそうになりかけて、私はその怯みを表に出さないように堪えた。この人は泉子様には自分だろうという自信が根底にあったから、泉子様に向けられる自分以外の他者の好意はすべてどうでもよかったのだ。

　だから私が真琴様の話をしたときもあんなに淡々としていたのかもしれない。もとから薫さんは真琴様と親しかったようだから、おそらく真琴様が抱く泉子様への感情には気づいていただろう。その上で薫さんは私が話した真琴様の様子を聞いて、泉子様の前に掃いて捨てるほどいる可哀想な人たちのひとりだとしか思わなかったのではないか。

　神崎がいかに狡猾に泉子様に言い寄ろうが、光さんが露骨にライバル視してこようが、薫さんにはまったく響いていなかった。

　――泉子が選ぶのは僕だろうから。

　だけど、泉子様の気持ちはそこにあるのだろうか。

なんだかなあと思いながら、手で仰いで自分に風を送った。顔はずっと火照っている。

自分に恋愛感情を持つ同世代の人間が家にたくさんいる環境は、はっきり言って地獄だ。

泉子様の気持ちがそのうちの誰にも向けられていないのなら、なおさら。

泉子様は家でも学校でも、ねっとりとした劣情を向けられていたのかもしれない。水飴の瓶詰めで窒息させられるような、いくら洗い落としてもしつこく残る粘りつく劣情。

さすがにこんなことは薫さんに言えないけれど。

「光さんも先生も泉子様に心酔していたから、泉子様はその好意を利用できただろうっていうことなんですよね？」

唯一泉子様の言うことだけは素直に聞く光さんと、教え子に好意がばれるぐらい必死になっていた神崎。できるかできないかだけで判断すれば、薫さんの言う方法は可能だった。

泉子様がマリアである所以。たまたま今回はこのふたりに白羽の矢が立ったが、泉子様の微笑ひとつで意のままに動くような人は男女問わずたくさんいるだろう。

「そうです。だけど、どうして泉子がそんなことをしたのかがわからない」

かすかに眉をひそめてそうつぶやいた薫さんの横で、私は天音様の話を思い出していた。

家の中で自分の家族に対して、とても気を遣っていた泉子様。直さないといけない足の形。

それから職員室で聞いた、痛々しいほどに自らを汚れていると考える癖のことを。

「もしも本当に泉子様がしたのなら、それは……なにかとても大きな不満があって、そのことでしんどくて、とか……」

「誰からも大切にされていたのに？」

　旧華族の象徴のような藤城邸で、餓えることも明日に怯えることもなく、深く慈しまれ丁寧に育まれたお姫さま。両親や祖父母はすべて揃い、たくさんの人から愛され慕われて、望んで与えられないものはひとつもなかったのにと、そう薫さんは言いたいのだろう。

　たしかに泉子様は恵まれていた。傍目には完璧な幸福を得ているように見えた。だけど、きっと泉子様が抱えていたものは幸福だけではなかったのだ。

「一緒に住む前のことは知らないけど、わかるよ。祖父母や伯母が泉子を否定したことは生まれてから一度もないと思う。習い事でも勉強でも、なにをしてもとても可愛がられて……書いていた小説だって、あんなに手放しで褒められていたのに」

「小説？」

　いきなり登場した意外な単語に、私は身を乗り出して訊き返した。薫さんはかすかに身を引いて怪訝そうな顔になる。

「泉子、寮で小説を書いていたんじゃないんですか？」

「全然、初耳なんですけど」

　お互いの脳内に疑問符が浮かんでいるのがわかる。こんなに長く薫さんと眼が合ったままなのははじめてかもしれない。小説ってなんのことだと私は思っているし、薫さんはなんで同室なのに知らないんだと思っているのだろう。だけど私は一度だって泉子様が学校で小説を書いているところを見ていないし、噂すら聞いたことはない。

薫さんはズボンのポケットからスマホをとりだした。

「見てもらったほうが早いと思います。泉子はサイトを持っていて、書いた小説をそこに載せていたんです」

薫さんがスマホを操作すると、黒いカバーのｉＰｈｏｎｅの画面に、淡いブルーグレーのトップ画面が広がった。ほとんと装飾のないシンプルな背景に『ヨルノウミ』という文字が浮かんでいる。躊躇(ためら)いなくスマホを渡されて、私はこわごわ両手で受け取った。

「え、すごくおしゃれじゃないですか！　さすが泉子様だなぁ……あ、これがペンネームですか？　なんて読むんだろう。ソラミネ？　ソラミネリレイ、とか？」

スクロールした一番下に、『空峰李零』と署名らしくペンネームが記載されていた。読み仮名は振られていない。

「僕もそう読んだけど、どんな読み方でもいいって言ってました。正解はないらしくて」

「へえ、意味ありげだな。どうしてこの名前にしたんでしょうね」

「さあ……サイトの名前は好きな小説のシーンからとったと言っていたから、ペンネームも同じような由来なのかもしれない」

「好きな小説かあ……」

寮の部屋の蔵書のタイトルがいくつか浮かんだが、夜の海が出てくる小説なんていくらでもありそうだ。サイト名も泉子様が語ったという意味だけなのかどうかはわからない。

もう一度私はサイトのトップ画を見た。ブルーグレーを背景にして、細い首筋から白い衣装がはだけたような肩のあたりまで、少年もしくは少女の端整な横顔が描かれている。淡い金の髪は長くなびいていて、だけど表情には性別を判断させない余白があった。

私は『ヨルノウミ』という名前と『空峰李零』の字面を記憶して、お礼を言って薫さんにスマホを返した。

「あとで学院のパソコンで読んでみます。あ、まだ小説は読むことができるんですか?」

「できますね。更新はされてないけど」

薫さんはサイトを確認して、最終更新は六月二十八日だと言った。それは美奈子の死を康司から知らされた日のちょうど前日だったので、私は密かにどきりとした。

トップ画面の一番下には、四年前の九月の日付が入っていた。泉子様はこのサイトを、中等部二年から運営していたことになる。

「長いことしておられたんですね」

「そうですね。僕たちも知ったのはついこのあいだなんですけど」

「あれ、そうなんですか」

「三週間前。伯母が見つけたんです」

そもそものきっかけは、泉子様の母である雪子(ゆきこ)さんがある舞台作家のインタビューを偶然ネットで見かけたことだったという。

その人が最近気になっているクリエイターとして挙げているうちのひとつが『ヨルノウミ』という小説サイトだった。ネットで見られることから、雪子さんは件(くだん)のサイトを覗いてみた。それを見ているうちに、雪子さんはサイトとそこに掲載されている小説が娘の創作したものではないかと気がついたのだという。

サイトのトップ画のイラストが、泉子様がスマホで使っている通信アプリのアイコンの雰囲気と酷似(こくじ)している。しかも泉子様のクリアファイルにも似た作風のイラストが挟まれていた。以前学院の寮の泉子様の部屋を訪れたときに、引き出しから用途のよくわからないノートを見つけたこともあった。寮の引き出しに隠されていたそのノートには、雪子さんの知らない人の名前や不可解な表のようなものが書かれていた。もしかしたら創作の構想を練っていたのではないのだろうか。

雪子さんは藤城家の人たち、祖父母にあたる元麿(もとまろ)氏や摂子さん、薫さんたち兄弟とその母の恭子さんといった面々にサイトのことを教え、元麿氏や摂子さんのためにサイトの小説をすべてプリントアウトして読んでもらった。そしてこれは泉子様が書いたものだという確信を、だんだんと深めていった。

泉子様が寮にいて不在の平日のあいだに、藤城家にはちょっとしたセンセーションが駆け巡っていた。そしてそれらの経緯は、泉子様にはまったく知らされていなかった。

　七月一日金曜日、実家に帰省した泉子様に雪子さんたちは、あなたは小説を書いているのでしょうと半ば断定して問いかけた。

「それって……みんないたんですか？」

「伯父……泉子の父親以外はみんないましたね」

　私はうわぁと言いそうになるのを堪えた。その瞬間を自分に置き換えたら、どこかに逃げて隠れたいくらいの痛痒い羞恥に襲われた。

「なんだか、それでは泉子様が気の毒です……」

「え？」

　薫さんはまったくわからないというようにきょとんと私を見返している。

「気の毒ですか？」

「いや、私だったらですけど……自分の知らないところでこっそり書いていたものを家族みんなが読んでるって、めちゃくちゃ恥ずかしくないですか？　なんだか……」

　公開処刑みたいで、とはさすがに言えなかった。しかし、――いくら自分の未成年の娘に対してでも、それはプライバシーの侵害なのではないだろうか。

「でも発表するってそういうことじゃないですか？　読まれたくなかったらネットに出してないと思うし」

「いやー、そうなんですけど……」

薫さんは私の想像する恥辱はまったく理解不能というように首を傾げている。

小説や漫画といった創作物を公開したとしても、それを家族に勝手に見られるなんてことは、私だったら絶対に避けたい。

なんて言ったらいいかな、と気が遠くなった。

おばあさんやお母さんに部屋や持ち物の点検をされるという話を聞いたときは、まあそれぐらいは我慢の範疇なのかもしれないと思おうとしたけれど、これはさすがに度が過ぎている気がする。私物やスマホを黙って覗いて、こっそり知ったことをほかの家族に広めるなんて、それはどれだけ深い人間関係でもやってはいけないことだろう。

「祖父母や伯母も、みんなすごいって言ってたんです。小説を書いてるって、誰も知らなかったし。将来は作家になれるだろうって、絶賛してました」

「それで、泉子様はなんと……?」

「サイトが話題になってること自体知らなかったみたいでした。びっくりしていたけど、読まないでとは言わなかった」

それは言わなかったのではなくて、言えなかったんじゃないのか。

いない間に部屋を点検されることについて、薫さんは自分で線引きをして条件をつけ、光さんは鍵をかけて拒絶しようとしては怒られ、そして泉子様はすべて受け入れた。

薫さんはしないでほしいことが言えたけど、ほかのふたりはうまくそれを伝えられなかった。そして泉子様は言えなかっただけでなく、反発を表に出すことも許されないように思っていたのではないか。

　人の心の内側を推測することは、とても思いあがったことだと天音様は言っていた。私もそう思う。だがこれは、一緒に泉子様を探す薫さんには伝えないといけないことだった。

「もしも、今回のサイトの件みたいなことがたびたびあったなら、泉子様はずっと、とても苦しかったんじゃないでしょうか」

　あったんですか、とは聞かなかった。おそらくあったのだ。だけどその程度はさまざまで、薫さんが気づかないほどささいなこともたくさんあっただろうから。

「たとえ家族でも荷物を勝手に見てそこから情報を集めて、その結果をほかの人に広めてしまうっていうことが、なんだかとてもまずいことのように思います。たまたま今回はネットに公表されている創作物だったから見てもいいものみたいな気がするけど、それでも泉子様から言ってくるまでは気づかないふりをするのが礼儀だと思う。部屋を漁られるならプライベートな秘密とか、人に言えないような悩みも持てないし……。泉子様はいつなにを見られるかわからなくて、すごく窮屈な思いをしていたんじゃないですか？」

　気を悪くするかな、という心配はあった。薫さんの家族を否定しているようなものだし、しかもその人たちは不幸なかたちで亡くなっているのだ。だが薫さんはとくに表情を変えないままで、話す私を見つめていた。たどたどしい話を黙って聞きながら、記憶の隅々を辿るようになにかをじっと考えている。

「寮の部屋に泉子様の個性みたいなものが全然なかったのも、そのせいなのかもしれない。寮の部屋も見に来られていたんだったら、白蓉での生活もずっと気をつけていないといけないし、どこにいても監視の眼がいっぱいあって、それを四六時中意識して生活しているような気分だったのかもしれない。だから、泉子様はどんどん追い詰められた、とか……」

口を閉じた私が肩で息を吐いて額の汗を拭ったとき、薫さんはやっと腑に落ちたというように「そうだったんだ」と言った。

泉子は、あの家が嫌いだったのか。薫さんがつぶやいた言葉が、暗くしめった待合所に沈んでいった。伏せたまつげの影が、暗い表情に濃く落ちている。

薫さんはため息を避けるようにかすかに顔を歪めた。色のない唇を噛む瘦せた横顔に、隠しきれなかった憤りが浮かんでいる。

それだけのことで、と低い声が言った。

「それだけのことで家族全員を焼き殺して、自分を慕う年下の従弟を人殺しにした？」

吐き出された声に、どうにもならない憎しみが滴るようだった。

やりきれなさに眉を寄せて、私は鳥肌の立つ腕をさすった。硬い土の足元に冷気がまといつく。暗く陰る待合所と対比するように、眼の前の農道には太陽が燦然と降り注いでいた。

「まだ、なにかあるのかもしれない。泉子様に、それを決意させたなにかが」

どこまでも清く従順だったマリアを、堕天させてしまったなにか。

マリアに焦がれて呆け果て、心を乱した人ならいくらでもいる。正しさゆえに泉子様を憎悪せざるを得ない薫さんだって、結局はマリアに囚われているのだろう。

私はもう泉子様がこの事件の主演女優だと疑わない。だけど、劇作家は？

完全だった戯曲を書き換えて聖少女マリアを罪に落とし、奮いつきたくなるほどうつくしく染め上げた。その邪な劇作家がきっといる。

私たちが探さないといけないのは、マリアを惑わせ堕としたものの正体だった。

＊

いつも見る夢がある。

じめじめした泥濘に立つ自分と、少し離れた位置に咲く白い花。

僕の心の澱みをやわらかく照らしてくれる存在は、この世でその花だけらしい。

だから泥沼にもがきながら、僕は花のために精一杯腕を伸ばす。

重たく絡みつく泥を振り払い、這いつくばる僕の指先にようやく白い花びらが触れた。

あと少し。あとほんのちょっとであれは僕のものになる。

だけど涼やかな音とともに、花は突然僕の前から消えた。

眼を射る光は銀の鋏だ。僕が手に入れるはずだった花は、見上げる先に涼しげな風情で立つ兄が腕に抱いている。

いつもの彼の清しい声が、啞然としたままの僕の名を呼んだ。腐って溶けた臓物に尻もちをついている僕に、彼は微笑んで手を差し伸べる。

立ち上がろうとする僕がその手をとることを、疑いもしないで。


通りの見える軒下で雨宿りをしていたあなたは、僕にやわらかく微笑みかけた。

今日の雨は透明な糸に似ている。あなたの隣で濡れた傘を畳むと、また花が清く香った。

「寒くない？　雨がやむまで中で待とうか」

だが躊躇いがちなあなたの言葉に、僕の心臓はすっと冷えた。

出かけていたはずの兄さんまで、雨に降られたあなたを迎えに来ようとするなんてね。

こんな雨の日ぐらいは、ふたりきりでいられると思ったのに。

「ねえ、昔、ひどい雨の日に家出した僕を探してくれたことがあったでしょう？　一緒に住みだしたばかりの頃」

ああいう雨を驟雨というのだろう。叩きつける強い雨に濡れてもやさしいあなたの馥郁。

僕はあなたをひとりじめできるなら、ずっと溺れていたかった。

だけどあの日もまた、あなたに溺れる僕を現実に引きずり戻したのは兄だった。

「あの頃から、兄さんを好きだった？」

たおやかに首肯（しゅこう）されたから、すぐさま「僕よりも？」と問いを重ねる。

どうすればこの愛（いと）しい少女を困らせられるかを、僕はよく知っていた。

「兄さんと僕と、どっちが好き？」

嘘（うそ）をつくことを許されてこなかったあなたは、この質問にあっさりと追い詰められる。

なにをされても嫌と言えない弱さにつけ込んでいる自覚はある。あなたがどこまでも受け入れてしまうから、とことん困らせていじめてみたくなってしまう。

マリアをいたぶる？

それは火刑に処されるべき罪だけど、その罰の大きさだけ陶酔（とうすい）が増す。

――誰からも愛されるように己を正しく律し、また誰をも等しく愛し敬（うやま）いなさい。

その躾（しつけ）はあなたを聖少女の棺（ひつぎ）に閉じ込める呪縛になった。

誰からも愛される聖少女であれなんて、ひどい呪いをかけられたね。

だけど僕はあなたを呪縛から救おうとは思わない。

「とても好きだよ。兄さんよりも、世界中の誰よりも、僕が一番愛してる」

本当は、誰のそばでも怯えているあなた。僕といても、兄さんといても。

この世で一番うつくしく完成されていて、そして誰よりも可哀想な僕のマリア。

マリアを手に入れられたら、きっと僕は——。

あなたの頬に手の甲で触れたら、あなたは泣きそうに微笑んだ。ひんやりとしたあなたの肌に僕の熱が混じり、やわく溶け合う。

ねえ、ずっと怖がっていてね。

兄さんは絶対に、この哀れなマリアを幸せにすることはできない。だって兄さんは、弱くて愚かな人の気持ちが理解できないから。

あの人にはけしてわからないだろう。傷口からじくじくと化膿する悔しさも、無様に転んだときに頭上からかけられる慰めの言葉の惨めさも。

いわゆる恥の感覚なら、兄はとてもよく身につけている。だが恥を知ることと、恥辱の苦い味を知悉してしまうことはまったく違う。

日陰のミミズが太陽の眩しさを恐れても、太陽はあまねくすべてを等しく照らす。自分の明るさがなにかを奪うかもしれないなんて、ほんのわずかも考えずに。

ああ……僕は太陽が、心の底から嫌いだ。

「ねえ、本当に兄さんと結婚してしまうの？」

それはもう定められた未来なのだというように、僕はあなたに無邪気な弟の顔をする。

「でも今年の誕生日が来たら、もうすぐにでも結婚できちゃうね」

ひた、ひたとあなたは逃げ場をなくす。お行儀のいい白い手がかすかに痙攣した。動揺を隠そうとして、繊細な手はいっそう臆病にさざなみ立つ。

震える指に指を絡め、引き寄せる。あなたは人の手を振り解けないから、力は入れない。白い手のひらは涙のあとのようにしっとりと潤んでいた。

あなたの麗しい表情に、はっきりと恐怖と懇願が浮かぶ。まるでとんでもない痴態を人に見られてしまったように。

「兄さんと結婚したら、ずっとあの家にいることになるよ」

兄がここに来てしまえば、雨もつかのまの晴天に変わらざるを得ない。執拗にあなたの肌を濡らす雨はひととき降りやみ、僕が泣かせた涙は拭われる。

でも兄といれば、あなたは強くて朗らかな太陽に苛まれることになるのだろう。

「兄さんはあなたとあの家を、一生かけてとても大切にしてくれる。だけど……」

言いかけた言葉尻にわざと含みをもたせる。その先をあなたが的確に思い描けるように。

陰る瞳を覗きこみ、追い詰められていくさまを観察して愉悦を味わう。

もっと苦しめ。もっと、もっと苦しめ。

息すらもできなくなればいい。

そうすれば、僕に縋るしかないと思えるだろうから。

「もしも僕が――したら」

あれ？　これはあなたへの恩寵（おんちょう）であるはずなのに、どうしてそんなに慄（おのの）くのかな。

だけど恐怖や苦痛を表に出すまいとこらえるとき、マリアはもっともうつくしくなる。

あなたの濡れた瞳の揺らめきに、脊骨（せっこつ）から脳髄（のうずい）へとせつないまでの甘さが迸（ほとばし）る。

ぞくぞくと駆け抜ける恍惚（こうこつ）に、僕はやっとあの夢の正しい結末を知った。

兄から奪った鋏の刃先を眼の前の白いシャツに突き刺すと、僕の頬を熱い血が打つ。

泥濘へ倒れ落ちながら、兄はまだなにが起きたのか理解できていないらしい。

ねえ兄さん、はじめての恥辱の味はどう？　懊悩（おうのう）に灼（や）かれてそこから見上げていなよ。

手に入れた花に唇を寄せて、僕は白くなめらかなあなたの蜜（みつ）を堪能する。

やっと手に入れた最愛のマリアは、僕に抱かれて永遠に麗（うら）らかで馨（かぐわ）しい。


ねえ、本当は、ずっとこうなることを望んでいたんでしょう？

だから僕が叶えてあげるよ。あなたのために。

「そうしたら、僕だけのものになってくれるよね？」

僕はあなたにこの身を捧げる。

第五章

医療に関わる職種には業務上知りえたことについての守秘義務があるということを、私は薫(かおる)さんから聞いてはじめて知った。

法律で規定されているのなら、突然押しかけた高校生が正面から訊(たず)ねてみたところで答えてもらえるわけがない。

だけど患者として受診して、診察の合間にちょっと話を振ってみるのなら？

やってみる価値はある気がした。

幸いなことに私は泉子(いずみこ)様に紹介してもらった駅前の歯科医院に、やりかけの治療が残っている。

今年の二月、私は左右の下顎(したあご)を腫(は)らす完全水平埋伏智歯(まいふくちし)、いわゆる親知らずを抜いた。顎の骨にまで食い込んだやっかいな智歯を切除されて、私は痛みと痺(しび)れでしばらく物が食べられなかった。うなされるほどだった抜歯前よりも手術直後はさらに痛みが増し、左右の頬(ほお)は不格好に膨れてしまって、もう親知らずはこりごりだと痛感した。

だけど私はまだ、上顎にも同じような爆弾を抱えている。

前回の治療で上顎の処置も促されたのだが、下顎の二本を抜いて怯んでしまったのだ。そのとき保留していた上顎の智歯も抜きたいということにして、私は歯科の診察を受けた。

飛び込みだから待ったけど、運よく午前診療のラストに診てもらえて、スムーズに手術の日程まで決められた。そして私は別室で手術同意書や保護者同意書などの書類一式をもらうときに「手術のあとに顔が膨れるのが、ちょっと気がかりなんです」と言ってみた。

「あれって、個人差があるんですか？　私は面白いくらいに腫れたけど、私をここに紹介してくれた先輩は全然腫れてなかったから」

白蓉の生徒は学院の外でとても目立つ。なんせ外出時は制服着用が原則だし、その制服は希少価値のある白一色のセーラーワンピースだ。それに学院から距離のあるこの病院に通う白蓉生がそうたくさんいるとも思えない。医師たちはきっと、患者だった泉子様のことを覚えている。

紹介者？　とつぶやきながら、五十代後半らしい院長先生は手元のカルテを確認した。

「ああ、この人は抜歯をしてないね」

「あれ、泉子様って親知らずじゃなかったんですか」

あなたと同じタイプの埋伏歯だけど、抜いてない人ですねと言いながら、先生はパソコンを操作する。ここからは画面は見えないけど、泉子様の電子カルテを呼び出しているのかもしれない。このお嬢さんか、と言いながら画面を見つめている。

「そういえばあなたの先輩は大変な人でしたよ。親知らずもよく腫らしていたけど、横の歯に差し障りがあるから抜きましょうと勧めてもなぜか気乗りがしないみたいで、結果として疲れがたまるたびに腫らしてしまう。それに嚙みしめがひどくて、慢性的だったのは顎関節症と歯周病かな。あなたも歯ぎしりの傾向があるから、そういう二次症状は注意したほうがいいね」

うまいこと話が繫がったぞと思いながら、表情には出さないようにして「私、歯ぎしりがあるんですか」と心配そうに訊ねた。

「かなりありますね。歯茎も弱まってきてるし、いやでなかったら就寝時用のマウスピースを作って、それをつけて寝るようにすると一定の効果はあるけどね」

「でも、マウスピースしてるのがまわりにばれると恥ずかしいです」

「自分もみんなも寝てるんだから気にすることはないと思うけど、あなたの先輩もそう言って渋っていたよ。だけどいわゆるギリギリと歯が擦れる音が鳴るような歯ぎしりじゃなくて、上下の歯をぐーっと嚙んじゃうタイプのクレンチングだったら、就寝時だけマウスピースで和らげればいいという問題でもないかな」

「ああ、私は同じ部屋で寝起きしていたんですけど、寝ているときのそういう音はまったく気づかなかったです。歯ぎしりにもいろいろあるんですね」

種類もいろいろあるし、これはなかなかやっかいな問題なんですよと院長先生は言った。

泉子様は中学一年生の頃から、断続的に通院を続けていたらしい。

「口の中は内側に溜め込んだ強いストレスや緊張状態が出やすいんですよ。噛みしめすぎて歯茎が弱まって根元からぐらついたり、歯の表面が欠けたりね」

「歯が欠けるって、噛みしめだけでそんなことまで起きるんですか」

割れることだってありますよ、とさらりと言われてぎょっとする。

「歯というのは、思われているほど強いものではないんですよ。歯磨きだって、たくさんすれば良いということではまったくない。正しい時間や回数、力の入れ方というのがあって、やりすぎると歯と歯茎に負担をかけるんですね。でも、注意されても磨き過ぎてしまう人は大人でもけっこういます。口が汚れている気がして、つい神経質に磨いてしまう」

口内環境を優先するなら、この横向きの埋没は抜いたほうがいいと思うんだけど、と院長先生は残念そうにつぶやいた。

「それにしても、ひどい症例なのにどうして治療しなかったのかな……。まだ十代なのにここまでひどいのは、なかなか……」

ひとりごととして言われた言葉は、やけに脳裏を引っかいた。

薫さんは泉子様が滋賀と東京のどちらでも、歯医者にかかっている様子はなかったと思うと言っていた。ご実家の家族も白蓉生も知らなかった。あれほど愛されていた泉子様なのに、彼女を愛する誰ひとりとして泉子様が閉ざした唇に秘めた故障には気づかなかったのだ。そして泉子様も、ずきずきと痛む歯を一心に隠し通そうとした。

　なぜ誰にも知られなかったのだろう。

「たとえば唇や爪を噛めば、傷ついていることが外からもわかるじゃない。だけど口の中というのは、そうそう他人に見られる場所じゃないし、痛いな、おかしいなと思っても、一般の人からすると自分の身体でも症状がわかりづらいんですね。とくに歯並びの良い白くて綺麗な歯だったら、まさか隠れた故障があるとは思わないし、ついつい放置して慢性化したり派生症状に繋がったりしてしまう。食いしばりの延長である顎関節症とか歯周病なんて、その最たるものだと思いますね」

「顎関節症は、どうやって治療するんですか」

「基本的には日にち薬です。安静にしてお口の大きな開閉を避け、症状がおさまるのを待つ。鎮痛剤なら出せるけどそれだけでは治らないし、痛いなら氷嚢的なもので患部を冷やすか……整骨院で調整してもらうという人もいますね」

「整骨院？」

「うん。でも整骨は先生の施術の腕と相性によりけりだからね。私もこの近くにある整骨院には、たまにお世話になっているけど」

　いつでも混んでいること以外は、とてもいい腕前の先生ですよ。私がその整骨院に行ってみたいと言うと、院長先生は親切に詳細な情報を教えてくれた。

泉子様が慢性的な顎関節症に悩んでいたのなら、この歯科医院で勧められて近くの整骨院で施術を受けることもあったかもしれない。

歯科医院から歩いて五分もかからないその整骨院は、ドアの外のベンチにも人が座って待っているような盛況ぶりだった。これは訊けないかもしれないと思いつつドアを開けると、狭い上がり框からすぐに施術場が広がっていた。保健室みたいにカーテンで仕切って並べたベッドに寝転ぶ人が数人いて、ふたりの整復師が同時進行で施術に当たっている。

整骨院って、こんな感じなんだ。

玄関の隅に置かれた二台のソファは順番を待つお年寄りでいっぱいだった。眼の前は受付だけど誰もいない。ちょっと固まっていると、施術中の白衣の先生が私を見ないで「今日はもう無理だよ。昼からの予約診も埋まってるから」と言った。

「えっと、じゃあ、はじめてなんですけど後日の予約お願いできますか？」

弟子のような若い男の人が施術を中断してやってきて、受付で台帳を広げた。私は靴脱ぎ場に立ったまま、空いている日時を聞いて予約を入れる。

「あの、ここのことは学校の先輩から聞いて、すごく身体の調子が良くなったって」

おそるおそるそう言ってみると、お弟子さんは施術中の先生を振り仰いだ。

白蓉の子だろ、とぶっきらぼうに先生は言う。

「あの子、全然良くなってねえよ」

「え、でも顎とか……」

「治しても治しても追いつかねえよ。首なんか常にがっちがちだし、十七かそこらだったと思うけど、もう五、六年は通ってるんじゃないの」

　診療所と違って、ここには個人情報の概念はないようだった。ラッキーと思いつつ、先輩はそんなにひどかったんですかと驚いてみせる。すると先生はこちらをまったく見ずに手を動かしながら、最初の頃は変なことばっかり聞いてたよと言った。

「足の指を短くすることはできますか、とかさ。……いや、歪みをとった結果として本来の長さになることはあるけど、人の身体は粘土細工じゃないんだから」

　記帳を終えたらしいお弟子さんは黙って施術に戻った。先生は手を動かしながら、ここ数か月来てないけど、身体は大丈夫なのかと聞いた。

「いつもどうしようもないぐらいひどくなってから来るんだよ。指一本分も口が開きませんとかさ。冷えのぼせもきつくて、あの様子だと自律神経がやられてるんだろうけど」

　悪くならないうちに早く来るように言っておいてと言われて、私はかくかくとうなずいた。

＊

午後に傾いていく陽射しが窓からいっぱいに差し込む白い部屋。面会に来た生徒の保護者や他校生は、原則このセミナーハウスの部屋で会う規則になっている。

四人掛けの白木のテーブルで、私と薫さんは向かい合っていた。

私が歯科と整骨院に行っているあいだに、薫さんは白蓉近くの診療所を訪れた。それからうまいこと手を回して、泉子様が通っていた都内の皮膚科にも詳しい診療内容を問い合わせたという。

その皮膚科とは、美容整形外科も兼ねた大きな美容クリニックだった。

雪子さんは娘の泉子様を連れて、隔週でクリニックを訪れていたらしい。

小学校の頃から泉子様を知る美容皮膚科の医師は親子について、とても美容意識の強いお母さんだったという言い方をした。

高校三年生になっても診察室に一緒に入り、常に母親が一生懸命に医師に相談を持ちかける。ちょっとしたニキビやあせもでも治療をお願いし、ストレス性の発疹が背中に広く出たときには大変な騒ぎだった。だけど患者本人の泉子様は母親の圧に押されるように黙ったままで、診察室ではいつも母親の声しか聞かなかった。

ごくプライベートなことも含め、娘のことを非常によく把握していた。とても綺麗なお顔立ちのお嬢さまだったが、肌が弱くアトピー性の発疹が出やすかったから、お母さまは深く心配していたのだと思う。お嬢さまのうつくしさや発育について大変理解のある素敵なお母さまでしたと、その医師は言っていたという。

そんな雪子さんがずっと気にしつづけてきたのが、泉子様の手掌多汗症とギリシャ型の足指だった。どちらも熱心に手術を検討していたらしい。

――この足の形さえ正しければ完璧だったのに、とよく気にしておられましたね。どうしてこんなに可愛らしくない骨格になってしまったのだろう、と。

たしかに泉子様は同室の私に、素足を見せることをけしてしなかった。そして肌をパウダーで抑えたり、まめにハンカチを使う光景は頻繁に見かけた。

その愛用のパウダーは、泉子様が消えた今も寮に残されている。

私ですら缶のデザインを覚えてしまうくらい肌身離さずに携帯していたパウダーを、逃げる先に持っていこうとは思わなかったのか。

一方この近くの診療所には、藤城泉子という十七歳の少女の来院履歴はなかった。

「もしかしたら保険証を使わなかったかもしれないと思ってスマホで泉子の画像を見せたけど、やっぱり来ていないらしいです」

「保険証を使わないって、なんでですか？」

「泉子は伯父の扶養に入っているはずだから、伯父に届く診療明細の通知から通院がばれるのを避けたかもしれないと思って。……だけど、泉子は歯医者には中一からときどき通っていたんですよね」

六年も保険証を見せずに通っていたらさすがに怪しまれるだろうし、泉子は自由になるお金をそう豊富には渡されていなかったのではないかと薫さんは言った。たしかに毎週末帰省することになっていたら、こちらで使うお小遣いも沢山はいらないかもしれない。

「あ、でも私、歯医者でも整骨院でも、泉子様のフルネームは出してないいんですよ。定期的に通っていたんじゃなくて、悪くなったら集中的に通って治して、またしばらく来ない患者なら、保険証がなくてもやっていけないこともないですかね。手術とかの大掛かりな治療は拒んでいたみたいだから、お金もまあなんとかなるかな……?」

歯科のカルテは初診のときに泉子様が予約をとってくれたから紹介者として記載されていただけで、その予約で泉子様がどう名乗っていたかはわからない。

「歯医者さんが言っていたんです。どうしてちゃんとした治療しなかったのかなって」

泉子が断り続けたんだろうと、薫さんはそっけなく言った。慢性的な口腔疾患(こうくうしっかん)で悩み、口もろくに開かないなんてことが知れたら、伯母は取り乱しただろうから、と。

「もし泉子が歯の悩みを打ち明けていたら、伯母は問題がない歯でも削らせて全部をセラミックの差し歯にするくらいのことはしたかもしれない」

それを聞いて私は思わず数日後に抜く予定の奥歯のあたりに手をやった。

泉子様はきっと、とても怖かったのだろう。歯肉を切って歯を砕くことではなく、些細(ささい)な理由で不良品だと認定されてしまうことが。

あまりにも過剰な心配は、かえって責められているように感じることもある。たとえばその心配の裏に落胆(らくたん)とか、咎(とが)める気持ちが透けて見えてしまうときとか。だけど私は怪我をして、おろおろ心配する美奈子(みなこ)に手当てしてもらうのは好きだった。ちょっとした注意をされるのも、本当はうれしかったかもしれない。私の気持ちが幼いのだろうけど、そういうときはとりわけ大事にされているように感じられた。

薫さんは私が行ってきた歯医者のサイトをスマホで見ている。囲んでいるテーブルには、勉強合宿に持ち出していて難を逃れた薫さんのタブレットもあった。泉子様のサイトを見たいと言ったら、診察の待ち時間に見られるようにとタブレットを貸してくれたのだ。

「泉子はどうしてこの歯医者を選んだんだろう。もっと近くにも口腔外科はありますよね」

たしかに、なぜ中学一年生の泉子様は白蓉から徒歩圏内の診療所ではなく、バスか自転車で向かうしかない遠い歯医者を選んだのか。ネットで見つけて評判を知ったとしても、引っ越してきたばかりの中学生がひとりで向かうのはハードルが高い気がする。

「泉子様も誰か……親しい先輩に教えてもらったのかも。だけど泉子様だったら私みたいに、歯がすごく痛いんですなんて泣き言を言いそうにないですね」

親知らずってそんなに痛いんですかと訊ねられて、夜中に眼が覚めるレベルで痛かったと答えると薫さんは素直に驚いていた。院長先生によると、親知らずの症状が出てくるのは一般的に十代後半以降らしい。

「泉子はたぶん自分からはつらいとか、痛いとか言わなかったと思うんです。口が開かないのだって隠しただろうし。……だから、よけいに腑に落ちない」

そうか、泉子様が駅前の歯医者を誰かに教えてもらったのなら、その人は泉子様の悩みを知っていたかもしれないのか。

いったい誰なのだろう。そして家族や薫さんも気づかなかった泉子様の秘めた痛みを見抜いた人は、どういうきっかけでそれを知ったのか。

「あの歯科医院は先生も衛生士さんもやさしくてすごくいい病院なんですけど、なにしろ遠いんですよね。だからやっぱり先にあの病院に行って、腕の良さを実感していた人が教えたとか……それだとうちの生徒ではないかもしれないけど。白蓉からだと私営のバスか自転車で、どっちでも片道四十分以上かかるから」

結局かかる時間は同じぐらいだから、私だったらしんどくても融通の利く自転車を選ぶ。

白蓉には生徒が使える自転車が六十台ほど常時用意されている。自転車置き場にずらりと並ぶ黒くて古いママチャリの列は壮観だ
「泉子、白蓉の中学に入ってしばらくしてから、実家に帰ったときにこっそり自転車の練習してたことがあったんです。夜中に、家族にばれないように」

夜中ですか？　と私は訊ね返していた。

「学校で使うって言っていたんですけど、歯医者に行くのに使っていたのかな」

「乗る練習、昼間ではだめだったんですか？」

「脚の形が悪くなるからと言って、伯母が泉子に自転車を禁止していたんです。僕はたまたま知ったけど、ほかの家族は泉子が自転車に乗れることは知らないと思う」

この場合の脚の形なら脚線美のことだろう。

薫さんも自転車の禁止はあまり良く思っていなかったのか、「結果的に夜中に内緒で練習しないといけなくなるなら、脚のことよりよっぽど問題だと思うけど」とつけくわえた。

薫さんは自転車乗れるんですかと訊くと、乗れるという返事があっさりと返ってきた。まあ当たり前に乗れそうだ。薫さんと弟は自分用の自転車も持っていて、べつに藤城家に住む子ども全員が自転車を禁じられていたわけではないらしい。

「白蓉から街のほうに出ようと思うと、スクールバスか私バスか、あとは自転車なんです。でもバスは本数が少なすぎて不便だから、白蓉に来て自転車に乗るようになったっていう生徒は多いみたいですよ。私も街に出るときは借りますし」

自転車置き場には原付も二、三台置いてあるが、あれは教職員専用で生徒は使用を禁止されている。そもそも白蓉は在学中には免許講習を受けることを禁じている。

だけどそういえば、鈴様は大きいバイクを乗り回しているという噂があった。

「泉子って、学院の外にも知り合いがいたんですか」

薫さんは泉子様の失踪を手伝った人間が、学院の外部にいるのではないかと思っているようだった。藤城家を巡る一連の事件には、実行役になった神崎と光さん以外に、違う立ち位置からほかの人間が絡んでいるような気がするという。

「駅からの消え方がスムーズ過ぎて引っかかるんです。土地勘のある協力者がいるんじゃないかと思う」

「協力した人か……。どうだろう、学校単位で交流があるのはS学とY大で、泉子様は他校生にもすごく人気があったけど、学院の外で特定の相手とお付き合いがあったという感じはないんですよね。歯医者を知るきっかけも謎なんですが……でも泉子様がスマホを持っていたってことは、それこそ白蓉の外の人間関係も無限じゃないですか？　SNSやネット上での付き合いもあるかもしれないし」

「SNS上の付き合いになると、全然わからないですね。このサイト以外に別のアカウントを持っていたのかもしれないし、そもそも小説もどうやって書いてサイトに載せていたのか……スマホで執筆していたのなら、もっと早くに伯母にばれていると思います」

スマホを勝手に見られるのなら、何年間も隠し通すことは難しいだろう。泉子様は学校で書いていたと家族には言ったらしいけど、でも寮の部屋で執筆している様子はなかった。私が寝たあとでこっそり書いていたりしたらわからないけれど。

そこまで考えて、私はさっき歯科医院の待合室で泉子様のサイトを見て気になっていたことを思い出した。

「さっき私SNSでのお付き合いって言ったんですけど、泉子様のサイトってたぶん交流が目的ではないですよね」

「それって、メールアドレスが消える前からですか？」

サイトに記載されていた連絡用のメールアドレスは泉子様の失踪を境に消えていて、覚えているアドレスに送信してもエラーで返ってくることは薫さんからすでに聞いていた。

「うーん、おそらくなんですけど、ただ文章の置き場にしてる感じがするというか。そのわりには立派すぎる造りだな、とは思うんですが」

また借りていいですか、と訊ねてから、私はタブレットのカバーを立てて操作した。検索窓に『ヨルノウミ』と打ち込むと、雪子さんが見つけたという脚本家のインタビュー記事がトップに上がってくる。

待合室で読んだこの記事の中には、その脚本家が注目しているクリエイターのひとりとして『ヨルノウミ』というサイト名が挙げられていた。執筆者のプロフィールがまったくわからないが、抑えた文体にほとばしる瑞々しい感性から、まだ十代の若い書き手なのかもしれないという脚本家の考察も添えられていた。

記事には『ヨルノウミ』へのリンクも貼られている。こんなに簡単にアクセスできるようになっていたら、記事をきっかけに泉子様のサイトにアクセスした人は多かっただろう。

もしこういう有名人のインタビュー記事に自分のサイトが取り上げられることをあらか

じめ知らされていたら、泉子様はそれを喜んで受け入れただろうか。

泉子様はきっと、載せないでくださいと懇願（こんがん）するような気がする。

小説について家族に訊ねられたときの反応から、泉子様は自分のサイトが話題になっていることはなにも知らなかったと思うと薫さんは言っていた。

これは泉子様にとって寝耳に水の大事件だったのだ。家族の前だから隠し通しただけで、内心は驚愕（きょうがく）に近かっただろう。連絡先アドレスを消去し、不通にしてしまったのもサイトへのアクセスが急激に伸びて問い合わせが増えたせいもあるのかもしれない。

そんなことを思いながら、タブレットで泉子様のサイトを開いた。

泉子様のサイト『ヨルノウミ』は、名前のとおり夜の海のように、淡くくすんだブルーグレーが広がっている。

デジタルで着彩した水彩画風の塗りの青灰（あおはい）に、控えめな大きさの琥珀（こはく）色の明朝体で『ヨルノウミ』と記される。サイト名の下には長い金髪をなびかせた横顔のイラスト。パソコンの仕様だとイラストのすぐ下に『ｎｏｖｅｌ』のサイドメニューがある。それより下にいくと『空峰李零』とペンネームが記載され、スクロールの行き止まりにサイト開設の年月日が記されている。

小説の個人サイトにしては、シンプル過ぎる設計だった。プロフィール項目やリンクもないし、サーチエンジンのバナーもない。

「このサイトって、メールアドレスが消されたほかには変わったことはないですか？　もともとは作者のプロフィールが載っていたとか。ＳＮＳのリンクがあったとか」

「いや、アドレスが消えた以外はそのままですね。ただ、そのアドレスがいつから使えなくなっていたかはわかりません。サイトから消されたのは確実に失踪日です」

　クリエイト系の個人サイトは、作品とともに制作者のプロフィールも掲載されていることが多いように思う。そもそも趣味でやっているサイトだったら同好の創作者や読者との交流を目的のひとつとしていることも多いが、作品に興味を持っても創っている人がどんな人かわからないと交流しにくい。だけどこのサイトは『空峰李零』という読み仮名も振られていないペンネームだけで、作者の年代も趣味嗜好もなにもわからない。作者のブログや自作へのコメント欄も設けられていない。各種ＳＮＳへのリンクも張られていなくて、正直なところ不愛想な印象のサイトだった。

「だからこのサイトって、見せることを目的としていないような感じがしたんですよね」

「こんなにちゃんとしたホームページを持っているのに？」

「そこなんですよね。作品を読んでほしいわけでも交流がしたいわけでもないのなら、どうしてこんなに立派で手の込んだサイトを立ち上げたのかが謎だなぁと思って……」

　サイトでは読者から作品のリクエストを受け付けているわけでもなく、広告収入などの営利目的でもないようだ。もし小説をアップすることのみが目的なら小説投稿サイトに会員登録するか、レンタルブログを使うほうがコストも手間もかからないと思う。

それにしてもサイトの維持費はどこから出ているのか。このサイトはおそらくスマホではなくパソコンで制作しているから、小説の執筆ツール以上に泉子様がどうやってサイトを制作、運営していたのかも気になってくる。寮のパソコンルームは自由に使えるけど、泉子様がそこにこもって作業していたら、人目を引かずにはいられないだろう。サイトも執筆もとっくに周知のものになっていたはずだ。

私はうーんと唸(うな)りながら、指紋をつけないようにそろそろとタッチパッドを操作して画面をスクロールした。カバーにキーボードがついているタイプだからまだよかったけど、それでも他人の精密機械は破損汚損を気にしてちょっと緊張する。

サイドメニューから『ｎｏｖｅｌ』をタップすると、小説のタイトルが長い目録のようにずらっと並ぶ。長編と短編に分けられて、長編には一文だけ概要が添えられている。

「まだ短編を一本読めただけなんですけど、並んでいるタイトル的にはＳＦが多そうですよね？」

「ＳＦは多かったですね。だけどすごくジャンルにこだわりがあるわけでもないのかもしれない。僕は小説をそんなに読まないから詳しくないし、泉子の作品の良し悪しもわからないんですが」

だけど薫さんは、ここにある小説はすべて読み、そして今も読み返しているのだ。泉子様の手がかりを探すために。

「薫さん、この小説を読んで、泉子様が書いたんだろうなぁって実感ありました？」

「……そうなんだろうなっていうのはわかりました。作中の生活習慣がうちのものだったから」

どういう部分でそう感じたのか訊くと、物の呼び方や食事内容に家の独自ルールが出ている気がしたということだった。近しい人だからわかる癖のようなものかもしれない。

「このサイトって自分でサーバー借りてやっているタイプのやつですよね。たぶん立ち上げとか組み立ても自分でされていたんだと思うんですけど、泉子様はパソコンも得意なんですか？」

「サーバーを借りるってどういうことですか？」と訊き返され、私は一般的なホームページの制作方法をざっくり説明した。

まずはデータを保管する場所にあたるサーバーを借りて、インターネット上の住所であるドメインを設定する。それからホームページを開設するのだが、『ヨルノウミ』の仕様だとＨＴＭＬを使って自ら（みずから）プログラミングしているのではないだろうか。ＣＭＳも使いこなそうと思うと初心者にはかなり難易度が高いのに、ＨＴＭＬになると私には手が出ない。しかもこのサイトは独自ドメインを使っているので、レンタルサーバーとドメインの両方に継続的な使用料が発生しているだろう。技術と課金の両方がいる。しかもここまで来てもまだホームページの骨組みを作りおえた段階で、これからサイト内をデザインする作業に入っていく。ウェブのデザインはこだわりだすと本当にきりがない。

「だから資金面に余裕がある企業なんかだと、もうまるごと外部に発注するんですね。きちんとしたサーバーを使っていたらそこまで心配はないんですけど、それでも回線が混み合ったりすることもあるし、定期的なメンテナンスも必要になってきます」

「すごく詳しいですね。三科さんもやっていたんですか」

尊敬のまなざしを向けられて、私はちょっとむずがゆくなる。

「ちょっとかじったけど、私は全然だめでした。ここまでしようと思うとかなり大変です」

ウェブサイト制作のことは美奈子がオフィシャルサイトの運営を頼んでいたウェブデザイナーさんに教えてもらった。いずれは私がサイトの運営もできるようになりたいと思っていたので自分でもやってみたけれどやっぱり難しくて、そのときはあきらめてしまった。

「泉子は自分ではパソコンを持っていなかったし、家のものを使っているところも見たことがないです。学校の授業で扱った程度だと思うけれど」

「それだと、ひとりでこれを作るのはちょっと難しいと思うんですよね。サーバーとかドメインの支払いも、親のクレジットカードが使えないと振込かコンビニか……徹底的に家族に秘密で対応するのは、泉子様の場合は現実的ではない気がしますよね」

薫さんの話を聞いている限り、月々に渡されるお小遣い以外に泉子様の自由になるお金はなかったようだ。泉子様名義の銀行口座の管理は祖母の摂子さんがしていた。几帳面な人だったから、こっそり引き出したら即刻見つかっただろうと薫さんは言った。

「きちんとした機材一式と、サイト運営技術と、あとはやっぱり資金面ですね。小説以外のこのサイトのほぼほぼ全部の要素になるんですけど、泉子様はいったいどうやって手に入れていたのか……」

「すると誰か……金銭の支払いも含めて、サイトのためにずっと泉子に協力していた人間がいるってことですか」

そう考えるしかないのだが、薫さんの心情を思うとはいと答えていいのか悩んでしまった。だってサイトの開始は四年前、泉子様は中学二年生だ。

「そうですね……泉子様の失踪に協力者がいるのか私はわからないんですけど、このサイトに関しては誰か手伝った人か、もしくは共同制作者がいると思うんです」

言いながら、私はどこまでもシンプルなサイトデザインの中において一際印象的なトップ画をあらためて見直した。

少年と少女の狭間のようなうつくしい横顔。海の底で波になびく長く繊細な髪。描かれているのは胸より上だけだが、これはもともとの全身像をサイトのトップ画にするために切り抜いたのかもしれない。このイラストではなめらかな素肌が二の腕のあたりまで剝き出しになっていて、はだけた白い衣装の名残がかろうじて胸元に見てとれた。

デジタルイラストだけど水彩っぽく描かれていて、タッチはリアル寄りになるだろう。文芸書の装丁にしても違和感はないと思う。

私の向かいに座って一緒に画面を眺めていた薫さんは、海の中のうつくしい横顔を追いかけるように見つめている。

「似てますか、これ」

ふいに薫さんが訊ねてきた。なにに似ていると訊ねているかは言われずともわかる。

「似ているような気がしますね、泉子様に」

どこが、と訊かれるとはっきり答えられない。横を向いたうなじの細いラインや、白い耳たぶの痛々しいまでの薄さだろうか。だけど見つめられると思わず照れてしまうようなあの瞳とか、造形の美の極致のような輪郭（りんかく）がそのまま描かれているわけではない。だからこの横顔が本当に泉子様をモデルに描いたものなのか、泉子様のサイトだと知っているから似て見えるのかは私もわからなかった。

「なにを見ても泉子に似ている気がするから、自分がおかしくなったのかと思ってた」

液晶に写る誰ともつかない横顔に泉子様を見出す薫さんの表情は、はぐれた親をなんとかして探そうとする我慢強い迷子に似ている。この人の厚い壁になっていた頑丈な自制心の鎧（よろい）に、わずかにひびが入ったようだ。

「この前白蓉に来たときに見た絵も、似てる気がするって言ってましたよね」

返事までに少し間があった。おかしいですよね、と薫さんはつぶやく。

「どれも全部違う絵だし、全然似てない。なにもかも泉子とは違うのに」

セミナーハウスのロビーの油彩の少年阿修羅に、校舎の正面玄関にある鬼に化生する女。どちらも鈴様の描いた絵だ。

私はハッとして、テーブルに立てかけたタブレットをまじまじと見た。トップ画の近くに署名はない。

私はもどかしくタッチパッドを触ってサイトの隅々まで見返し、イラストを描いた人の名前を探した。

どこかから画像を借りてきたか、誰かに依頼して描いてもらったものなら、その制作者の名前や出典を記載するのが一般的なネットマナーだと思う。だが、それらしい署名はどこにも見当たらない。

サイトのトップ画と泉子様の持ち物の中にあった絵、それから通信アプリで使っているアイコンが似ていたことから、雪子さんはこのサイトと泉子様が関連しているのではないかと思いはじめたらしい。つまり泉子様はこのデジタル絵とわかりやすく似た絵を他にも持っていたということになる。それも、紙とデータの両方で。

「薫さん、泉子様のＬＩＮＥのアイコンと背景画面ってまだ見れますか？」

見られると思う、と言いながら薫さんはスマホを操作した。私に見せてくれた泉子様のアカウントは、アイコンも背景画像もイラストだった。

スマホの一面に描かれた白い後ろ姿と、丸窓のアイコンにはガラスの靴。

アイコンを拡大し、それから背景画像のみを表示した。そしてタブレットに開いたままのトップ画に視線を移す。

薫さんも同じように視線を動かして、ほぼ同時になにかに気がついたようだった。

「これ、繋がってる？」

ふたつの機械を手早く操作して、薫さんはＬＩＮＥのアイコンと背景画像をタブレットでも表示できるようにした。ＬＩＮＥのアイコン、背景画像、そしてサイトのトップ画を順にタブレットの液晶に呼び出し、私たちは顔を見合わせた。

正しい順番に並べるとようやくわかる。これはひとつのストーリーだ。

物語のはじまりはＬＩＮＥのアイコンなのだろう。月明かりに照らされたような砂浜に踵（かかと）の細いガラスの靴が片方脱ぎ捨てられている。透明なガラスに背景の海が透ける様は圧巻だ。星を砕いたような海辺の砂はさらさらと流れる手触りまで感じられ、色彩だけで表現した夜と海のグラデーションにはため息が出る。

二枚目にくるのが背景画像。ブルーグレーの海を見つめる白い少女の後ろ姿。後ろ姿の少女は髪を結いあげて、ウエディングドレスのような純白の衣裳を身に着けている。上品な立襟（えり）のドレスは絞った腰に大きくリボンが結ばれ、繊細なレースのトレーンが長く裾（すそ）を引いている。ＬＩＮＥでアカウントを表示したときには背景画面にアイコンの丸窓が重なって、この長く引きずる裳裾の先にちょうど片側だけのガラスの靴が出てくるようになっていた。

でもこの絵にはまだ仕掛けがあって、背景画像のみを拡大してよく見ると、砂浜に脱ぎ捨てられたもう片方のガラスの靴が埋まっているのだ。そしてそのガラスの靴のそばに、無造作に転がるベールと花束。ベールと花束は真っ白だが、闇に絡めとられていてじっくり眺めないと見つけられない。

ガラスの靴もそうだったけれど、透き通るようなレースの繊細さをイラストで再現する技術の正確さには舌を巻く。陰影の描き込み方の卓抜さに、徹底的な写実と意図的な抽象の絶妙なバランス。この作者は自分の見た光景をもっとも効果的に再構築できる優れた眼と、それを自在に描き出せるだけの腕を持っている。

こうして二枚の絵を経て、物語はサイトのトップ画に帰結する。

長い髪をなびかせたうつくしい人の横顔が、夜の海であろう背景に映えている。結われていた髪は解かれて、きっちりと着付けられていたはずのドレスは海に脱がされていく。

一連のイラスト群が、月夜に海岸でガラスの靴を脱ぎ捨てベールを落とし、白い花嫁衣装のまま海に向かった少女を表していることは明白だった。そして少女は海の中で素肌をさらし、眠るように静かな横顔を見せる。少女か少年かわからなくなる。

——この少女は泉子様だ。

立ち上がろうと椅子を引いたら思いのほか大きな音がした。自分で出した音に驚きながら壁の時計に眼をやる。

天音様はまだ美術準備室だろうか。お盆までは帰らないと言っていたけれど、でも——。

「あの、ここに天音様を呼んできていいですか」

外部の男子学生である薫さんは校舎や寮には立ち入れない。だが天音様をここに呼ぶことができれば、一緒にイラストを確認してもらえる。

「ほら、泉子様の幼馴染みの森園天音様です。美術部で、絵にとても詳しくて……」

「これを描いたのは森園さんなんですか？」

「わからないけど、違うような気がします。だけど、綾倉鈴様かもしれない」

薫さんが泉子様に似ていると言った二枚の絵は、どちらも綾倉鈴様の作らしい。ふたつの大作は白蓉に来たときからすごいと思っていたけれど、天音様に教えられるまでは同一の作者の絵だとまったく気づいていなかった。画法も作風も違いすぎるのだ。

このデジタル画まで鈴様が描いたのなら、まるで絵画の化け物ではないか。天音様が嫉妬するのもわかる。こんなに段違いの才能を見せつけられたら、真面目な画学生はやっていられない気分にもなるだろう。

私は興奮しながらそのことを薫さんに話した。綾倉鈴様は泉子様とかつて同室で親しい時期もあったそうだから、泉子様を絵のモデルにしていても不思議ではない。

「綾倉鈴？」

「はい、前に泉子様と同室だった三年の先輩です」

薫さんは怪訝そうに眉をひそめている。だが森園さんがなにか知っているなら訊いてみたいということだったので、私は棟の異なる美術室に急いだ。

はたして天音様は数日前とまったく同じ恰好で美術準備室にいた。今日もひとりで絵を描いていたらしい。ノックされたドアを開けたらぜえぜえ言いながら汗を拭う私がいて、さぞびっくりしただろう。

私は天音様にこれまでの事情をざっくり説明した。薫さんが来ていると言うと一応の反応はあったが、それよりも絵のことが気になるらしかった。

セミナーハウスで顔を合わせると、天音様は薫さんに丁寧なお悔みを言った。薫さんと天音様はこれまでにも顔を合わせたことはあるが、泉子様のいない状況で会うのははじめてのようだった。

天音様は私の隣に腰をかけ、砂浜に脱がれたガラスの靴のアイコン画像を一目見ただけで、あっさりと「綾倉鈴でしょ」と看破した。

「やっぱりそうですか？」

「ええ、なあにこの絵。どこで手に入れたの」

「泉子様が自分で持っていたみたいなんです」

私が言うと、薫さんがＬＩＮＥのアイコンだと補足した。

「……そうなの」

鈴様の描いた絵を泉子様が持っていたこと自体には、天音様は驚いてはいないようだった。それよりもその正方形の一枚絵に圧倒されている。

「たいしたものだわ……。こんな、ありがちな題材なのに、どうしてこんなに……」

天音様はタブレットに写し出されたイラストを食い入るように見つめて、「あの人、デジタルもこんなに使えたなんて」と低くつぶやいた。

「道具を変えてまるごとタッチを変えても、呼吸するみたいにすぐに自分のものにする。まるでたいしたことじゃないってふうに……本当に嫌いだわ、あの人のこと」

嫌いだ、という簡単なひとことに鈴様へのすべての憎悪と憧憬を隠している天音様に、さらにもう二枚の画像を見せないといけないことが私には心苦しかった。

私はテーブルにカバーで立てたタブレットの画面をスライドさせた。白いドレスの後ろ姿。そして海に眠る横顔。

操作する私の傍（かたわ）らから、はっきりと息を呑（の）む気配がした。

天音様はタブレットをとり上げた。液晶を見つめる眼が次第に見開かれていく。カバーを摑（つか）む太い指先は音を立てそうなほど痙攣（けいれん）していた。

ごめんなさい、とやっとつぶやいて、天音様はタブレットをテーブルに戻した。

「綾倉鈴は、泉子をこんなふうに描いたのね」

抑えた声は地を這うような怨憎だった。私は天音様を傷つけると知りながら絵を見せた悔恨に眼を伏せながら、あるひとつの確信を得た。

鈴様は泉子様のために一連の絵を描いた。アイコン用、背景画面用、ホームページのトップ画用と三つのサイズに分けて。

夜の海に逃げる花嫁。あまりに作意に富んだ物語。

彼女が『ヨルノウミ』のサイト運営そのものにどれほど関わっているのかはわからない。だけど彼女は少なくとも、泉子様が小説を書いてホームページを持ち、校則違反のスマホを隠し持っていることを知っていた。

ふたりは秘密を共有していたのだ。

泉子様と鈴様の秘密の関係は、なにを意味するのか。

がっしりとした肩を力なく落として絵を見返していた天音様は、「これ、いつ頃描かれたものなのかわかる？」と訊ねてきた。どちらに訊いたというわけでもなさそうだったが、わからなかったので薫さんを降り仰ぐ。

薫さんは少し考えて、アイコンと背景画面のイラストは中二ぐらいには描かれていたはずだが、横顔のイラストははっきりわからないと答えた。答えてからサイトを確認していたが、トップ画の変更履歴は残っていなかったらしい。

「もう、何年もずっとこれだと思う。スマホは小学生の頃から持ってたけど」

「そうだったわね……でも私も思い出せないわ。私はもうスマホを持っていないし」

薫さんは天音様に、泉子様が校内にスマホを持ち込んでいたことは言わなかった。天音様は自然に、泉子様はスマホを家に置いていたのだと思ったらしい。

『ヨルノウミ』の開設は五年前、泉子様が中等部二年生の秋だ。おそらく三枚の絵は同時期に描かれたのだろう。中二の頃なら、まだ泉子様と鈴様は同室だった。

「……泉子って、ずっと綾倉鈴と仲が良かったんですか」

あいつを知っているのか、というような眼で天音様は薫さんを見やった。

「入学から中二の修了まで同室だったわ。はじめは、関係はうまくいっていたと思う。不仲ではないという程度だけど。でも、中二の夏休みが終わったら疎遠になっていたから……蜜月(みつげつ)は終わったのだと思っていたのよ、みんなね」

おそらくその疎遠は見せかけだったのだろう。少なくとも泉子様は、鈴様のことをずっと友人だと思っていた。だから鈴様から贈られた絵を大切にしつづけたのだ。

「あの、このセミナーハウスのロビーの絵って、泉子様に似ているような気がしないですか？　それに、校舎の日本画も……」

天音様の表情に、ふいを突かれた空白が浮かんだ。

長い沈黙が落ちる。硬直していた天音様の全身から、しばらくすると潮が引くように色がなくなっていった。

うつむき加減の天音様の眼は、なにも見ていないのにじっとなにかを見つめているようだった。これまでに見てきた鈴様の作品を、すべて脳裏に思い起こそうとしているのかもしれない。

そして天音様は、確信にたどり着いたようだった。

「私の知るなかで、一番新しい綾倉鈴の作品は一学期の終わりにサボった授業の穴埋めで提出していたものだわ。作品本体はおそらく先生がコンクールに出したと思うけど、あの絵も……」

泉子だったのね、とつぶやいた天音様の声は憎悪でかすれていた。

「それ、どんな絵だったんですか」

薫さんが訊くと、蔓草に絡みつかれた紫陽花の水彩画だと天音様は言った。

人間ですらない。なにもかも違うのに、あれはたしかに泉子だった。天音様の唇から、見抜けなかった口惜しさが漏れ出す。肉厚の丸い肩がふくれ、憤りで小刻みに震えた。

あんなふうに、と天音様は口のなかでつぶやいたようだった。

――あんなふうに、泉子を。

「もしも他の絵も泉子様をモデルにして描かれたものだったら、描きつづけている期間はずっと、鈴様も泉子様を嫌いではなかったのかもしれないな、と思ったんですが」

むしろ、とても好きだったのかもしれない。魂ごと持っていかれるような強い興味がないと、その対象を延々と描き続けるなんてことはできないだろうから。

私がそう言うと、薫さんの無表情はいっそう無になった。だが私程度の憶測なら薫さんもさっきから勘づいていたはずだ。ただ、言葉にする勇気がなかっただけで。

「でも泉子様が鈴様とずっと仲が良かったなら、どうして泉子様は鈴様の問題行動をとめなかったのかな、って……」

「泉子を馬鹿にしないでちょうだい」

ひとりごとじみた私の疑問と部屋の気づまりを一気に切り裂くように、天音様の声がぴしゃりと飛んできた。

「とめられるわけがないでしょう。あの人が今までどんなことをしてきたか知らないの?」

勝手に描かれていただけかもしれないじゃない、と天音様は吐き捨てるように言った。

私は慌ててすみませんと謝る。だめだ、夢中になって注意が欠けていた。泉子様の帰りを信じて待つ天音様の前では、泉子様の神聖をぐらつかせてはいけない。

鬱陶しそうに脚を組み直した天音様の額には汗がにじんでいた。手の甲で汗を拭い、気持ちを鎮めるように深呼吸する。

「私だって、泉子に自分の作品を贈ったことはある。だけど、たとえ軽いスケッチでも泉子を描くことはできなかった。泉子をマリアと崇める白蓉生たちも、泉子を作品にしようとした人はひとりもいないわ」

「森園さんはどうして描かなかったんですか？」

あまりにあっさりした薫さんの訊き方に心臓が縮んだ。なんでこのタイミングであえて最大の地雷をずかずかと踏みにいくんですかと心のなかで盛大に薫さんを詰ってしまう。

「薫さんは、自分の手が泉子を損なっても平気でいられる？」

どぎまぎしている私の横で、そう天音様は訊ね返した。これまでの天音様よりも柔らかい口調の問いかけには、はっきりと針が含まれていた。

その針には気づいているらしいのに、薫さんは苦笑を浮かべた。もしかしたら、反感を買うことをわかっていてわざと訊いたのかもしれない。

「僕のすることで、泉子が損なわれるわけがないと思っていたから」

「そうでしょうね、あなたなら」

素直な後悔を示すように、薫さんは眼を伏せた。痩せた輪郭に影が落ちて、せつなそうな表情になる。たぶん薫さんは知っていたのだ。自分は昔から泉子様の幼馴染みに好かれておらず、むしろ軽蔑されているだろうということを。

この人は不本意な立場に甘んじて、打たせるための頬を差し出すこともできるのか。

すでに嫌われているのだから、踏み込んだらよけいに天音様の本音を引き出せると思ったのかもしれない。

いやな人だなぁと呆れながら、薫さんはこれ以上なにを知りたくて天音様に最愛の存在を描かなかった理由を訊くのだろうと思った。

そういえば、泉子様をはっきりとモデルにした絵を、私は校内で見たことがない。

みんな描けなかったのだ。だけど、鈴様は描いた。

鈴様はどうしてマリアを描こうと思ったのだろう。

「実際、あなたも私も泉子を損なうことはできなかった。誰だって泉子をあれ以上うつくしくすることも、汚すこともできなかったわ。綾倉鈴以外はね」

汚す、とはどういうことだろう。技術不足で至高の美を崩すことか？

わざと剝き出しの憎悪に晒されにいったような薫さんは、かすかに顔を曇らせた。だが、それも演技なのかもしれない。実際には天音様の言葉をどう思ったのかはわからなかった。

薫さんに拒否感はないのだろうか。もしかしたら泉子様は鈴様と深い関係にあって、薫さんの知らないところで、もうずっと以前から聖少女ではなかったかもしれないのに。

私ならああは描かなかった、と天音様は這うような声で言った。

「世界で一番うつくしく完璧な存在の肖像を描こうと思えるのは、傲慢で身の程知らずの自信過剰者だけだわ」

むっちりとした腕を組んだ天音様は鼻を鳴らして笑ってみせた。あなたにはけしてわからないでしょう。だから泉子を取り逃がしたのよと、せせら笑いの頬が語っている。

「泉子はやさしいから、どんなに下手に描かれてもきっと喜んでくれる。だけど泉子を描き損じるなんて、私には冒瀆でしかないのよ」

私は泉子を描けなかった。

砂を噛むようにつぶやいて、天音様は部屋を出ていった。

「天音様に訊いたの、わざとですよね？」

気が利かなくて叱られて落ち込むおぼっちゃん、みたいな仮面をあっさりはずして、薫さんは「まあ」と短く肯定した。とくに悪びれた様子はない。

「どうして綾倉鈴は泉子を描きつづけたのかが疑問だったんです。森園さんが頑なに泉子を描かなかった理由を訊けば、ちょっとは答えに近くなると思った」

天音様が泉子様を描かなかった理由なら、私にはひどく明快な答えが思い当たる。

情熱を持って美術に取り組んでいたから、その熱意と努力だけではどうにもならない現実が見えていた。だから最高の美を前にしてなかなか筆をとることができなかったのに、ためらっているあいだにはるかに上の才能が天衣無縫に筆をふるって、天音様が一番描きたかったものをこれ以上なく見事に描いてしまった。

「天音様はたぶん……鈴様と比べて技術や才能に劣等感があったんじゃないですか？　だ

から自分では泉子様の魅力を表現できないと思ったとか」

「それもあるかもですけど、森園さんは綾倉鈴が泉子を作品のモデルにしていることははじめて知ったみたいだった。だったら、綾倉鈴は森園さんも気づかないくらい巧妙に表現していたってことですよね。これが泉子だとは見た人が思わないようなかたちで」

天音様は鈴様の作品のすごさは悔しさとともに認めていたようだが、その絵のモデルが泉子様だと気づいて怒りを覚え、許せなくなった。それはきっと、ミューズを盗られたという憎しみだけではなかったのだろう。

「泉子と綾倉鈴は、きっと……仲のいい友人だったのだと思う。だけど普通なら、大切な存在をああいうものに喩えて表現するかな」

阿修羅に鬼女、蔓に巻かれた紫陽花。

蔓とは泉子様の崇拝者だろうか。それに紫陽花には毒性もある。

ほかにどんな絵があるのかわからないけれど、たしかにこれだけなら賛美とも言い切れないラインナップだ。

「だから綾倉鈴がどうして泉子を描き続けて、そして泉子はそのことをどう思っていたのかが知りたかったんです。どうして、自由に描くことを許していたのか」

「それは……なんででしょうね」

私たちはこの後、舎監先生に面談の時間をもらっていた。その時間を前に、私はじわじわと不安になる。

マリアと悪魔の秘められた関係。何年も前からずっと、ふたりは親しかった。

これから先、さらに信じがたいマリアの横顔を見ることになるだろう。それが聖少女マリアの秘密ですむのならいい。だがもしもマリアが家族を殺め、マリアが家族を犯罪者にしたという証拠だったら、さすがに薫さんも今以上に苦しむことになってしまう。

苦しむとわかっていて、現実を見せるのは酷じゃないか。

だけどこれをそのまま伝えたら、泉子様が本当は清く正しくなかったのだと決めつけているようなものだ。天音様だって勝手に描かれただけかもしれないと言っていたし、まだ友人だったのだろうという程度のぼんやりしたことしかわかっていないのに。

それに気を遣ったつもりでも、訊き方に気をつけないと薫さんのプライドを傷つけるだろう。なんというか、かえって意固地になる予感がする。

難しいなぁと思いながら、私は相変わらず淡々としている薫さんの表情を窺った。

「薫さん、舎監先生の面談、もしあれだったら私だけで訊いてみますよ」

「いや、僕も……先生に訊いてみたいことがあるんです」

——それに、謝らないといけないのかもしれない。

なんのことだと思っていると、ドアが静かにノックされた。

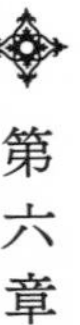

第六章

面会室にやってきた舎監先生は、立ち上がって挨拶をした私たちに微笑みかけた。手にしたお盆に、ふたり分の冷たい紅茶とシスター手製のビスケットを載せている。

ちょっと遅くなったけれど、おやつの時間ですね、と舎監先生は言った。

感激しながら差し入れを受け取る。舎監先生にはさっきまで天音様が座っていた椅子に腰かけてもらった。

放火事件以降、薫さんが舎監先生と顔を合わせるのははじめてだという。舎監先生はお悔みを伝え、薫さんの現状を気遣う言葉をかけた。お礼とともに今は宇治の父方の祖父宅に身を寄せてなんとかやっていますと伝えた薫さんは、やはり舎監先生の前でも心配をかけまいとよく考えて慎重に振る舞っているらしかった。

「泉子さんのことが心配で、ふたりでいろいろ訊ねて回っているんですね」

おそらく舎監先生は七十歳を軽く超えている。だけど年齢を感じさせない凜々しさのある瞳が、おだやかに私と薫さんに向けられていた。

「はい、あの……」

返事をしながらうなずいて、私は薫さんに顔を向けた。私は寮の最高監督責任者である先生の眼を通して見た泉子様と鈴様の関係を訊きたかった。だけど薫さんが先生に自分で訊きたいこととは、いったいどういうことだろう。

薫さんは控えめに切り出した。

「泉子が中学二年だった夏休みに、うちの家族が泉子の部屋割りを変えてほしいという申し入れをしたと思います。おそらくとても失礼な形で……できれば、そのときのことを伺いたいんです」

舎監先生はすぐに、薫さんがいつのことを言っているのかわかったようだった。

「泉子さんが綾倉鈴さんと同室だったときのことですね。泉子さんのご家族が、部屋内でいじめがあるようだから、ペアを変えてほしいという申し入れをされた。あのときのことなら、保護者の方に説明したとおりのことだったんですよ」

白い尼僧服の舎監先生は堅牢な風情にやさしい表情を浮かべ、当時を回想した。

それは泉子様と鈴様の同室が二年目を迎えた、中等部二年の八月のことだった。

夏休みの最中、学院に泉子様の保護者から連絡が入った。

——同室の生徒の態度が悪く、ひどくいじめられると娘から聞いたので、至急部屋替えをしてほしい。

寮のシスターと舎監先生は、夏休みが終わって学期がはじまるのを待ち、ふたりにそれぞれ事情を訊いた。だが泉子様はなにも問題はないと答え、鈴様は藤城が嫌がるなら部屋を変えてくれて構わないと言った。

何度聞き取りをしてもその回答は変わらなかった。それに近くの部屋の生徒たちに聞いても、ただ鈴様の素行と態度がすこぶる悪いという悪評以外は、いじめに該当する事実は出てこなかった。

家族の権幕に反して、泉子様は鈴様が悪く言われていることをつらく思っているようだった。本当に相手にはなにも問題がない。だから問題がない以上、期限までは現在のペアと同室でありたいと言う。

泉子様の保護者には、聞き取りの結果問題事実は確認できず、当人同士は部屋割りに異論がないため、年度末の期限まで同室を続行すると伝えた。

「泉子さんたちが中等部二年のときの話です。当時はまだふたりも下級生でしたから、周りに先輩たちも多く、広い範囲から忌憚のない聞き取りをすることができました」

――中学二年の夏休みから、ふたりは疎遠になった。蜜月は終わったのだと思っていた。

舎監先生のこの話は、天音様が言っていたことと関連する。中二の夏休みに、ふたりには泉子様の実家が絡むなにかあったのだ。そして一度は同室を解消する話も出たが、結果的に本人たちに異論がないのでペアは継続された。だけどこれをきっかけにして、ふたりは表向き疎遠を装うようになった。

だが『ヨルノウミ』が開設されたのは泉子様が中学二年だった、四年前の九月だ。

綾倉さんとの同室を続けることは、泉子の意志だったんですよね。信じたくない事実を自分に納得させるように薫さんがつぶやいた。

「部屋割りに関しては泉子さんと鈴さんはふたりで組ませるのが、お互いにとって一番良いようでしたから」

私の脳裏には優里(ゆり)様が言っていた、優等生で不良を更生させるというフレーズが浮かんだが、舎監先生の言いたいことはそんな単純なことでもなさそうだった。

薫さんと話すタイミングがぶつからないかちらっと確認して、私は訊いた。

「もともと、部屋割りってどんな感じで決まるんですか？　私はなんとなく、自分のときは編入生だからやさしい泉子様と一緒に、ということだったのかなと思っていたんですが」

「部屋割りは生徒たちの性格や適正、家庭環境などから総合的に判断して組み合わせます。もちろん問題があれば、二年間という期限を待たずに変更することもありますね」

白蓉(はくよう)入学時に泉子様と鈴様が同室になったのは、たしかに優里様の推察したような意図があったらしい。綾倉鈴を抑えられるとしたら藤城泉子だろうという考えから、新入生のふたりはペアになった。

泉子様をもってしても、鈴様は変わらなかった。夜中に寮を抜け出すことも、校外で喧嘩(けんか)を繰り返して何度も補導されているのも本当のことだった。校則や法律だけでなく人としての倫理も躊躇なく破って、自分だって多少は痛い目に合う。顔にボクサーみたいな痣を作っていたこともあるし、腕を吊っていたこともある。それでも懲りることなく、すぐにまた衝動のままに攻撃的な振る舞いに及ぶ。

「補導というのは、どういう理由だったんですか」

　その質問を、薫さんは感情を抑えて訊ねたようだった。

「主に暴力的な行為、それから無免許運転ですね」

「すみません、とても失礼な質問だとは思うのですが……生徒が繰り返し補導されても、退学になることはないのですか？」

　ええ、と包み込むように鷹揚に微笑んで舎監先生がうなずいた。少し驚かれるかもしれませんね、と薫さんに柔和な眸を向ける。

　だが舎監先生は鈴様の素行の悪さについても、否定するばかりでもないようだった。

「彼女はたしかに問題行動が多いですが、でも振る舞い方が悪いだけで言わんとすることは真っ当なこともあります。それに人というのは本来善良なものですから、彼女の過激な行動には、我々指導する人間も多分に責任があるでしょう。まだ卒業まで半年ありますから、それまでに少しでも良い方向に進むように導くという使命が我々にはあります」

　これまでなにがあっても鈴様を退学処分にしなかった理由はただ、白蓉の教育理念にあったのだ。舎監先生は入学試験に合格した生徒を預かりながら最適な指導を模索せず、手に負えないと放り出すことは教育機関として許しがたい無責任だと考えているらしかった。

「万が一生徒が補導ではなく逮捕されたとしても、こちらから除籍にはしません。私たちには指導者として、その生徒へ責任がありますから」

信じられない言葉を聞いたというように、薫さんは舎監先生を見つめていた。衝撃と疑いが入り混じり、ほんの少しの羨望が隠れている。

薫さんはハッとしたように視線を落とし、それからまた舎監先生をまっすぐに見て「不躾なことを訊きました。すみません」と素直に詫びた。

先生の言ったことに、薫さんが考えたのは鑑別所にいる光さんと自分の今後なのだろう。もしかしたら学校から、殺人未遂を犯した本人だけでなく、兄の薫さんもふくめて退学を勧告されているのかもしれない。

だけど私によぎったのは、記憶の中で清らかにうつくしく留められた泉子様の姿だった。舎監先生はもしかしたら、泉子様がご家族の死になんらかの罪を背負っていても、戻っておいでと言うのではないか。

その想像は私の胸をきりきりと刺した。

「……先生には、綾倉さんと泉子はどのような関係に思えましたか？　中二の秋から、泉子が失踪してしまうまで」

舎監先生は言葉を選びながら、そうですね、と言った。

「あのふたりは傍目(はため)ほどには、相容(あいい)れない存在ではないのですよ」

泉子様はとても生徒たちに慕われて、いつも友人に囲まれている。一方の鈴様は誰かと行動することを極端に避けて、強情なまでに集団を嫌う。性格も態度も、諸々(もろもろ)のすべてがまるきり正反対の人間に見えるかもしれない。ふたりが表立ってべたべたすることはないし、いわゆる女子高生らしい友達のイメージとは違うかもしれない。

だがふたりはふたりだけにわかるように、お互いを尊重しているようだった。

「本当にお互いに無関心だったり、関係が悪くなるばかりでしたら、二度も同室にするようなことはしません」

「二度も……」

つぶやきながら、薫さんはかすかに眉をひそめた。

「泉子が、望んで同室でいた」

舎監先生は「そうですね」と首肯した。

「中学二年のときの件では、ふたりとも内心は継続したいと思っていたようでしたが、躊躇(ためら)いながらでもはっきりとそう口にしたのは泉子さんの方でした。白蓉に来てから、泉子さんが自分の意見を言うことははじめてだったので、これはきっとどうしても叶えたい希望なんだろうと私たちも思いましたね」

そうですか、と薫さんは言った。唇を噛(か)み、少し考えている。

「……あの夏休みに、伯母や祖母がクレームを入れたきっかけになった出来事がうちの家であったんです。僕が見たのはその一部なんですが、それが……いまだに理解できなくて」

薫さんが藤城邸で鈴様を見かけたのは、中学二年の八月だった。

私がこれまでほかの生徒から聞いていたとおり、泉子様の母や祖母は泉子様の友人を自宅に招くのが好きだった。入学以来同室の鈴様の名前も知っていて、一度家に来てもらいなさいと泉子様は入学当初からよく言われていたという。

だけど泉子様はほかの同級生は素直に招くのに、なぜか理由をつけて鈴様の招待だけは先延ばしにした。せっつかれ続けた泉子様がようやく鈴様を招くことを承知したのは、中二の夏休みになってからだった。

八月のある午後、部活から帰ってきた薫さんは大股(おおまた)で庭を歩く白蓉の制服を着た見知らぬ少女と、彼女に追い縋(すが)る泉子様を見かけた。

泉子様は少女に「鈴さん」と呼びかけ、必死に謝っていた。

玄関から泉子様を呼びもどす声が聞こえたが、泉子様はそれを気にしながらも家に入ろうとしない。だが少女が泉子様に戻るように言って、ようやく玄関に走っていった。

時間をおいて薫さんが屋敷の中に入ると、泉子様は招かれたというのに態度が悪い少女と同室でいたことを叱られていたという。藤城家の女性たちはその日のあとしばらくの間、鈴様のことを家も下品なら本人も下品でまるで話にならなかったと激怒していた。

あとから薫さんが泉子様に来客中なにがあったのか聞いても、泉子様は私が悪かったとか、なんでもないことなのだとしか答えない。

家族の会話から、どうやら招かれた同室の少女は出されたものを飲んで舌打ちをしたらしいと知ったが、おそらくその前になにかしらの悪意が伯母たちにもあったのだろうと薫さんは察した。

白蓉には外出時制服着用の原則がある。すべての規則を無視しているような鈴様が、このときだけは堅苦しい校則に准じたらしい。それはもしかしたら、家族に押し切られて自分を招くことになった泉子様のためだったのかもしれない。少なくともはじめのうちは、鈴様は泉子様の家族に乱暴な態度をとるつもりはなかったのではないか。

そののち藤城家がふたりの同室を解消するように学院に申し入れたが、受理されなかったという流れは舎監先生から聞いたとおりだった。

その節はご迷惑をおかけしましたと、薫さんは舎監先生に頭を下げた。

「綾倉さんが家の中で実際はどういう言動をとったのか、僕は知りません。たぶん、祖母たちが大騒ぎするほどのことではなかったんだと思います。だけど庭でふたりを見たときに、なんだかすごく、見てはいけないものを見てしまった気がしたんです」

それはどうしてですか、とおだやかに先生が訊ねる。先生の声は深みのあるアルトで、真っ白の尼僧服は混沌(こんとん)とした気持ちをスポンジのように吸いとってくれそうだった。

「……奇妙なくらい、親密そうに見えたんです。綾倉さんが庭に捨てた吸い殻を泉子が拾って、それを当たり前のようにポケットに仕舞うくらい」

つまり鈴様は、素晴らしい美観で有名だった藤城邸のお庭に煙草をポイ捨てしたのか。普段の鈴様の振る舞いの苛烈さでうっかり忘れかけていたけど、中学生の喫煙はそもそも法律違反の問題行為だ。

「それは綾倉さんがとてもいけなかったですね」

眼を細めて苦い顔になった先生に、薫さんは「家族はおそらく庭のことを知りませんし、泉子にも同室生の喫煙については訊けませんでした」と言った。

薫さんが鈴様の悪癖を泉子様に訊ねられなかったのはどうしてなのだろう。規律に則って善であるべしという躾から、泉子様は薫さんに訊ねられたら本当のことを言うしかない。そうすれば泉子様と鈴様の同室は、もっと確実に解消されたはずなのに。

薫さんは当時よぎった黒い靄を、見ないふりをしてやり過ごしたかったのかもしれない。そしてそのときの記憶がいやなものとしてわだかまっていたから、校門で鈴様を見たあの瞬間に薫さんは不可解ともいえる反応を見せたのだ。

「泉子は綾倉さんの話をすることがなくなって、中二の終わりに同室生が変わってからは関係も途切れたんだと思っていました。じつは家族はみんな、泉子が三科さんの前にもう一度綾倉さんと同室になっていたことを知らなかったんです」

「え？」

黙っていようと自分に言い聞かせていたのに、私は思わず隣の薫さんを振り向いて声を上げてしまった。

「薫さん、知らなかったんですか？」

「この前三科さんから聞くまで、知りませんでした」

「ええ……でも、書類とか……」

白蓉では部屋替えのたびに、保護者に書面で通達される。だから保護者の康司は私の同室生が泉子様だと知っていただろうし、ずっと白蓉生だった泉子様の家族ならそのシステムは熟知しているはずだ。

書類が手元に届かなかったのかと訊ねる舎監先生に、薫さんは届いていたと答えた。

「ですが泉子が持って帰ってきたプリントには、違う人の名前が書いてあったんです」

舎監先生はかすかに表情を険しくし、私はびっくりしたままぽかんと口を開けていた。

「えっと、また鈴様と同室だと知れたらいろいろ問題になると思ったから？　だけど部屋割りって、本決定の前に生徒に確認がとられるんですよね？　だったらそこで……」

「同室について賛成でも反対でも、泉子さんは言いづらかったのかもしれない。泉子さんの性格であういう状況だったら素直な気持ちを言えない可能性があると考えずに、いつもどおりに確認をとってしまったんですね」

泉子さんにご家族への秘密を持たせたのは私の責任です。舎監先生の声が重たく落ちた。

「いえ、責任なら僕たちと泉子でしょう」

泉子はうれしかったんだと思います、と言って、薫さんはかすかに苦い表情になった。

「泉子は綾倉さんとまた同室になりたかったけど、言えば家族が反対するだろうから……だから泉子は家族に隠すために、嘘の書類を作ったんだと思います」

だが、その書類を作ったのは泉子様なのだろうか。

学校の正式な書類と見紛う文書を作るには、手間もテクニックもいる。そういう作業に慣れていて、それなりのコツを掴んでいないとうまく騙せない。

鈴様が作った？

きっと、新しい部屋割りが決まったときに泉子様は悩んだのだろう。鈴様と同じ部屋がいい。だけど家族にはおそらく認めてもらえない。

だから鈴様が、上手に嘘をつけるように偽の通知書を作ったのではないか。

溺れかけて必死に息継ぎするように、私は薫さんと舎監先生を交互に見た。ふたりとも黙って考え込んでいる。もしかしたら、私と同じことを思いついたのかもしれない。

「あの、部屋替えの件があったのに高等部の二年から再度また同室ということになったのは、鈴様の事件があったからですか？　鈴様が謹慎した……」

「謹慎？　いいえ、あのことはいろいろな理由のうちのひとつに過ぎません」

「S学の男子生徒をなぐって骨折させたっていうのは……」

また出てきた鈴様の不穏な暴力の匂う話に、薫さんは理解不能みたいな表情をしている。

今の薫さんに刺傷の話題はよくないだろうけど、ここまで来たら訊くしかない。

焦ってつかえながら私が語った鈴様のS学生暴行事件の内容を聞いた舎監先生は、謹厳な頬に微苦笑を刻んだ。

「尾鰭(おひれ)がつきすぎです。なんの罪もない無抵抗の人間を故意に攻撃したのであれば、さすがにあちらがどう言われようと、一度は法に裁いてもらう必要がありますから」

白蓉で怪談のように語られる交流授業での暴行事件は、先生から事実を聞くとわりあい馬鹿馬鹿(ばか)しいものだった。

ミッション系で男女別学という共通点から、S学とはもう五十年以上合同で特別活動を行っている。協力して宗教劇を練習し、十二月にチャリティー公演を行うというものだ。

一昨年の九月のことだった。両校の高校一年生同士が、その年も劇の練習に向けた最初の話し合いを迎えようとしていた。

交流授業は白蓉の高等部一年が、教師の引率のもとS学の校舎に出向いて行われる。それまで鈴様は、気まぐれに校外学習をさぼることがあった。だけど合同公演は歴史ある交流授業で、もし誰かひとりが勝手な行動をとれば白蓉の生徒だけではなくS学にも迷惑がかかる。先生方は事前に鈴様によくよく言い含め、また鈴様も面倒くさそうにしながら大人しく授業に参加していた。

S学というのは昔ながらの、いわゆるおぼっちゃん学校の部類に入る。のんびりとした校風だし、けして柄が悪いということはない。むしろお行儀のいい生徒がほとんどだ。

だがその年のS学には、少々やっかいな生徒がいた。

そいつは高校生だというのに、授業中に傍若無人な振る舞いをして騒ぎを起こすことを楽しみにしているような典型的な悪ガキだった。

教師の言うことなどはなから聞かないし、その年のS学は問題生徒の幼稚性が学年中に伝播して、全体的に非常に態度が悪かった。白蓉の生徒が発言するたびに男子生徒から下品なヤジが飛び、本来なら会議の席に持ち込み禁止の食べ物とジュースが溢れて資料を汚した。スマホから関係のない音楽が大音量で流れ、S学の教員がどう注意しても収まらない。

その中心生徒は、いい気になって王様のようにふんぞり返っている。

とにかく話がなにも進まず、品行方正な白蓉の生徒はあからさまに怯えていた。どうしようかと白蓉生たちが耳打ちしあっていたとき、ガヤガヤとうるさかったS学の主犯生徒の席で、軽くなにかがぶつかるような音が聞こえた。

学級崩壊のようだった白亜の講堂は、音の原因を知って一瞬無音になった。

その生徒の机の天板には、刃を出したカッターナイフが刺さっていたという。

うるさくしていた集団の核となる男子生徒を狙って、誰かがカッターを投げた。意図的な攻撃だったことは、それがその生徒の首の間近を通過して彼の机に刺さったことでわかる。早い速度と確かな威力にコントロール。気まぐれに投げたのではこうはならない。

男子生徒は首筋を押さえ、きょとんとした顔になった。それから確かめるように制服のシャツの右肩の辺りを手で擦(こす)る。だらしなくボタンを開けて着た白いワイシャツの右身頃(みごろ)のカラーはざっくりと切れて、生き残った襟(えり)台から紐(ひも)のように背中へと垂れさがっていた。

男子生徒の顔は恐怖に歪(ゆが)み、逃げるように椅子から転がり落ちた。周囲を取り巻いていたS学生も慄いて席から立ち上がって慌(あわ)てふためき、それまではしどろもどろだった教師も駆けよった。

カッターの軌道を遡(さかのぼ)ると、馬鹿馬鹿しいと言わんばかりの表情で壁にもたれる鈴様がいた。

カッターを投げつけたのは、講堂の後方でひとり黙って授業時間の終わりを待っていた鈴様だったのだ。

舌打ちとともに、鈴様はそばにいたS学の生徒の椅子を戯(たわむ)れに蹴(け)り上げた。耳に痛いような音がして、軽薄な群衆に過ぎなかった憐(あわ)れな男子生徒の尻が浮く。そして自分がカッターを投げつけた生徒のことは一瞥(いちべつ)もせずに、鈴様は講堂を出て行った。

それから怒涛(どとう)の混乱を極めた講堂に、秩序を取り戻したのは泉子様だった。

「鈴さんの主張の仕方は間違っていました。そのことに弁解の余地はありません。どんな理由であれ、彼女が暴力を振るったことに違いはない。ですが本来彼らを諌めるべきはその場にいた教師たちです。彼女だけを責めることはできません」

シャツは切れたがリーダー格の男子生徒は身体に傷はなく、椅子を蹴られた男子生徒も尻は打ったものの大事はなかった。

両校の協議の結果、鈴様は一週間の謹慎処分となったが交流は継続、十二月の公演も全員参加して滞りなく行われた。公演では、両校の生徒から満場一致で選ばれた泉子様が聖母マリアを演じることになった。その公演は例年なら保護者などの学校関係者が主な観客なのだが、その年はたまたま関西ローカル局のニュースに取り上げられたこともあって広く話題となり、チャリティー公演は目標額を大幅に超えて稀に見る成功を収めた。

それがこの事件とその公演にまつわる一部始終だった。

救急車とパトカーを呼んだというのも、相手を再起不能なまで殴りつけたというのも、あとから膨れあがった噂だったのだ。

「我々指導者がすべきことを、生徒である鈴さんに良くない方法でやらせてしまった。つまり、この件は責任も問題も我々にあります」

舎監先生は静かにそう言い、卓上で指を組んだ。厚い皮膚がなめらかに覆う、しっかりとした手だった。

「泉子さんと鈴さんは、互いに深く理解しあっているのだと私は思います。異なる部分があるからこそ互いが互いの不足を補い合って、しっくりくるのかもしれません」

善と悪、光と闇、聖と邪、律と壊、マリアと悪魔。ふたりを形容する二項対立はいくらでも浮かぶ。

舎監先生のそびえるような白い僧服が、どっしりと私の前にあった。

S学との事件についての真相を聞くあいだ、薫さんは完全な無表情だった。余裕を取り戻したのではなくて、きっともう感情に蓋をしてしまったのだろう。

私は鈴様がS学でしたことをカッコいいと思った。だけど鈴様の行動はどんな理由や形であっても、野蛮な暴力であることに変わりはないのだ。学校内だから話し合いですませることができたものの、公共の場だったら現行犯で逮捕されているかもしれない。

感情のままに暴力でカタをつけるような人間を泉子様は大切に思っていた。鈴様との関係を守るために、秘密を抱えて嘘もついた。

薫さんには、簡単には受け入れられないだろう。

小さく息を吐いて、薫さんは「綾倉さんの連絡先を教えていただけませんか」と言った。

「もしかしたら今の泉子が頼っているかもしれない。それか、綾倉さんなら泉子の行き先についてなにか知っているのかもしれないから……」

お願いします、と頭を下げた薫さんに、舎監先生は静かに請け負った。

「本来なら個人情報はお伝えしかねるのですが、藤城さんなら大丈夫ですね。ご事情もご事情ですから、鈴さんのご実家のご住所と電話番号をお教えしましょう」

丁寧にお礼を言った薫さんに、先生は微笑んだ。

「あなたはとてもやさしくて、忍耐強い人ですね」

おだやかに声をかけられて、薫さんはほんの一瞬先生を見つめて静止した。

かすかに伏せた眼が自嘲(じちょう)の色を帯びる。

「いえ、その反対なんだと思います」

そんなわけがないというくらいきっぱり否定したけれど、私も薫さんをやさしくて忍耐強い人間だと思う。もしくは、いかなることも負けずにやさしく逞(たくま)しくあれと求められ、自分でもそうなりたいと一途(いちず)に生きてきたか。

ここで舎監先生に気持ちを見せたら、積み上げてきたものがぽろぽろと崩れてしまう。

あの一瞬の沈黙は、弱くなりそうな自分を抑え込んでいたのかもしれない。

私はそんな薫さんをとても強いと思い、それと同時にとても痛々しく思った。

もし同じ言葉を泉子様が口にしていたら、薫さんはどう感じて、なんと答えただろう。

薫さんはむずがゆくても素直に、その言葉を信じてみたんじゃないだろうか。

――泉子が言うのなら、そうかもしれないね。

私はそっと机の下で両手の指を組み合わせた。

泉子様がいてくれれば。

その祈りが胸に溢れるのは、もう何度目かわからなかった。

*

四年前の夏休みに見た光景は、薫にとって調律の狂った楽器で奏でた不協和音のようなものだった。

その日、泉子の同室生が家に来ることは知っていた。だから薫は来客と鉢合わせしないように、庭の脇の小さい門扉(もんぴ)から敷地内に入り、勝手口から屋敷にあがるつもりだった。

——鈴さん、待って。

小さい門をくぐった薫の耳に聞こえたのは、泉子の心細げな声だった。

石畳(いしだたみ)のアプローチを、見知らぬ少女がずかずかとやってくる。その数メートル後ろから、泉子が追いかけるように走っていた。

蓮っ葉(はすっぱ)な風情の黒髪の少女はポケットに手を突っ込んで乱雑に歩き、それを追う泉子は今にも泣きそうになっている。

ごめんなさい、という泉子の声がまるで別人のもののように薫には聞こえた。泉子が謝るのはよくあることでも、その追い縋る切実さに、見捨てられる恐怖と縋る相手への思慕があった。

玄関から充分に離れるのを許っていたように、白い制服の綾倉鈴は唐突に足をとめた。泉子に返事もせずにどんどん先へ進んでいるのを見たときは無視しているのかと思ったが、怒っているわけでもないらしい。

やっと泉子が追いついた。泉子がなにかを言いかけると、少女はどうでもよさそうに笑って泉子をなだめているようだった。

綾倉鈴はスカートのポケットからなにかをとりだした。それが煙草だと薫が気づいたのは、綾倉鈴が口にくわえた煙草にライターで火をつけてからだった。

他人の家の庭で、堂々と煙草を吸う女子中学生。

薫がいる位置はふたりから距離はあったが、声を出せば聞こえる程度だった。だけど薫は自分が見ているものへの疑問のために、眼の前の法律違反を止めに入れなかった。

綾倉鈴とは、泉子のなんだ。

なにがあっても親や大人の言うことを素直すぎるほど忠実に守る泉子が、未成年喫煙をする同級生に寄りそっている。煙たさには慣れているのか、綾倉鈴が吐いた煙が顔にかかるのもまるで気にしていない。

煙草を吸う少女と囁き合っているのは、薫のよく知る藤城泉子のはずだ。だけど確実になにかが違う。綾倉鈴に向けられるまなざしには、いつもの泉子なら隠す素直な喜怒哀楽が表れていた。清い湖面のように澄み切った泉子の瞳は、今は言葉より饒舌に少女への感情を溢れさせる。

薫は泉子からあんなふうに、素肌のままの装わない瞳を向けられたことはない。誰かのそばで安心しきって、相手に心を開く泉子を薫は知らなかった。

受け入れがたくて眼を背けたいのに、どうしても惹きつけられてしまう。

こんなにもうつくしい泉子を、薫ははじめて見た。もとより精巧な人形めいた容姿が熱を帯び、清い妖しさが匂い立つ。やわらかく流れる髪まで艶めき、濡れたように輝いた。

あれは本当に泉子なのだろうか。薫はふと、どんな群衆の中でも見間違えるはずのないただひとりの少女の存在をも疑ってしまっていた。

綾倉鈴は泉子になにをした。

立ち尽くした薫は一指も動かせないまま、茫然と泉子を見つめていた。

すると綾倉鈴の眼が薫を捉え、赤い唇がにやりと歪んだ。

屋敷から、泉子を呼ぶ祖母の声がした。

綾倉鈴はくわえていた煙草を庭に吐き捨てた。泉子の手首を摑み、腰に回した腕を抱くように引き寄せる。そしてそのまま、泉子の手のひらにキスをした。

首筋から頰まで、泉子の透きとおるような肌は紅を刷いたみたいに一瞬で赤くなった。

細い全身がびくりと震える。信じられないものを見たというように、大きな瞳が零れ落ちそうにさざ波立った。

――だめよ、鈴さん……。

喘ぎに似た泉子の拒絶に対して綾倉鈴はなにか言ったようだったが、薫には聞こえなかった。声量のせいか、薫の聴覚が聞くことを拒んだからなのかはわからない。

泉子の手を解放した綾倉鈴は、はやく行けというように手を振って、屋敷に顎をしゃくった。それから、石畳のアプローチではなく、よく手入れされた芝生をわざと踏みにじって、白い制服はどこかに去っていった。

泉子は遠影になった鈴の後ろ姿を、まぶしいものを仰ぐように見つめていた。

白い制服が完全に消えてから、泉子はキスされた手にそっと唇を寄せた。まるで綾倉鈴のキスを、唇でずっと覚えておこうとするように。

芝生の色までが違って見えるほど、薫の眼に映る景色は一気に暗転した。

そこに薫がいることに気づいたから、綾倉鈴は泉子にキスをした。泉子がけして人にあずけない手のひらに、わざと唇を押し当ててみせた。

泉子はその唇に驚きながら、振りほどくことはしなかった。そして綾倉鈴が去ってから、泉子はキスの痕をそっと唇で封じた。

綾倉鈴は藤城家の人間である薫への意趣返しでキスをしたのだろう。だが、泉子の行動は誰も見ていないと信じていたから迸った感情の発露だった。

瞬時にそう理解しながら、薫は凍りついたまま動けずにいた。直線距離にして十メートルほど、足を踏み出せばたやすく届く位置で、薫と泉子はまったく違うことを思いながら立ち尽くしていた。泉子はいまだ、薫を見つけてすらいない。

いつもだったら泉子は綾倉鈴を追って走ってくる途中で、庭の隅にいた薫にも気がついたはずだった。だけど泉子の世界には、まるで綾倉鈴しかいないらしい。

もう一度屋敷から、今度はより苛立ちをあらわにした声で泉子は呼ばれた。

その瞬間叩かれたように肩を震わせ、泉子はぱっと表情を強張らせた。やっと正気に返ったように、さっき捨てられた煙草をハンカチでくるんでポケットに入れ、慌てて屋敷に戻っていった。

泉子は投げ捨てられた煙草を、あの不良の証拠隠滅のために拾ったのだ。

無理矢理口に突っ込まれた漏斗から重油を流し込まれるように、吐き出したいほどいやな感覚が胸いっぱいに広がった。

時間を置いて帰宅すると、泉子は薫のよく知る藤城泉子に戻っていた。あの一瞬たしかに薔薇色に染まった肌は白磁に返り、おだやかな瞳は従順に薫を見つめた。アキシナイトのように澄み切った瞳に自分が映って、数列に似て静謐な声でやさしく名前を呼ばれる。

そのことに、薫はひどく安堵した。

綾倉鈴が藤城家でなにをしたのか。やんわりと秘め続けようとする泉子のかわりにお手伝いさんに訊ねたら、どうやら祖母と伯母が先に非礼をしたらしい。正直なところその様子は想像がついた。だが薫は強引な手段で泉子と綾倉鈴の同室を解消しようとする祖母や伯母に、異を唱える気にはならなかった。喫煙のことは黙っていたが、とりなすことはせずに静観した。

あれ以来、泉子が鈴を家に連れてきたり、泉子から鈴の話を聞くことはなかった。泉子が招くのは祖母や伯母のお眼鏡にかなう少女たちばかりになった。

あの庭の出来事は八月の暑さが見せた歪んだ白昼夢だと思って、薫はいやな記憶に固く蓋をした。誰かに言うことはなかったし、自分でも忘れようとしてきた。

だけどふたりはあれ以降も、秘密の関係をこっそりと続けていたのだ。森園(もりぞの)天音と会って燻り出した熾火(おきび)は、舎監先生の語る泉子と綾倉鈴の話で真っ黒なタールになった。

認めたくない気持ちはねじ伏せられ、四年前に葬ったはずの記憶の蓋はこじ開けられた。

中二の部屋替えについて訊ねるのに、薫は庭で見た光景のすべてはとても明かせなかった。生々しい話をするのは憚(はばか)られるし、喫煙の事実すら白蓉の先生に言ってもいいのか迷った。だが綾倉鈴の日常的な所業を聞いて、これぐらいはもう白蓉は認識済みだろうと思い直したのだ。

人の家の庭で煙草を吸うことよりも、あのキスはずっと罪悪だ。

どうして、泉子は綾倉鈴にそれを許したのか。

泉子の周りにはいくらでも人がいた。泉子を慕う人も、泉子にやさしい人も。

白蓉女学院の九条真琴は泉子の数年来の親友として、薫も親しくしていた存在だった。

——私はあなたになりたかった。

泉子が失踪して藤城家にふたつの事件が起きてから、薫は別人のように変わってしまった真琴にそう言われた。

——悔しいけれどいずれ泉子が結婚し、ともに人生を過ごすことになるのは薫君だと思っていた。女子校でマリアの恋人を演じていても、自分が不安定な仮役に過ぎないことはわかっている。だから私はなんら苦労することなく、泉子という幸福のすべてを手に入れられるだろうあなたが羨ましくてたまらなかった。

かつて自信に満ちていきいきと動いた表情は、こそげたように痩せて精彩を欠いていた。そそけた髪にやさぐれた風情。凜々しかった瞳は飢えたようにぎらつき、ここにはいない泉子の幻影をなおも見つめているようだった。

——だけど結局は薫君も、私と変わらなかったのかもしれない。

薫はなにも感じないで、その声に入り混じる嫉みと蔑みを聞き流した。そのときはまだ、綾倉鈴がこうまで深く泉子に絡んでいると思っていなかった。だからほどほどに愛想よく対応して、最愛の存在を見失って苦しむ女友達を慰められたのだ。

だがいま真琴からその言葉をかけられていたら、果たしてどう受け止めていたのだろう。

もしかしたら激情に駆られ、自分を抑えられなくなっていたかもしれない。

死ぬとわかっていながら煮えたぎる鉛を飲み干すのと同じぐらい、この事実を飲み込み納得することはあまりにも惨い拷問だ。

数多の人々から抱えきれないほどの思慕を捧げられ贈り物を差し出されたのに、泉子が自ら握り返したのは綾倉鈴の手だけだった。

劇作家の正体は綾倉鈴だ。

どうして綾倉鈴だったのか。

泉子が選んだのは薫でも真琴でも天音でもなく、そして神崎や光でもなかった。

あのふたりは罪を犯すとき、マリアの福音を聴いたように思ったのだろうか。

何度面会しても兄を見もしない弟の顔が脳裏に浮かんで、薫はそっと眼を伏せた。

——光は僕を刺せばよかったんだ。そうすれば、おまえも少しは気が晴れただろう。

だけど光、はやく眼を覚ませよ。なにをしたって、泉子は永遠に光のものにはならない。

おまえに先生を殺せと言ったのは、泉子ではなく綾倉鈴だ。

*

あらかじめ約束していたので、薫さんは私を白蓉の門のところで待っていてくれた。

舎監先生との面会のあと私だけ残って、歯科手術の同意書を代筆してもらっていたのだ。本来ならその書類には保護者のサインが必要なのだが、父には電話で伝えたと誤魔化(ごまか)した。

白くそびえる門の外に立っていた薫さんは、走ってくる私がやけに明るい顔をして手を振るので怪訝(けげん)に思ったらしい。

「どうしたの?」

「ここに来る途中で、シスターからうまく聞けたんです!」

今日一日で、私はどれだけテンションが乱高下しているのだろう。薫さんに駆け寄って足を止めると、一気に顔が火照(ほて)ってきた。

汗をかかない薫さんの前で汗だくになっているのは恥ずかしいが、でもすごく重要な鉱脈を掘り当てたみたいな爽快(そうかい)感がある。

校門から見る限り周囲には誰もいないが、私はさすがに少し声を落として言った。

「今年の二月ごろに、鈴様にS社から電話がかかってきたことがあったらしいんです。企業から鈴様宛ての電話だから、そのシスターは絵の関連だと思ったみたいだけど、でもS社ってそんなに画集は出していないはずなんです。どちらかと言えば文芸とか書籍関連のイメージがあるから、もしかしたら『ヨルノウミ』のサイトに関することかもしれないと思って……」

セミナーハウスを出たところで、シスターに康司からの留守電を知らされた。そのときに軽く学外から生徒宛ての電話について訊いてみたら、ぽろっと教えてもらえたのだ。

「問い合わせを受けてもらえるかわからないけど、あとで電話してみます！　結果、薫さんに連絡しますね」

薫さんは呆気にとられたようにきょとんとしている。

あれ、新しい情報にびっくりして固まっているのかと思ったけど、そうでもないらしい。

「……すみません、興奮してノリがおかしくなりました」

言いながら、なぜかおどおどと首を竦めてしまう。

戸惑い、のちに苦笑みたいな感じで薫さんはちょっと笑った。堰が切れるとつぼに入ったのか、肩を震わせて笑っている。

「……びっくりした。なんだか、すごい笑顔で走ってくるから」

「そこまで笑ってたつもりないんだけどなあ」

明るくなっている自覚はあったけど、見た人に引かれるほど笑顔になっているとは思っていなかった。さすがに一旦冷静になると羞恥でかなり情けない。

「S社からの電話がサイトと関係しているかもっていうのはどういうことですか？」

笑いを収めた薫さんが、あらためて私に訊いた。

「サイトの小説を書籍化したいとか、商業向けに書いてみませんかとか、そういう打診が出版社からあったのかもしれないと思ったんです。たぶんなんですけど、サイトの管理を鈴様がしていたなら、記載されていたアドレスは鈴様のものだったんじゃないですかね。おそらく最初はメールでやりとりしていたんだと思うんですけど、話が進んだから電話で打ちあわせをしていたんじゃないかな、と。もしくは急ぎの確認があったとか」

「そうなんだ。……じゃあ、ふたりは本を出すかもしれなかったってことですか」

「あくまで仮説というか、仮説未満の可能性なんですけど、でもありえない話ではないと思います。当たってみる価値はある」

もしも万が一すべて私の推測通りで、今も出版に向けて話が進んでいるのなら、編集者は泉子様の現在の居所を把握(はあく)しているかもしれないのだ。

時計が進んで陽射しはやや力を失ってきたけれど、肌をなぶるような風の暑さは健在だ。拭(ぬぐ)ってもまたすぐに、額(ひたい)にじんわりと汗をかく。

「とにかく一度、訊いてみますね。あ、私もそこまで一緒に行きます」

私は門のなかを振り仰ぎ、時計塔の大きな時計盤を見た。ここへ来る途中で鐘が鳴っていたが、あれは五時の鐘だったらしい。

夏休み期間はスクールバスもお休みになるから、以前来たときのように運転手さんに駅まで乗せてもらうことはできない。舎監先生はタクシーを手配しましょうと言ったが、薫さんは辞退した。午前に私たちが話していたバス待合所ではなく、もう少し市街地よりのバス停まで歩くつもりらしい。

「ここからだと、宇治のおじいさんのおうちまでどれくらいかかるんですか？」

「二時間ちょっとですかね。長浜駅始発の電車があるといいんですけど」

　ＪＲと私鉄を乗り継いだ最寄り駅からも家まではけっこう歩くらしい。

「じゃあ、家に着いたらもう夜ですねぇ」

　でも、今日はお土産もあるから、と薫さんが言う。舎監先生は薫さんに、修道会で商品として売っている焼き菓子をお土産として持たせていた。

「祖父は甘いものが好きらしいので、喜ぶと思います」

「そうなんだ。……薫さんはちゃんと食べれてますか」

「大丈夫ですよ」

　隣を歩く薫さんはそう言って微笑んだけど、その「大丈夫」はこれ以上心配させないための防波堤に過ぎないというのは簡単に察せられた。

　私もそうだったから。

　薫さんの身に起きたことを私は知っている。だけど知っているからこそ、どういう言葉をかければこの人の救いになるのかわからない。

「祖父はひとり暮らしが長いわりに社交的で、お店の店員さんとかタクシーの運転手さんともよくしゃべるんです。話し好きな人だから、僕も変に緊張しないで助かっている」

　家はなかなかの散らかり方で、昨日は大掃除で大変だったんですけど。そう言って薫さんは肩をすくめた。

薫さんは実際、新しいおじいさんとうまくやっているのだろう。康司に反発して、子どもじみた抵抗をしつづけている私とは違う。

抜歯の関係書類にサインをしてもらうとき、舎監先生も私を穏やかにたしなめた。すでに父から手術の許可はもらったから代筆をという嘘を、先生はあっさり見抜いていた。だけど書類の提出日も手術の予定も決まっているから、ひとまず署名してくれたのだ。

私が本当に電話をかけないといけない相手は、鈴様の実家でも出版社でもなく康司だ。

それは私もわかっている。

「薫さん、つぎにこっちに来るとき、私は顔が腫れてると思うんですけど、できたら笑わないでくださいね」

薫さんとは一週間後に会う約束をしている。私はそれまでになんとか、泉子様の居場所の目途をつけたかった。

だけど泉子様はもう、私たちが信仰しているつもりだった聖少女マリアではないのだろう。もとからそうだったのか、変わってしまったのかはわからないけれど。

薫さんは、マリアではない泉子様を見ても耐えられるのだろうか。

本当に、と私が言いかけたとき、ワンテンポ早く薫さんが「本当に」と言った。

「……これのために歯を抜いてよかったんですか」

「もともと抜く予定だったんですよ。私が後回しにしてただけで」

私は首を傾げてにっと笑った。

朝と比べるとずっと人のまばらになった農道を、私たちは歩いていた。

どこかから虫の声がするようだけど、あれは秋の夜長のものではなかっただろうか。

虫も生き急いでいるのかもしれない。

意外と太い稲の茎を鳴らすように、背中から強い風が吹き込んできた。私はまくれてしまった白い襟を直し、ボックスプリーツの筋を整えた。

バス停につくまでに、あのことを訊かないといけなかった。

「薫さんは、泉子様のことが……恋愛として好きだったんですよね？」

だったら、と続けようとしたけれど、薫さんの整った顔にかすかに走った嫌悪に気づいて口をつぐむ。恋愛で、とはっきり言わないほうがよかったかもしれない。

だけどその薫さんらしくない反応が、質問への答えのようなものだった。

薫さんはあっさりと「そういう好きじゃないよ」と言った。

「でも、結婚するんだろうとは思ってた」

「えっと……許嫁だったってことですか？」

「べつに決められていたわけではないけど、僕には泉子しかいないと思ってたから」

すごいこと言うな、と思って私は頭ひとつ上の横顔を凝視した。恋愛感情ではないけど結婚するだろうって、それはもう執着以外のなにものでもないんじゃないのか。

「……泉子様しかいなかったのなら、もし……」

「好きとかではないけど、泉子といると落ち着く」

薫さんは零れた言葉を自分で聞いて、我に返ったみたいに眉をひそめた。

「違う。泉子は美人だし、なにも問題がないから」

「な、なんで最悪な感じに言い変えたんですか！」

私は思わずずっこけそうになり、薫さんの澄ました横顔に叫んでいた。

「今の今まで、けっこうロマンチックだったじゃないですか！」

「だっていやだ、そんな……なんの根拠もない理由」

薫さんは表情を隠すように私から顔を背けた。どう言えばいいのか、私は言葉を探しあぐねる。

薫さんはえらく青臭い分別をつけようとする。

感情なんて、根拠のないものじゃないか。理屈ではきかないから感情なんだろう。

だけどそれをそのまま言ったところで、薫さんは理詰めで対抗してきそうだ。

「でも、私も思いますよ。泉子様といると落ち着くって。つらいときでもこう、一緒にいたら気持ちが和(やわ)らぐし……。泉子様と同室だった高二の先輩も同じことを言ってました」

そばにいるだけで不思議と心が安らぐのは、きっと泉子様の才能みたいなものなのだと思う。でも同じ部屋で寝起きをする私がストレスを感じなかったのは、もしかしたら泉子様に自分を殺させてしまっていたのかもしれない。寮の部屋で泉子様がものすごく気を遣っていた可能性を、私は優里様が指摘するまで想像しなかった。

「とにかく愛とか恋なんてものはないと思う。ただ泉子は僕の従妹で、ずっと一緒にいた。だからこれからも一緒にいる。それだけだよ」

「それは」

それはあまりにも不器用な告白だった。

血縁でも愛情でも括りきれない強いなにかを、薫さんは泉子様に持っている。よじれた糸みたいに、愛になったり憎悪になったりするなにか。整理できない曖昧なもの。

おそらくこれと同じものは、泉子様から薫さんに対して向けられていない。だけど一方通行を補って余りある感情が薫さんと泉子様を繋いでいる。

私は両手を首にやって考え込んだ。どうしてか私が照れてしまって、手のひらも首も熱かった。

薫さんは勝手に無表情に戻って、夏の遅い暮方を眺めている。黙り込んだ横顔の静謐さに、すかしてるなぁとおかしくなる。

これではまた訊けなくなる。泉子様はマリアではないかもしれないから薫さんは探すのをやめておきますかなんて、こんな熱情を見せられたらとても言い出せない。

だがこれほど強い感情を抱いていたら、裏切られたときのショックも大きいだろう。薫さんは果てがないような絶望も自分の中に仕舞ってしまうかもしれないけれど、そうやって苦しいことを飲み込みつづけたら、どれだけ強い人でもいつか破裂してしまう。

「大切な人なら、探さないといけませんね」

私たちに必要なのは泉子様だった。薫さんも私も、みんな泉子様を求めている。だが思いの強さの分だけ、薫さんは泉子様に会えばこれまで以上に苦しむことになるだろう。

今の泉子様が幸福でも不幸でも、泉子様はもうマリアではないのだから。

清く律されていた聖少女の肌にしっとりと熱が滲み、とろけるような果実の香りを放つ。完璧だった泉子様の美に最後に加わったものは、人の心をかき乱す妖しさだったのだ。

きっと今こそ泉子様の美貌は十全なのだろう。神がかったうつくしさに違いない。だが、人形のようだったマリアの唇を薔薇色に染め、血を通わせた人は薫さんではなかった。

愛した人が変わってしまったことよりも、その人を変えたのが自分ではなかったことを納得するほうが、私にはずっと耐え難い。

やっと会えた泉子様が鈴様と一緒にいて、堕落したマリアとマリアを堕落させた悪魔を同時に見ることになっても、薫さんは正気を保てるだろうか。

私は泉子様を守りたいし、薫さんの絶望も回避したい。

薫さんと捜索を続けながらうまい具合に先回りして、私が炭鉱のカナリアになれば――。

……でも薫さんにしようとしていることは、私が康司にされたこととどう違うんだろう。

ひっそりとした応接室で、私はメモを見ながら黒電話のダイヤルを回した。薫さんが舎監先生からもらった、綾倉鈴様の実家の連絡先だ。

後輩の私がかけるほうが自然だろうということで、連絡先のメモは私があずかっている。短いコール音はすぐに留守電に切り替わった。電子音のアナウンスがはじまったけど、私はメッセージを残さずに受話器を置いた。

年代物の柱時計は、十九時過ぎを指している。

私は沈黙する電話をぼんやり見つめた。出版社の代表電話にはさっき繋がったけど、部署に確認しておくからまた明日かけ直してくれと言われている。だけど、ここかもしれないという担当部署が見つかっただけでも僥倖（ぎょうこう）だろう。

かけようと思えば、これからもう一件かけることはできる。自分にかかってきた電話は無視するくせに、かけた電話には出てもらおうなんて筋の通らない身勝手な話だ。

だけどまだ康司の番号にかけられずにいる。

本当は、訊きたいことならいっぱいあった。だがその訊きたい相手は康司ではなく美奈子（みなこ）だ。康司が答えを知っているとしても、私は美奈子に訊ねたかった。

美奈子は秘密と謎の多い人だった。その生い立ちも央逸（おういつ）に弟子入りした経緯も、本人たちの口からはひとつも語られていない。

成功してからの美奈子と、央逸の遺族の関係はすこぶる悪かった。美奈子は大勢いる央逸の弟子の集まりに出ることもなかったし、兄弟子たちから央逸の回顧展へ出品を要請されることもなかった。

私は央逸の妻が美奈子に贈ったお悔みに潜んだ悪意を忘れることはないだろう。

――お見舞いに行きましたけど、あれだけ綺麗だった人が見る影もなくやつれていて、心底無惨に感じました。私みたいなおばあさんはこうして生きているのに。本当に、残されたお嬢さんが可哀想ですわね。

可哀想なのはおまえだと、私はその記事に毒づいた。

美奈子はどんなときだって世界で一番うつくしく、私にとって最高の母だった。

こんな残酷なことを平気で言えるような人には闘病中でも会ったのに、美奈子を愛した私のことは拒絶したのだ。

ずっとふたりで生きてきた私を捨てて、一度は別れた康司を選んだのはなぜ?

私のなにが悪かったのだろう。

十四年前から現在までの康司と美奈子の関係は、いったいどういうものだったのか。

私がずっと感じつづけている不満と疑問をぶつければ、康司はなにかしらの答えをくれるのかもしれない。

実際に話してみないことには、人と人はわからないものだと舎監先生は言われた。だけど私はきっと、康司に電話してみてもなにも訊けないし、言えないのだろう。

私が本当に話したい相手は、ひとりしかいない。

奥歯の付け根が痛んでいることに私は気づいた。歯科医院で院長先生の診察を受けるために、とても痛いと嘘をついた上顎智歯(じょうがくちし)が本当に痛み出したらしかった。

薫さんにはなんでもないように言ったけど、私は手術に怯えている。

ねえ、親知らずがすごく痛いんだ。何本やっても抜歯は怖いよ。麻酔が切れてからが地獄(じごく)だし、縫合の糸を抜くのがまた痛いの。

そう私が打ち明けたい相手は、もうどこにもいない美奈子だけだった。

第七章

七日間のあいだ、私は白蓉(はくよう)周辺や市街地で、学院からは禁じられた聞き込みをこっそりと続けていた。

はじめは誰からも相手にされなかったが、懲(こ)りずにやっていたらいくつかの成果は出た。

まず出版社のことは、該当(がいとう)しそうな部署に問い合わせても詳しいことは当然ながら教えてもらえなかった。だがやっと一昨日、今年の二月に米原(まいばら)駅そばの喫茶店で泉子(いずみこ)様と鈴(すず)様と思(おぼ)しき白蓉生が、東京から来たらしいスーツの男と長い時間話し込んでいたことを店のご主人から聞いたので、そのまま薫(かおる)さんに伝えたらあとの調査は引き受けてもらえた。

さらに他の人たちからも、泉子様と鈴様が使っていたと思われる納屋の鍵と不可解な包丁の話、そして実は、もう一つ大きなものを得ることができた。

納屋は山を背に開かれた集落の墓地のそばにある。見つけた以上、私はその納屋へ薫さんを案内しないといけない。だけど、それから先はどうするべきなのか。

バスの待合所で薫さんに会ってからも、私はまだ決めかねていた。手に提(さ)げた学生鞄(かばん)はほとんど空なのに、あの納屋の鍵が入っていると思うとやけに重い。

「薫さんは、もし泉子様が事件を起こしたという証拠が手に入ったらどうしますか？」

一週間前に会ったときと同じ、まだ照りつける陽射しも透明に見える早い午前だった。田畑で作業する人たちに聞こえる心配はないだろうけど、私は気後れして声を落とした。

「警察に委ねて、法で裁いてもらいます」

私の問いに、薫さんは平坦な声で正論を告げた。

青い稲がいっせいに揺れ、風にしなる稲がこすれ合うかすかな音がひとかたまりになって迫ってくる。息を呑む音がやけに内耳に響いた。

「だけど、ありそうでない」

「ありそうで、ない？」

薫さんはまっすぐに道の向こうを見たままで「ないんです」と言った。

「泉子が先生にあの家を放火させて、光に先生を殺させようとした証拠は」

冷たい言い方の中に、どこか糾弾をためらうような戸惑いがあった。それはそのまま、今の薫さんが抱く泉子様への正直な感情なのかもしれない。

ざっと音を立てるような風が吹いて、薫さんの着たシャツがはためいた。私は乱れた髪を押さえて顔をしかめる。

「事情聴取がはじまって、先生は全面的に犯行を認めているらしいです」

神崎は捜査官が驚くほど素直に、自らの犯行内容と罪を犯すに至った明確な殺意を認めているという。

意識不明のあいだに犯行の足取りはほとんど割れていたようだが、本人の供述も捜査結果とほぼ一致した。神崎は事件当夜、もともと藤城家から渡されていた合鍵を使って屋敷内へ侵入し、被害者たちをそれぞれの寝室に閉じ込めて火をつけたという。

だが薫さんは、先生はあの家の合鍵など持っていなかったはずだと言った。

「……先生は、すべて泉子のためにやったことだと言っていて、放火よりも前に泉子も殺したとほのめかしているそうなんですが」

「泉子様のことも殺したって言ってるんですか？」

嘘だと思います、と薫さんはそっけなく言った。

「先生は失踪日の八日に泉子と会ってそのまま手にかけたように言っているらしいけど、それが本当なら光のことと辻褄が合わない」

数日前に鑑別所を訪れた薫さんは、短い面会時間を無言でやりすごす弟に、別れ際ひとことだけ言われたという。

——やっと兄さんに勝てた。これで泉子は僕だけのものだ。

光さんが神崎への凶行について、薫さんに語ったのはこれきりだ。

だから兄さんはもう来なくていいよ。光さんは最後にそう言い捨てた。

薫さんはその言葉になにを思い、なんと答えたのだろう。

光さんのスマホには十三日の夜に近畿南部のある地域の公衆電話からの着信履歴が残っていた。光さんはそれについて警察の聴取で訊ねられ、間違い電話だったと言ったらしい。だが、通話履歴は三分近く記録されていた。

その電話をかけたのは泉子で、かけさせたのは綾倉鈴なんだろうと薫さんは言った。

「少なくとも十三日の夜までは、泉子は確実に生きていた。綾倉鈴が書いた台本を読み上げる泉子がいないと、光は操れない」

まずは姿を消し、神崎が屋敷を燃やすのを見届けて、光さんを唆す。

「じゃあ、泉子様が神崎さんに放火を頼んだのはいつなんでしょう？」

「はっきりとはわからないけど、八日に会ったと言っている。もしかしたら本当に会って唆されたのかもしれない。取り調べではうちの家族が泉子の秘密を追及した日のことを饒舌に語っているらしいです。だから、何かあったとすればサイトがきっかけなんだと思う」

つまり失踪する一週間前に、泉子様はなんらかの形で神崎に影響を及ぼしたのだ。

泉子は殺されていないし、おそらく自殺もしていないだろうと薫さんは言った。横顔は無表情だったけど、声までは感情を消しきれていない。

薫さんは泉子様が生きていることを願っていた。哀切なまでに強く、生きてふたたび会えることを希求している。

「……神崎さんは、泉子様の生死では嘘をついているのか」

それとも、泉子様が神崎にそう命じたのだろうか。

——私を殺してくれますか。

福音のような泉子様の声が聞こえた気がして、背筋にひやりと冷たい汗が滴る。

あの精巧な美が絶望に震えながら胸の中にあって、うつくしい声で囁かれたら、マリアを信じる者なら誰もがきっと幻惑される。

神崎は、マリアの終焉を見たのかもしれない。

その場にいた誰も気づかずにいた、聖少女が堕落する瞬間を。

清く透明であれと求められ、そして愚直に己を律してきた泉子様は、その無垢さのまま自分のなかの聖少女を葬った。

それは前途洋々の青年の心を乱して道を踏み外させるほどに、うつくしく神秘的な光景だったのだろう。

そして神崎はまだ、マリアに囚われつづけている。

だけどそうしたら、あの包丁は？

私は一昨日知ったあの話を、薫さんにどう切り出すべきか迷っていた。

「薫さん、光さんが事件に使った包丁の入手経路ってもうわかっていますか？」

「……十四日の事件の日に、大学に向かう途中のスーパーで買ったらしいです。店員さんが光のことを覚えていて防犯カメラの照合もすんでいるので、確定になっています」

光さんは凶器を購入したレシートを、無造作に服のポケットに突っ込んでいたらしい。あまりにも杜撰なやり方だけど、それは神崎を殺しさえすれば自分はどうなっても構わないという殉教的思想なのかもしれない。

「あの……一昨日、米原駅の喫茶店のこと話したじゃないですか。じつは、もうひとつ聞いたことがあったんです」

薫さんがなに？　というように私を見た。静かな眼だった。

これは薫さんにとって、吉凶どちらをもたらす知らせになるのか。言い淀む私に、昨日縫い合わせた上顎の痛みが強くなる。

「泉子様、米原駅の近くのスーパーで、包丁を買っていたらしいんです」

薫さんは弾かれたように足を止めて振り向いた。私も棒立ちに立ち止まる。

「いつのことですか？」

「七月三日……。サイトがバレていたのがわかった週末の終わりに、滋賀へ帰ってきたその足だと思います」

一昨日、聞き込みのために訪れた米原駅近くのスーパーで、私はバイトの高校生からそのことを聞いた。

泉子様らしい白蓉の生徒は七月三日の夕方頃、そのスーパーで一丁の包丁を購入した。

彼は生徒会の捜索を目撃してすぐにその印象的だった白蓉生のことを思い出したが、彼女が行方不明になっていることを知り、不安に駆られて言い出せなくなったという。

怖かったんです、と絞り出すように言った彼は、包丁を買っていった白蓉生はあの様子では自殺したのではないかと思ったらしい。自分は自殺を手助けしてしまったのかもしれないと思って、どうしていいかわからなくなって口を噤んでいたという。

七月三日は日曜日で、そのときの帰省で泉子様はサイトの存在と小説のことを家族に知られている。おそらく日曜日に滋賀に帰ってきた泉子様は、スクールバスを待つ合間にスーパーに立ち寄ったのだろう。

その店舗では包丁の購入は、陳列された見本のカードをレジで店員に実物と交換してもらう方式をとっている。私が話を聞いたバイトの彼は、台所用品の棚の前でぼんやりと佇む泉子様の姿にその店のシステムがわからなくて困っているのかもしれないと思い声をかけ、現品と交換してレジを通した。

——最初に棚のとこに立ってるの見たとき、幽霊かと思った……ほんまにぼうっと立ってたんです。今にも消えてしまいそうで、真っ青で、でもめちゃくちゃ美人やって……。

「そのバイトの高校生は、泉子様は心配になるぐらい虚ろな表情で、受け答えも朦朧としていたと言っていたんですが……」

「……あの日、駅で別れるまでは泉子にそんな様子はなかったはずなのに」

三日の午後、薫さんはその方面に用事があったので、滋賀に戻る泉子様と品川駅まで電車で一緒に向かったという。一日の金曜日に実家に着いてすぐに家族はサイトの話をしたが、それから二泊するあいだも泉子様はまったくいつも通り、たおやかで温良だった。薫さんは新幹線に乗り換える泉子様を改札で見送る瞬間まで、その表情にも態度にも傷心や虚脱は感じなかったらしい。薫さんが泉子様の姿を見たのは、このときが最後だった。

「泉子が人目につくほど放心しているなんて、そんなの見たことない」

「私も、茫然自失の泉子様なんて想像がつかないんです。実際、その日の夕方に寮に帰ってきた泉子様はむしろ晴れ晴れとしてとても綺麗だった。東京で、なにか楽しい、素敵なことがあったのかもしれないって思ったぐらい……眼を瞠るほどにうつくしかったから」

記憶を思い出しながらそう言って、私は「うつくしかった？」とつぶやいていた。

そうだ、泉子様はうつくしかった。

三日の日曜日に帰ってきてから五日後の金曜日に消えてしまうまでのあの一週間、泉子様は加速度的にうつくしくなっていった。

ガラスケースに入れて飾られている人形に、ついに命が宿ったようだった。白珠に似た肌の艶めきに、柔らかな声の濡れたような潤い。精巧に整った美貌の内側から滲むように振りまかれる甘い体温。向けられれば思わず恥じらってしまうほどに愛らしい微笑。

おそらく白蓉の生徒たちはおしなべて感じていたのだろう。誰が見てもわかるくらい、たのだ。

失踪直前の泉子様は神々しいほどあでやかで、祝福のきらめきに満ちていた。
だから生徒たちは皆、執拗なまでに神崎の存在を否定したのだ。泉子様がとりわけうつくしくなったのは、男ができたからだと思いこんだ。狭いケースにうつくしく飾られていた聖少女マリアのお人形が柔く熱を帯び、鼓動する心臓を得た理由は堕落に他ならなかったのだ。

「包丁を買って、私に会うまでに泉子様にはなにかがあったんです。だけど、それがなんなのか……」

「……寮に戻ってきたとき、泉子は包丁を持っていなかったんですか」

「はっきりはわからないけど、でもなにかを隠して持っているような感じはしませんでした。そのあと、部屋で不自然なものを見かけることもなかった。だけど、もしかしたらこれから行く納屋にはあるかもしれない」

山のすぐそばにある納屋までは、まだしばらく距離があった。だが遮るものがない農地なので、納屋そのものは小さく見えている。

私の指し示した先を見て、薫さんが言った。

「泉子は、納屋のことも話していたらしいです」

「編集部の人に訊けたんですか？」

「うん。あれは、綾倉鈴が泉子のために手に入れて、準備してくれた家だと言って……」

立ち止まったままの私たちのそばを、赤い農耕機がゆっくりと横切った。

薫さんは私が聞き取りを断念した出版社に足を運び、泉子様や鈴様と編集者のあいだでどんなやりとりがあったのかを教えてもらっていた。


今年の二月に、その出版社の編集者はサイトに記載されていたアドレスにメールを送り、『ヨルノウミ』の『空峰李零』にコンタクトをとった。

サイトに載せている小説を読み、大変興味を持ったので、できれば商業化に向けて前向きに検討してもらいたい。

二日ほどで返信がきた。だけどその返信には、自分はサイトの管理人で小説の作者は別にいるからそちらを紹介するという文章とともに、サイトに記載されているのとは異なるフリーメールのアドレスが記載されていた。

なお薫さんはそのフリーメールのアドレスも念のため編集者に訊いてみたものの、さすがに教えてもらうことはできなかったらしい。

サイト『ヨルノウミ』と『空峰李零』はともに謎が多かったが、それをきっかけに編集者は小説の執筆者と直接メールでやりとりすることになる。

当時編集者はちょうど直近で、京都方面での仕事が入っていた。

出張の日程には余裕があった。商業化に向けて具体的に動くために、まず一度会っておきたい。『空峰李零』の居住エリアなら、米原駅までなら出てきてくれるかもしれない。

そう思った編集者は『空峰李零』に面談のアポをとった。

約束は進み、米原駅そばの喫茶店で、編集者はふたりの少女と顔を合わせた。

ふたりは白い制服を着ていた。全寮制高校の二年生らしい。学校名は聞かなかった。

サイトの管理人は綾倉鈴と名乗り、小説の作者本人は本名を伏せたいということだった。

小説を書くようになったきっかけを訊ねると、執筆者の少女は小説を書くように勧めたのも鈴さんだし、それを発表する場所としてあのサイトを作ってくれたのも鈴さんなのだと言った。

「私はからっぽなんです。中身とか、個性とかはなにもなくて、だから……鈴さんがいてくれたから、こんな私にも気持ちみたいなものがあるんだってはじめて知りました」

頰を赤く染めてそう語る泉子様の横で、鈴様は照れたように顔をしかめて、ずっとよそを向いていた。

だけどこのとき編集者は綾倉鈴という無口でぶっきらぼうな少女に、とてもやさしい印象を持ったそうだ。

泉子様は自分のことについては編集者が水を向けてもほとんど話さないのに、鈴様のことはたくさん話したという。運動神経が抜群に良いことや、クレーンゲームが得意なこと。老若男女のいろんな職業の知り合いが方々にいて、とくに年輩の人からよく頼られること。

意地悪なときもあるけれど、本当は誰よりもやさしくて、夜の炎のように強く眩しい存在であること。

今鈴さんが乗っているバイクはホンダの黒い大型車で、と泉子様が言ったところで鈴様が「おい」と短く口を挟んだ。それを受けて泉子様は可愛らしくはにかんだ。あとあと編集者が考えると、今年の二月に鈴様はまだ十七だったので大型二輪の免許違反がばれることを気にしたのだろう。鈴様本人の保身ではなくて、泉子様の評価を落とさないために。

小説も綾倉さんがきっかけでしたねと訊ねると、泉子様は柔らかく微笑んで「はい、そうなんです」ととても大切なことのように答えた。

寮の部屋で学校課題の作文を書いていたときに、たまには地に足のつかないことを書いてみたらどうだと鈴様に言われたことが、泉子様が小説を書きだしたきっかけだった。

あんたなら書けるだろう、なにか書いてみろと言われて困惑しているうちに鈴様は寮の共用パソコンでサイトを作りはじめていて、はやく一作書け、ペンネームとサイトの名前を決めろと迫られた。泉子様が鈴様の行動に驚くのはもう何度目かわからなかったが、先にホームページができてしまった以上まごついている暇はなかった。

自分に名前をつけるなんてはじめてでなにも思いつかず、苦しんだ末に生まれたのが『カラブリ・ゼロ』という一見ふざけたようなペンネームだった。

このペンネームにもまた、泉子様と鈴様の秘密が隠されていた。

兄たちの影響で幼い頃からクラブチームで野球をしていた鈴様は、白蓉入学当初から地元中学の弱小野球部で助っ人として活躍していた。白蓉側は鈴様の他校の部活動への参加は承認していたが、規定上は正式登録ではないため公式戦には出られない。だが鈴様は練習試合にはその部のレギュラーを差し置いてエースで四番として出場していた。監督すらも一目を置くジョーカーを擁して、非公式試合にのみ異様な強さを発揮するその野球部は近隣にまで勇名を馳せていた。

泉子様は鈴様に引っ張られて、ちょくちょく練習を見に行っていた。やってみろと言われて泉子様も練習に参加するものの、ティーバッティングでも空振りをするし、外野の守備につけば簡単なフライすらはるか手前で取りこぼす。散々鈴様に笑われた泉子様は負けず嫌いを発揮してこっそり練習を重ね、遊びの紅白戦ぐらいならスタメンに入れてもらえるようになった。なお、泉子様の参加は鈴様の場合と異なり白蓉には伏せられていて、その中学の野球部員や関係者しか知らなかった。

出会ってからミスする場面ばかりを見ている部員たちは、誰も泉子様を完璧な聖少女だとは思わなかった。そのかわり、失敗したら対策を考えて練習につきあってくれた。

男子に交じって野球をするなんて、祖父母や母に知れたらけして許してもらえなかっただろう。だがこの経験は泉子様に、これまで味わったことのない充足感を与えた。

「私、部のみんなから空振りお嬢って呼ばれていたんです。だから、そこから名前をつけました」

　そう言って泉子様は、編集者に肩をすくめてみせたという。

「零（ゼロ）」は当初、泉子様は「れい」と読ませるつもりだった。それは鈴の字が「れい」と読めることから決めたのだが、鈴様はそれを「ぜろ」と読んだので「からぶり・ぜろ」が一応の正式名称になった。

　鈴様はどんなことにおいても、泉子様が自分で決めたことを否定することがなかった。だけど「れい」という名前が自分由来だと気がついて、それはさすがに恥ずかしいからやめろと言ったらしい。そのことも、泉子様がじつにうれしそうに語っていたという。

　サイト名はペンネームと違ってすぐに思いついた。『ヨルノウミ』とは、ふたりで寮を抜け出して見た夜の琵琶湖（びわこ）からつけた。

　十三歳の秋の暮れだった。堂々と門限を無視して、道交法違反の無免許バイク運転を繰り返す鈴様を心配してたしなめる泉子様を、鈴様はむりやり深夜のドライブに連れ出した。

　鈴様はその夏休みに帰省したときに、遊び半分で一番上の兄のバイクを借りたらハマってしまったのだという。夏のあいだに実家で練習して、二学期に白蓉に帰ってきたらすぐに近くの板金屋と仲良くなって密約を交わし、２５０ccの中古車を安く譲り受けたらしい。

　鈴様はその初代愛機を学校の裏手にこっそり隠し、夜に寮を抜け出してはひとりで乗り回していた。たまにトンネルで肩を擦（こす）ったり、大型トラックに煽（あお）られてよろけたりしては生傷を作って帰ってくる鈴様に、寮の部屋で帰りを待つ泉子様はいつも生きた心地がしなかった。そんな泉子様がせめて夜に乗るのはやめてと止めようとしたのに対し、鈴様は悪びれることもなくこう言ったという。

――病めるときも捕縛されるときも、常に我がマリアとともに。

鈴様は泉子様があっけにとられているうちに、泉子様を秘密の車庫まで引っ張っていって、人形を置くように二輪の後部に据えた。

無免許運転の、バイクでのドライブ。

鈴様は泉子様をバイクの後ろに乗せて、人気(ひとけ)のない夜の湖岸道路を走った。商店の明かりはおろか街灯もほとんどない暗い湖沿いの道をフルスピードで走ると、湖北の冷たい風が肌を切りつける。鈴様の運転は無鉄砲に荒く、メーターが振り切れそうな速度になんとか耐えようと古い車体は激しく振動した。これまでの生活では感じたことのない剝(む)き出しの死の気配に、泉子様はただひたすらに眼の前の細い身体(からだ)にしがみついていた。

頭が真っ白になって、なにも考えられなかった。車輪が道路に跳ねてシートから身体が浮き上がるたびに心臓が竦(すく)んで呼吸できなくなる。抱きしめた鈴様の身体から発散される熱と汗の匂いだけが、まだ私たちは生きているとかろうじて教えてくれた。

高い音を立てて、唐突に車体は停まった。目的地についたらしい。眩暈(めまい)にくらくらしている泉子様のヘルメットをとって、鈴様はにやりと笑った。

得意そうな笑みを向けられた泉子様は、気がつくとぽろぽろと泣いていた。ひどい、怖かった。圧倒的な恐怖に揺すぶられて泉子様ははじめて泣いた。そして、言いたくても言えなかった気持ちが涙に押し流されて止まらなくなった。

本当は、危ないことはしてほしくない。鈴さんの身になにかあったらと思うと怖くてたまらない。バイクの運転だってそうだし、喧嘩をして平気で人を殴ることもつらい。それに鈴さんが怪我をするたびにとても悲しくて、自分も少しずつ死んでいくような気がする。

泉子様がやっと打ち明けた本音を、鈴様は不機嫌そうに貧乏ゆすりをしながら聞いていた。ごめんとも改めるとも言わなかったが、鈴様はバイク用のグローブをはずし、思いがけずやさしい手つきで泉子様の涙を拭った。

――あんたがいたら、私は死なない。

それから鈴様は、腰が抜けたままの泉子様をバイクから降ろして砂浜に立たせた。鈴様は当然のように靴を履いていたが、泉子様は慌ただしく連れ出されて外靴に履き替える暇がなかった。いつも寮で履いているルームシューズは、バイクに揺られる道のどこかで落としてきたようだった。

まだ虚脱していて身体に力が入らない泉子様の足元に屈んで、鈴様は白い絹の靴下を脱がせた。素足に当たる砂の感触。ようやく泉子様は、そこから広がる黒い景色が水辺だと気がついた。

水泳場はチェーンで封鎖されていた。だが鈴様はなんの躊躇もなく、ためらい怯える泉子様の手を引いて忍び込んだ。

当然、季節外れの夜更けの水泳場はふたりの貸し切りだった。

すべてを飲みこむ圧倒的な闇がそこには広がっていた。夜と湖が溶け合い、浜辺に立つ泉子様に誘いかける。

黒い水面はときたま揺れ、気まぐれにきらめいた。

星のない夜空と深い色の湖はよく似ていた。湖面が光るたびに、空と湖が入れ替わったような錯覚が芽生えた。

言葉をなくした泉子様に、鈴様はいつか本物の海を見せてあげると言った。すると泉子様は、琵琶湖も川で海につづいているから、これは海なのだと返した。

琵琶湖には無数の川から絶えず水がそそがれて、ただ一本流れ出す瀬田川で果てしない海と繋がっている。

ふたりの前には、限りなく広がるウミがあった。すべてを許し、受け入れる夜の湖が。

——だからここはきっと、私たちの海。

そのときの光景が、鈴様の瞳を通してあの一連のイラストになったのだ。

「鈴さんはとても絵が上手なんです。サイトの絵も描いてくれました。あの絵は四枚の連作になっていて……」

私のことはいいよ、とぶっきらぼうに鈴様は言って、それはようやく発した言葉だったという。自らの所業を英雄譚のように語られるのが耐え難いのか、苦虫を噛み潰したような顔をしていたらしい。

編集者は泉子様に見せられた鈴様制作のイラスト群にいたく感心した。うまいものだ、アマチュアのレベルはとうに超えている。その賞賛を喜んだのは、鈴様ではなく泉子様だった。自作の小説が褒められたときには自信なさげに見えた泉子様は、鈴様への賛辞に頬を染め、星が満ちたような瞳で鈴様に微笑みかけた。

「これはセンスやテクニックもとても優れているけれど、きちんと基礎ができている人の絵ですよね。どこかで絵の勉強をされているんですか?」

編集者が訊ねると、鈴様はかすかに眉をしかめた。きらきらした眼を自分に向ける泉子様をちらっと見やり、仕方なさそうに口を開く。

「……勉強じゃないけど、わからないところは美術の先生にみてもらったりします。先生の知り合いに教えてもらうこともある。新しい画法とか、表現とか」

「研究熱心なんですね。絵が好きなのは昔から?」

「そうですね、もう覚えてない」

会話から降りるようにコーヒーカップを持った鈴様の右手の指には、潰れたマメの跡があった。居心地の悪そうな鈴様は低くかすれた声で、泉子様に「あんたは自分のことだけ好きに話しなよ」と言った。

「私のことなら、いつでも鈴さんが出てくるわ」

その睦まじげなやりとりに、編集者から自然と笑みが漏れた。

花も恥じらうようなという古典的な慣用句にもっともふさわしい姿を、編集者はそのときの泉子様の表情に見出した。純白の制服が霞むほど、鈴様の隣で泉子様は可憐だった。そしてひとりでいれば眼つきの悪い剣呑な少女に見えそうな鈴様も、泉子様が横にいるこの席ではタフで頼りがいのある存在に思えたという。

編集者は、今後もっと本格的に書いていきたいという気持ちはあるかと泉子様に訊ねた。

「はい、これからもたくさん書いていきたいです」

はい、と答える泉子様は、しあわせそのもののように微笑んでいた。

「いいですね。専属のイラストレーターさんはもういるし」

そこでちょっとだけ苦笑いしながら、違法行為は控えるよう釘を刺したという。

編集者はふたりの関係を微笑ましく思った。だけど鈴様について語るときは楽しそうだったのが、出版に向けて一緒にやっていきたいから一度おふたりの親御さんにも挨拶をしたいと言うと泉子様の表情は一変した。

そのときの泉子様の表情の暗転には、まるで突然親しい人の訃報を告げられたときのようなショックと恐れがあった。

泉子様は小説の執筆とサイトのことを家族に知られることを極端に怖がっていたという。本名を明かさないときにも感じていたが、おそらく家庭になにかあるのだろうと編集者は察し、その家やプライベートに関する話題はそこでやめることにした。正式に仕事を依頼するときには泉子様にも本名や所在地を訊ねないといけないが、今はまだその段階ではないので本人の意向を尊重するべきだと考えたという。

泉子様は七月三十日に誕生日を迎える。当時は成人まで、半年ほど残っていた。

「では、十八歳になったら、またあらためてお仕事としての小説の話をしましょう。それまで書きつづけていてください。新しい作品を楽しみに待っています」

すると泉子様は、とても驚いた様子で訊ねた。

「十八歳になったら、小説のことを両親や家族に言わなくてもいいんですか?」

「ええ、そうですね。十八歳になったら、たくさんのことが自分の権限でできるようになりますよ。いまは十八歳で成人ですからね」

編集者は泉子様に、成人すれば出版に関する契約は自由にできるし、家族にまったく内緒で書いている作家もたくさんいると教えた。

それを聞いてようやく希望を見つけたように、泉子様の表情に光が射した。

これが、薫さんがその編集者がいる部署に電話をして訊き出してきてくれたことだった。

「絵は四枚って泉子様が言ってたんですか？」

「僕も気になって訊き返したけど四枚らしいです。その人は泉子に、四枚目の画像も見せてもらったと言っていた」

あの絵はトップ画の横顔で完結ではなかったのだ。まだもう一枚、物語の帰結になる絵があるらしい。

ガラスの靴を脱ぎ捨て、ベールを取り去り、夜の海に向かった少女はどうなるのか。

ふたたび歩き出しながら、私は幻の四枚目について思いを巡らせた。

鈴様は泉子様に、どんな結末を迎えさせたのだろう。

「私、一昨日のギリギリに無理そうですって言ったのに、よくそこまで聞き出せましたね」

「綾倉鈴の兄だということにした。泉子のことを話すと、ややこしくなるから」

薫さんは今世間的に、それなりに注意を払われ追いかけられる人物だった。その人がもうひとりの藤城家の子どもで所在不明の人物を探していることが広まったら、たしかに薫さんも泉子様もとても困ることになるかもしれない。

「じゃあ、編集部の人は小説の作者が藤城泉子だとは知らないままなんですね」

私は正直、『ヨルノウミ』が無傷のままであることにほっとした。藤城家の事件とサイトの小説が結びつけられて取り沙汰されるようなことは避けたかったのだ。

それは薫さんも同じ気持ちのようだった。薫さんはその編集者に、あくまで執筆者が藤城泉子であることは伏せてこの情報を得たらしい。

「よかった……薫さん、さすがですね」

「これ以上、家のことでごたごたしたら手に負えない」

薫さんはにこりともせずにそう言った。

たしかにそれもあるだろうけど、たぶん薫さんはとてもやさしい理由から嘘をついたのだと思う。

「だけどプロに認められるなんて、やっぱり泉子様はすごいですね。私も、サイトの小説は読んでいて楽しかった」

私は先週から、寮のパソコンルームで『ヨルノウミ』にアクセスして、泉子様の小説を読んでいる。作数が多いからまだ全部の作品は読めていないが、長編を一本読み終えた。

「私は泉子様の小説を読んでいて、薫さんが感じたみたいに泉子様が書いたんだろうなってわからなかったんですよ。むしろ、泉子様はこんなことを考えていたんだって、新鮮でびっくりしました」

そうかもしれないねと言いながら、薫さんはかすかに不本意な表情をしている。

「どうかしたんですか」

「編集部の人から詳しいことが聞けたのはよかったんだ。だけどあの無口な泉子が初対面の相手に、ずいぶんたくさん素直なことを言ったんだなと思って」

私はその疑問に対しておそらく正解と思われる答えを知っていたが、それを言うべきか迷っている。もし私が薫さんだったら、この答えは受け入れたくないかもしれない。

初対面だから、言えた。そしてその人が褒めてくれた理由が、いつもは自分について語らない泉子様の心を解いた。

どう言おうかな、と悩む。私は泉子様を探しはじめてから、迷ってばかりいる気がする。

「それはその編集部の人が、鈴様が自分にくれた世界を認めてくれたからじゃないでしょうか」

薫さんの眼が問うように向けられた。

「泉子様は自分の作品が褒められたというよりも、それが鈴様とふたりで作ったものだから、それを人から認められてすごくうれしかったんだと思うんです」

鈴様は泉子様に、自分だけの世界というものがあることを教えた。そのために手の込んだサイトを作り、誰にも知られずに書くための場所を自らの力で作り、泉子様がその世界で自由に過ごせるよう手を貸した。

「鈴様は、泉子様だけの秘密の世界……なんでも好きに入れられる箱を作ったつもりだったんじゃないかと思います。だけど泉子様にとっては、それは鈴様が自分に教えてくれて、ふたりで作ってきたものだったから……」

視線を落とした薫さんの横顔に、虚無の影が差した。綾倉鈴だったから？　そう口のなかで小さくつぶやきが漏れる。

「……綾倉鈴とふたりで作ってきたものを踏み躙られたと思ったから、泉子は家族を殺そうとしたのか」

抜歯した口の中が痛むくせに、私はまた口腔の肉を嚙んでいた。

家族が見つけたものが鈴様に関係のないなにかだったら、おそらく泉子様は豹変しなかったのだろう。勝手に私物を探られて心を覗かれても、黙って耐えて気持ちを嚙み殺した。見つかるものが違ったら、藤城家は壊れなかった。

だけどそうすれば、泉子様がまたひとつ自分を殺すことになる。甘い蜜で固めた聖少女マリアの型の中に閉じ込められて、息もできない日々は終わることがない。

どうすれば、よかったのだろう。

あのインタビューが掲載されなければ？　だけどそれでも、『ヨルノウミ』以外の泉子様の日常はなにも変わらない。白蓉を卒業すれば生活基盤は家に戻り、いずれは薫さんと結婚して、あの家で死ぬまで過ごすことになったのかもしれない。

――夜の海に逃げた花嫁。

あの絵の続きは、納屋にあるのだろうか。

隣を歩く薫さんは、黙って青ざめた横顔を見せている。

少し高い位置のシャツの肩が、薄く痩せて強張っていた。まだ新しそうな紺のシャツは使う洗剤のせいか、わずかにごわついて見える。

私は立ち止まり、薫さんの名前を呼んでいた。

呼ばれてから私が立ち止まったことに気づいたらしい薫さんが、数歩先で足を止めた。

振り向いた薫さんの顔は、感情を根こそぎ奪われたように生気がなかった。

私は訊きたかったことが訊けなくなって、十メートルほどの距離まで近づいた斜め屋根の四角い平屋を見た。

近づくにつれて大きくなるその建物は、トラクターのような赤い農耕機をゆうに五台は並べて格納できる広さの納屋だった。くすんだクリーム色をした建材はガレージなどによく使われている縦葺き(たてぶき)の鋼板で、道に向いた壁には大きなシャッターが下ろしてあった。築四十年は超えるだろうこの納屋を、鈴様は農作業の手伝いの報酬(ほうしゅう)として借りていたらしい。無骨な造りだが頑丈そうだ。ここなら鈴様のバイクも楽に隠せたかもしれない。

私が見上げたのに釣られて薫さんもその納屋を見てしまって、慌(あわ)てた私は「……この前から、考えていたんですが」と破れかぶれに切り出した。

「鈴様が泉子様を描いたきっかけってなんなんだろうって。もしかしたらなんですが、それはあまりにも泉子様がうつくしかったからかもしれない」

「それはそうなんじゃない？」

なにを当然なことを言っているのかというように醒(さ)めた声で返されて、私は「いや、そうではなく……あんまり綺麗すぎるものって反発がわきませんか？」と訊ねた。

「……そうかな？　綺麗だなとしか思わないけど」

訊ねた相手が悪かった。というか、薫さんはそこまで美醜に関心がないのかもしれない。泉子様のことも美人だとは言っていたけれど、うつくしいから好きなのか、泉子様だからうつくしいと認識しているのか、この人の場合は微妙な感じがする。

「最初のきっかけは、悪意だったかもしれないなって思ったんです」

「悪意？」

「そんなに綺麗なだけの聖少女がいるかって反発を感じて、気に食わないからわざと悪意を滲ませて描こうとした。だけど、描けば描くほど満足がいかなくて、それで描き続けてしまったんじゃないですかね。私が一番うつくしい藤城泉子を描いてやるって」

私は大股で距離を詰めながら、明るく言おうとした。

「あいつが描かなくても、泉子は……」

その先に続く言葉を飲み込んだ薫さんは、またクリーム色の納屋を見やった。

「それで綾倉鈴はそのうつくしい泉子のためにこの家を作ったのか」

燦燦と降る夏の陽の光すら凍てつくような声だった。

認めたくないけど眼の前にある事実は明白で、薫さんはその事実を受け入れがたく思う自分を嫌悪している。

これは鈴様が泉子様のために借り、そして作りあげた家だ。

私はできるだけ簡潔に、薫さんにこの納屋のことを説明した。

納屋の本来の持ち主は、この付近の田地を耕作するおじいさんである。べつの場所に新しい納屋を建ててから、長く空き家になっていたらしい。鈴様はそのおじいさんの畑を手伝うことで、この納屋の使用権を得ていたという。

私はそうとは知らずに持ち主のおじいさんに泉子様の写真を見せて何度か情報を求めていたが、反応はずっと芳しくなかった。昨日やっと教えてもらえたのだが、おじいさんはバイト禁止の校則違反に加担したことが後ろめたくて言いたくなかったという。

貸借人は綾倉鈴。写真を見せて確認したら間違いなくこの少女だと言われた。

そしてこの納屋にはもうひとり、白蓉の生徒がよく訪れていたという。

「もう四年くらい貸してるって持ち主は言っていたから、ちょうど中二からでしょうか」

鈴様は帰省するからとおじいさんに鍵を預けるとき、もうそろそろ借りるのをやめるつもりだが、荷物は引き取って内部はすべて元通りにすると言っていたらしい。

「ここを引き上げる?」

「そうみたいです。だから……夏休み中に後始末をして、鈴様も行方をくらますのかもしれない」

泉子様と、一緒に。

薫さんはもう、どういう反応も見せなかった。

耳に馴染んだ稲穂の揺れるかすかな音に、軽い地響きが混じる。振り向くと後ろから、大きなトラックがこちらへ向かっていた。

私たちはやってくるトラックを避けて、納屋のある路肩に寄った。トラックは納屋の前あたりで停止して、運転席から男の人が降りてくる。そこにある自販機の補充のようだ。

納屋にはトラックの影が大きく伸びていた。私と薫さんは少し歩いて、壁面の大半を占めるシャッターと比べるとやけに小さいアルミ製のドアの前に立った。

私は学校や警察には絶対に言わないと約束して、この隠れ家の存在を教えてもらった。だから私はここを訪れた痕跡を消して、鍵はおじいさんに返さないといけない。

私はおそるおそる、借りた鍵をシルバーのドアノブに挿そうとした。だが、鍵の先がうまく挿さらない。

もしかして鍵が違う？

焦りながらやり直していると、隣の薫さんが「貸して？」と言って手を差し出した。

薫さんがやるとするっと開く。私はようやく、緊張で手が震えていたことに気がついた。

私も少し、中に入るのが怖かったのかもしれない。

ドアを開けると、とたんに煙草の匂いが迫ってきた。

ざらついた壁をさぐって手探りで電気のスイッチを押すと、クリスマスツリーの電飾のように天井に巡らされた裸電球たちが一気に点灯する。

鈴様は配電までいじっていたようだ。

自分で器用にやったのか、私には想像もつかないような知り合いに頼んだのか。

回収業者の集積所から盗んできたような事務机がふたつ、部屋の中央に向かい合って置かれていた。

そのうちのひとつには、もう秋葉原でも買えないレベルで古典的なデスクトップパソコンが設置してある。正方形に近いそのデスクトップモニターは、現在でも使用に耐えられるよう改造されていた。

広い納屋の中は、机を二台置いた程度では埋まらない。隙間風の吹き込みそうな壁際には古めかしい長机が寄せられて、スケッチブックや本が乱雑に積まれている。

ドアを閉めてしばらくすると、しみついた煙たい空気に油と絵具の匂いが混じっていることに気づく。床がコンクリートだからだろうか、夏の夕暮れでも室内は涼しかった。

配電設備までして快適に改造されたこの納屋は、おそらく鈴様と泉子様の秘密基地だ。泉子様はここに来る道の途中で同級生に見かけられて、それを散歩と偽ったのだ。

大小さまざまなキャンバスが、壁に立てかけられ列をなしている。床に直接置かれた剝き出しのキャンバスたち。その絵のモデルのモチーフは誰なのか、絵画の素人である私の眼にもはっきりとわかる。

薫さんはキャンバスから眼をそらし、中央の机に足を進めた。

ふたつ向かいあっているうちの、パソコンが置いてあるほうが泉子様の机なのだろう。濁った白い枠に囲まれたパソコンの黒い画面に、感情を殺した薫さんの無表情が映っている。卓上にはブックエンドが残されているけど、そこにあっただろう本はもう残っていない。

反対側の事務机が鈴様のテリトリーらしい。こちらにはまだシャーペンやデジタル用ペンが放り込んであるマグカップがあり、なにかのケーブルが絡まったまま転がっている。対岸とお揃い(そろ)のブックエンドに、分厚い色見本帳や図鑑のような技法書が何冊も立ててあった。私の知らない画家の画集やテキスタイル帳まである。どれも読み込んでいるのか、背表紙が擦れていたりカバーがなかったりするものばかりだ。それから意味はわからないけれど、高く重ねて積み上げられた煙草の空箱。

私は事務机を離れて壁の長机に近寄り、地層のように積まれたスケッチブックをそっと手にとった。

覗き見るような気持ちでこわごわページをめくると、黒い線に時折色彩が混じり、用紙いっぱいに描きこまれている。つぎに手にした一冊もすべての紙面が埋まっていた。

ここは使い切ったスケッチブックの置き場らしい。

ページをめくるたび、自分の心音はだんだん大きくなった。

そこには泉子様がいた。

キャンバスの絵よりも直接的に、そこに描かれているのは泉子様だ。

だけどそこにいるのは、私の知らない泉子様ばかりだった。

顔を歪めて涙を流している顔、眦を決するような強い怒りの迸る表情、悪い夢を見ているような苦しい寝顔、退屈そうになにかを見つめている頰杖をついた横顔、それにあどけない子どものように伸び伸びとした笑い顔。

いつのまにか私の横に薫さんがいて、じっとその絵たちを覗きこんでいた。山から一冊とって、自分でもページをめくる。

他人の手で描きとめられた泉子様の姿を見る薫さんの表情にじわじわと嫌悪に似たものが浮かび、それは頂点に達すると漂白するように無になっていった。

壁に立てかけられたたくさんの絵が、あっけにとられた私たちをくすくすと笑いながら見つめているようだった。

スケッチブックがあまりに高難度な習作なら、雑に置かれたキャンバスたちは完璧な芸術だ。天才が天才として気ままに遊んでいる。

そこに描かれているものはじつに多種多様だった。

油絵具を用いた写実的な人物画があると思えば印象派的な水彩画もあり、また他方ではイコン画が仏教画の横にあった。胡粉を溶いて丹念に色をつくった日本画が無造作に置かれ、その対比のように黒いサインペン一本で夜の街を描ききった絵が並んでいる。シェイクスピア劇のワンシーンを模ったものがあり、ハリウッド黄金時代のポスターをオマージュしたものもあった。

だけどその絵の中にも、どこかに泉子様の要素があった。

習作と違って、絵の中に泉子様がそのまま描かれているわけではない。だけどたとえば顔料で描かれた不動明王の顔の輪郭だけ泉子様のものだったり、こちらを見つめる子どもの澄んだ瞳が泉子様だったりした。

どの絵にも少しずつ泉子様がいて、だけどそれはよくよく見ないとわからない。しかもそこに描き出された泉子様は、私ならマリアの神聖に眼がくらんで気づかないような微細な要素が写しとられていた。

つい見ないふりをしてしまう、完璧な泉子様の造形の粗。

微笑む唇に描きこまれたわずかな荒れ。たおやかな首筋の骨の歪み。白い二の腕に残るハンコ注射の痕。細い太ももの赤い発疹。後ろ姿の頼りないはかなさと肘の擦り傷。

キャンバスの一枚に、こちらを見つめる裸の少女がいた。三角座りをするその少女の足の爪はなにも塗らなくてもつややかで、五指のうちで人差し指が一番長い、いわゆるギリシャ型をしている。

その少女の抱えた膝の先は、あまりにもうつくしい素足だった。

私はその絵を見つめ、そしてため息をついた。

ここにあるキャンバスをすべて見て、それでようやく私は本当の泉子様の一端を摑んだ。

泉子様とは、こういう人だったのだ。

鈴様がどういうふうに泉子様を見ていたか。そして泉子様が鈴様の前でどのように過ごしていたか。そのすべてがこの納屋に収納された絵に表れていた。

私は納屋に入るまで、ここで『ヨルノウミ』に至る連作の四枚目を見られないかと期待していた。だけど壁に立てかけられたキャンバスの中に、それらしい作品はない。

鈴様があの絵をどういう行程でデジタル絵に仕上げたのかはわからない。だけどもし手描きの構想スケッチのようなものがあったとしても、それは逃げたときに泉子様が持っていってしまっている気がする。

まだ知らない最後の一枚を探しても、きっと泉子様の手元以外のどこにもない。

もう私たちは、あの絵の本当の姿を見ることはできないのだろう。

私はふいにそれを確信した。だけどそれを見てみたくてたまらない。

私はあらためて部屋を見回し、鈴様の机の隅に置かれたアクリル用のパレットの横に、汚れた布切れがあるのを見つけた。

絵具汚れを拭うための雑巾代わりなのか、ごちゃごちゃと色が混じって油も染みている。

「あのハンカチ、泉子のなんだ」

薫さんはすでにハンカチのことに気づいていたことが、その口ぶりでわかった。え、と私が言う前に、机に向かった薫さんはその布を無造作に机に広げた。

布切れだと思ったその生地は、たしかにもとは大判のハンカチだったらしい。レースで縁取りをした白い生地に、泉子様のイニシャルが刺繍されている。

泉子様は下着やハンカチといった小間物は、寮の洗い場で手洗いしていた。毎晩丁寧に洗い、人目につかないように干してアイロンをかける。

ふんわりとアイロンのかかったシャボンの香りのするハンカチを、泉子様はいつでも欠かさなかった。

――自分に対する潔癖、みんなのものに自分の手の汚れがつかないように。

私は泉子様の担任の先生が言っていたことを思い出していた。

清潔なハンカチは、泉子様の象徴のようなものだった。

そんなハンカチが、ここではこんなに杜撰な使われ方をしている。おそらくこのハンカチを雑巾代わりにしたのは鈴様なのだろうけれど、それを許したのは泉子様だ。

薫さんは幼児のクレヨン画のようにごちゃごちゃと色を塗られたハンカチを摑み、丁寧に折りたたんだ。そして鈴様ではなく、泉子様の机にそれを置く。

どうにもならないまま、薫さんは眼の前の机の引き出しを開けた。浅い引き出しには使い切って捨てるのが面倒になったらしい百円ライターが数本入っていた。それと一緒に、灰皿代わりらしい青磁色の小皿。

煤(すす)汚れのこびりついた小皿を眼にした瞬間、薫さんの顔は刺されたように軋(きし)んだ。見開かれた眼にはっきりと憎悪が滲む。

薫さんは眼を伏せて表面に現れる感情を消した。禍々(まがまが)しく腐ったものを封印するように、引き出しはふたたび閉じられた。

「……あの小皿、僕が泉子に贈ったものだった」

ぎょっとして薫さんを振り仰ぐ。

横顔は無だったけど、閉じた引き出しにかかる指が震えて爪が白くなっていた。

「泉子のものなんだから、どうしたって構わない。だけど……綾倉鈴の灰皿にだけはされたくなかったな」

納屋に染みついた匂いの濃さが、あの青磁の小皿が紫煙(しえん)に染まった回数を教えている。ままごとのような、でも手のこんだ秘密基地。場所の手に入れ方から配電設備、机やパソコンといった備品の揃え方に至るまで、並大抵の労力でできるものではない。

「綾倉鈴は傍若無人(ぼうじゃくぶじん)に振る舞いながら、泉子の本当に望むことをなんでもしたんだろう。だから僕は許せないのかもしれない」

どうして綾倉鈴でないといけなかったか。

それは鈴様なら、泉子様が本当の気持ちを委ねられたからだ。

想像だ。すべて想像に過ぎない。だが考えるのをやめられない。

泉子様は痛ましいほどに自律と自罰の人で、同じ部屋で寝起きする私にも疲れた顔やだらしない姿を見せなかった。だからこその白蓉のマリア。そんな泉子様が傍目にも茫然と我を失っているなんて、よっぽどのことだったのだろう。

——幽霊かと思った……今にも消えてしまいそうで、真っ青で……

包丁を買ったとき、聖少女は仮死状態だった。だが抜け出た魂の気配を嗅ぎつけた悪魔が、氷のようになってしまった聖少女の唇に自らの息を吹き込んで甦らせたのだ。

包丁を買った時点では、泉子様の殺意は不確かで曖昧なものだったのだろう。おそらく刃を向ける先すらも、まだ定まっていなかったのだろう。購入した包丁を鞄に隠してスーパーを出たときには、泉子様は自らを消すつもりだったのかもしれない。

その漠然とした殺意を汲みとって絵図を描き、実行に移させた人物がいる。

きっと神崎も光さんも、泉子様のためだけにすべてを捧げたのだと固く信じているのだろう。だけど妙なるマリアの後ろには悪魔のごとき綾倉鈴が影のように寄り添い、やさしく抱きしめて睦言を囁いている。

泉子様は鈴様とふたりでこの醜悪な計画を立て、そしてふたりで実行した。

私が知るだけでも、両手に余る数の人間が泉子様を崇め傅いた。泉子様のために罪が犯されて五人もの人が死に、薫さんの日常も狂った。だけど泉子様の瞳は鈴様のためにのみ輝いて、けして殉教者を映すことはない。

あの瞳も、繊細な指先も、うつくしい声も、泉子様のすべては綾倉鈴に捧げられている。知らずにいられたほうが幸福に違いない。もしも殉教者がマリアの真の御心を知れば、気がふれるだけではすまないだろう。

「……綾倉鈴にならば、言えたのか」

ずっと無であろうとしていた薫さんの表情が、今日はじめて悲しみに歪んだ。

「泉子の弱さは身勝手だ」

こういうことはやめてほしいとか、嫌だとはけして言わずに泉子様はすべてを受け入れて耐えようとした。だけど泉子様は、鈴様にならば本音を打ち明けられたのだ。鈴様は泉子様の背骨を作り変え、そしてついにその背骨が折れそうになった瞬間に泉子様は変容した。

泉子様と鈴様のしたことで、薫さんは家も家族もすべてが焼けて、弟は人を殺しかけた。

私は口の中を噛んで考え込んでいた。

泉子様は弱くて身勝手だったのだろうか。

弱かったのかもしれない。それに、結果として七人もの人を犠牲にしたことは利己的としか言いようがない。とても弱くて儚(はかな)くて、泉子様はどうしようもなく身勝手だった。

だけど、それだけではないように思う。

わかっていたから、泉子様は言えなくなってしまったのではないだろうか。祖父母や母が自分を大切に思っていることも、自分が家庭的に恵まれていることもわかっていたから反抗できず、いやだと思うことも自分に許せなかった。

　泉子様はやさしい人だった。

　だけどそれは、やさしくならざるを得なかったのかもしれない。周りの人たちの言うことをすべて守って、誰からも受け入れてもらうためにはマリアのようにやさしい存在でないといけないと思いこんだ。

「……どうして、僕じゃなかった」

　せめて先生ではなく僕を選んでくれていたら、こんなことにはしなかった。

　私が無言でいるあいだ、薫さんも自分だけの世界にいたようだった。私たちは隣り合って立っていたけど、まったくべつべつのものを見つめていた。

「歯が欠けるほどつらいなら、言ってほしかった。そんなことも気づけなかった」

　消えそうなつぶやきに薫さんの表情をそっと窺うと、かたちのいい眼には透明な涙が薄く滲んでいた。だけど薫さんは手のひらをきつく握りしめて、感情が溢れるのを堪えようとしているようだった。

　薫さんは泣けないのだ。

　胸を錐で突かれたみたいにそう思った。この人はたぶん、事件からずっと泣いていない。

　泣けないでいるのは、私も同じだった。

私たちはどうすれば、自分を取り戻せるんだろう。

机に積まれた煙草の空箱のピラミッドが、馬鹿にするみたいに眼に飛び込んできた。不安定なのに揺らがない塔。それはまるでこの納屋そのものを表しているようだった。

煙草を吸うだけで大人になれるのなら、こんなに容易いことはない。

だけど私は康司の真似をしても、けして美奈子を救えなかったのだろう。

寂寥が胸を燻して、私はこのふざけたピラミッドを衝動のままに倒してやりたくなった。

「……薫さん、煙草でも吸ってみますか？」

一蹴以下、というくらいのテンションで「吸わないよ」と言われる。

「じゃあ、なにか飲みましょう。出たところに自販機があったから」

わざと明るく軽薄に振る舞う自分を、馬鹿だなぁと見下ろすもうひとりの私がいる。

気がなさそうに返事をした薫さんは、それでも机周りや長机のスケッチブックを丁寧に元に戻している。私たちがいた痕跡は、畳み直されたハンカチぐらいだった。

納屋の中を慎重に点検して、電気を落とす。今度は震えずに鍵を挿せた。

さっき飲料を補充するところを見るまで、私は納屋の向かいに自販機があることを気に留めていなかった。こうしてあらためて眺めて、並んだ二台の自販機の商品が飲料と煙草に分かれていることを知った。

「なににします？　けっこういろいろありそう」

折り鞄の留め具に手をかけながら飲料の自販機を見上げて、私は硬直した。

眼の前に、美奈子が好きだったジュースがあった。

白い缶に赤の薔薇(ばら)模様。さらに赤いリボンまで巻きつけた派手なデザインの真ん中に、『ストロボストロベリー』の文字が躍(おど)っている。薔薇もリボンもフォントも赤。主張の激しい薔薇とレトロを意識したフォントは調和していない。とにかく派手で、柄がうるさい。だけど眼がちかちかするのは、てんこ盛りのパッケージのせいだけではなかった。

間違いない。パッケージも商品名もまったく同じだ。

何年も前から売られなくなって、どこの店でも見かけなかったのに。

私は溺れた人のように口を開けたまま、見本の缶を見つめていた。

美奈子は何年も、これを飲みたいと言っていたのに。

ふいに鳩尾(みぞおち)から脳天までを貫くように痛みが走って、私はその場にうずくまっていた。

私は美奈子を愛していた。美奈子だけが私の唯一だった。世界で一番うつくしいのも、なによりも強いのも美奈子だと信じていた。それなのに私は美奈子が飲みたいと言った缶ジュース一本すら、自分で見つけて渡すことができなかった。

——どうして、私じゃなかった。

さっきの薫さんと同じ問いを、私は何度も繰り返してきた。

私だったら。私を頼ってくれていたら。私だったら、こんなことには。

だけど私はあんなに大好きだったのに、美奈子の苦しみに気づかなかった。愛していると言うくせに、美奈子に甘えるばかりだった。

美奈子とふたりで助け合って生きてきたのだと言い続けていたけれど、私だって本当はわかっていた。美奈子には事務仕事を担う秘書がいて、経理を任せる税理士がいて、私が幼い頃には家事代行サービスも雇っていた。私がいないと美奈子が生きていけないなんて、浅はかで傲慢すぎる思いこみだった。だって美奈子のために生きているつもりでいたのに、私はなにも美奈子の役に立てていなかった。

私はあまりにも頼りない、非力なただの子どもだったのだ。

美奈子にはこのジュースより、もっと強く求めるものがあったのだろう。だけど美奈子からすべてを奪ったのは私だ。美奈子の本当の気持ちも、弱音も、なにもかも。

世界一うつくしくなくてはいけないと、いつも強い存在でいなければいけないと、美奈子が私のせいで思いこんでいたとしたら?

私の賛美や思慕が、美奈子というひとりの生身の人間を、うつくしい美奈子という鋳型にはめたのだ。

美奈子を苦しめた私は最低だ。

私の身体ははっきりと震えていた。

私は美奈子にひどいことをした。私が美奈子を追い詰めた。

どれだけ擦っても、腕の鳥肌はおさまらなかった。縫合した歯茎がずきずきと痛み、私は痛みをまぎらわせるために唇を強く噛んでいた。

名前を呼ばれた気がした。だけどなにも聞こえない。

膝をついて地面に座りこんだまま、私は黄色い自販機を拳（こぶし）で叩いた。

しゃくりあげたときには、もう頬に涙が伝っていた。蛇口が壊れてしまったように、つぎからつぎへと涙が溢れる。

今更気がついても遅すぎる。

自販機を叩きながら、ずるずると地面にうずくまって私は慟哭（どうこく）した。

薫さんの困惑した声が上のほうから聞こえる。だけど私の視界はぼやけて歪んでいて、眼の前にあるはずの地面の色もわからない。

「……三科（みしな）さん！」

遠慮がちに肩に手が触れて、それから軽く肩を叩かれるのがわかった。

「三科さん？　大丈夫？」

丸めていた上半身をぎこちなく起こすと、眼に映る顔は滲んでいた。

延々と熱いものがせり上がり、吹きこぼれた涙で顔がぐちゃぐちゃに濡れている。

すすった鼻が刺すように痛んだ。襟（えり）や膝に涙が落ちて、じっとりと染みが広がる。

「なにがあったの？　どこか痛い？」

私はしゃっくりのような声を漏らしながら涙を拭った。

「美奈子の……」

「え？」

「……美奈子のジュースがあったから」

言いかけて何度もやめるのを繰り返し、私はようやく言った。

「なんのジュース？」

美奈子のです、と私は言っていた。

美奈子の？　と繰り返す薫さんの顔はまだぼやけていてよく見えない。

「どこにあったの？」

涙を止めるために強く眼を擦る。だけど自販機のディスプレイに顔を向けると、昔のままのパッケージが眼に飛びこんできて私はまた嗚咽（おえつ）した。

「どれ？」

薫さんは自販機に並ぶ缶のどれかを訊いているのに、私は自販機を見ることがこわくて首を振ることしかできなかった。

「美奈子の大好きなジュースなんです……ずっと売ってなかったのに……美奈子はそれが大好きで、ずっと飲みたいって言って、でもいつも売ってなくて……探したのに、今になってなんでこんなところにあって、腹が立って……それで……」

「今見つかったのではだめだったの？」

「……意味がない」

「どうして？」

やさしい眼とまっすぐに視線がぶつかった。薫さんも私と同じ高さに合わせて地面にしゃがんでいることにやっと気がつく。

詰まるように胸が痛くなり、私は鼻を強くすすった。

「……だって美奈子はもういないから」

死んだんです、美奈子は。

いっときおさまっていた涙が、自分の言葉のせいでまた噴き出した。

「その人は大切な人だった？」

涙がとまらなくて顔を覆ったまま、私は何度もうなずいた。

「それは、とてもつらいね」

ごめんなさい、と私は切れ切れに言った。

「薫さんのほうがつらいのに、私が泣いてごめんなさい」

顔を覆っていた手の甲になにかがそっと当てられた。涙を拭いてこわごわ見ると、それは綺麗に四つ折りされたハンカチだった。

拭いて、と手にハンカチを渡される。私は慌ててポケットを探った。ハンカチがない。

足元に放り出していた学生鞄をひっくり返しても、涙を拭けるものはなにも出てこない。

コンロを一気に強火に捻ったように、ぼっと音を立てて顔が熱くなった。

無言でハンカチを差し出され、すみませんと言おうとしたらまた鼻が痛んでダムが決壊する。石鹸の匂いがする借り物のハンカチはすぐにぐっしょりと濡れてしまった。

「……私が先に泣いたらだめだった」

薫さんはアスファルトに腰をおろした。黒っぽいズボンの膝を抱えて座っている。

「僕は泣きたくないから、それでいいんだよ」

涙と鼻水で汚れた顔をハンカチで拭っていた私は、その言葉に顔をあげた。

薫さんはおだやかに私を見つめていた。その眼を見ていると、熱くてかたまりみたいな涙がまた落ちる。

「なんでまた泣くの」

だって、と何度か言って、私はハンカチを強く顔に押しつけた。子どもじみた泣き方が恥ずかしい。みっともない泣き声が耳の中に響いてきて、それで私はまた泣いている。

「……すみません」

淡い水色だったハンカチは、染め直したように色を濃くしていた。こうまで涙と鼻水で汚してしまったら、綺麗に洗ってアイロンをかけたとしても返すのは失礼だろう。

情けなくなって、私はまた鼻をすすった。

「すぐに買って返します」

もらっておいて、と薫さんは微笑んだ。

泣いたばかりの眼に陽射しが容赦(ようしゃ)なく降り注ぐので、私はまぶしくて眼を伏せた。

「私は美奈子が好きだったんです」

私は小さくなって膝を抱えた。アスファルトに直接触れていた膝からふくらはぎはうっすら赤くなり、ぼこぼこした跡がついていた。

「私は美奈子を愛していた」

「うん」

私は息が切れたように何度か言いあぐね、ようやく「私は」と言えた。一度口を開くと堰(せき)を切ったように言葉が溢れた。

「世界で一番、だれよりも美奈子が好きでした。美奈子も私を愛してくれているって信じてたんです。美奈子がいてくれたら、他になにもいらなかった。美奈子だけが私の命だったんです。それなのに、私は美奈子の病気に気づけなかった。ずっと一緒にいたのに……たぶん私は美奈子のことを、自分でも知らないうちに追い詰めていたんだと思う……大好きだったせいで……もしかしたら、美奈子は私が美奈子の見た目のうつくしさだけが好きだと思っていたのかもしれない。私がいつも美奈子を世界一の美人だって言ってたから……だから美奈子はずっと昔に離婚した父にだけ本当のことを言って、嘘をついたまま私をここにやって、私はふたりに捨てられたって思って……」

「ちょっと待って」

ストップをかけてきた薫さんはかなり混乱しているようだった。

「美奈子さんって、友達か恋人じゃないの？」

「え？」

感情のままに話していた私は一時停止する。戸惑った視線がぶつかった。

美奈子は友達でも恋人でもない。

「美奈子は私の母親です」

唖然を絵に描いたような表情が薫さんの整った顔にちぐはぐで、私は自分がとても間違ったことを言ってしまった気になった。

「母親です、美奈子は」

薫さんの綺麗な切れ長の眼が、ひどくあどけなくぱちぱちと瞬きする。どういうこと？というように、わずかに眉がひそめられた。

一旦納得するためにか、薫さんは慎重に「そうなんだ」と言った。

「どうしてそんなに、三科さんはその人を好きになったの？」

薫さんの訊ね方には、わからないから理解したいというような純粋な興味があった。私はその声に心をほぐされて、どうしてだろうと考えた。

どうしてこんなに、私は美奈子を愛したのか。

私は以前薫さんに、母子家庭の生い立ちと白蓉へ来ることになった経緯は話していた。だけどそのとき、わざと話さなかったこともある。私はそれをひとつひとつ口にした。

白蓉に編入して以来、一度も美奈子に会えなかったこと。美奈子が死んだことすら、私は知らずに過ごしていたこと。いきなり私と母のあいだに割り込んだ父にずっと感じているわだかまりと嫉妬。今も父への反発を持て余して、自分から話しかけられないこと。それから、美奈子に捨てられたと思って恨んでいたけれど、本当は美奈子を苦しめて嘘をつかせたのは私ではなかったのかという疑念。

考えこむように眉を寄せて聞いていた薫さんは、疑わしげに「三科美奈子?」と言った。

「そうです、母は彫刻家の三科美奈子です」

話が繋がったというように、薫さんは「ああ」と言った。

「あの人のことだったんだ」

「美奈子のこと知っているんですか?」

「近美でやってた作品展を何度か観に行ったから。学校の先輩で彫刻をする人がいて、その人が美奈子さんの作品の熱心なファンだった」

薫さんが言っている展示会なら、日本の古典作品にインスピレーションを得て毎年発表していた連作シリーズで、美奈子の作品群では割合地味な、通好みの作品展だった。

その作品展は毎年十二月に行われていた。去年は入院までに展示作品の制作を完全に終えていたから無事に開催できたけど、今年はもうできないだろう。シリーズ展は目玉になる新作がないと開催しても採算がとれないし、それに完璧主義の美奈子は既作だけで会場を埋めるような惰性(だせい)を自分に許さない。

もう美奈子の新作を見ることは叶わないし、美奈子自身が新たな作品を生み出すこともできないのだ。

美奈子はあんなにも、絶え間なく流れる時間からある一瞬を切りとって、限りなくうつくしい永遠を作り出すことに情熱を注いでいたのに。

また鼻の奥が熱を持ってきた。

「私が早くに気づいていたらよかった」

私が美奈子よりも先に異変に気づいていれば、手遅れになる前に治療を受けさせられた。食欲が落ちていることも、体力が落ちてお腹(なか)を壊しがちだったことも、ひどくやつれていたことも、すべて病気を知って後から日常を振り返り、思い当たったことだった。

縮こまるように膝を抱えた私の向かいで、薫さんは柔らかい表情で首をかしげた。

「でも、美奈子さんは気づいてほしくなかったんじゃない?」

「どうして」

「三科さんはまだ中学生だったんでしょう。子どもにできるだけ精神的な負担をかけないために、黙っていたかったのかもしれない」

負担じゃないのに、と私はつぶやいた。あまりに拗ねたような言い方をしていることに気がついて恥ずかしくなる。

綺麗な人だったから、その綺麗な姿だけ覚えていてほしかったのかもしれない。弱っていくところを大切な子どもに見せて、心配をかけたくなかったのかもしれない。

私の頑なさをほぐそうと薫さんが描いてみせる美奈子の心情は、きっと限りなく正解なのだと思う。親の死に向き合わざるを得なかった薫さんの言葉には実感があった。

そうわかっていながら、私は唇を噛んで首を振った。

「でも言ってほしかったし、気づいていたかった。大昔に離婚して別れたはずの康司には言ったのに、私にはなにも言わなかったことも、私は嫌だった」

「それさ」

薫さんは少し言いにくそうに「離婚したからって、完全に縁が切れる夫婦ばかりでもないんじゃない？」と言った。

「事情も条件も人それぞれだから一概に言えることじゃないし、その夫婦の離婚の経緯にもよるけど、でも離婚後もなんらかのつきあいがあるのはそれほどめずらしいことじゃない。戸籍が分かれても事務的な手続きはあるだろうし。だから美奈子さんが最初に元の夫を頼ったのも、突飛なことではないんじゃないかな。むしろ中三の娘に相談するよりは現実的な選択だと思う」

薫さんは慎重に言葉を選んでそう言った。見つめる私はたぶん、ぐちゃぐちゃの顔をしている。反駁したいのに子どもの駄々しか出てこないのがもどかしい。

わかりたくないけど、でもそれはまぎれもない正論だった。

「大きな病気をしたら、いろいろ自分以外の大人の手は必要だしね。手術のこととか、お金もふくめた闘病生活のサポートとかさ。親元に頼ることも考えられるけど、美奈子さんは実家と音信不通だったんでしょう。一度は別れていても、昔の配偶者とそれを手助けしあえる関係になれていたってことは、美奈子さんにとっても三科さんにとってもよかったんだと思う。もちろん、お父さんにも」

そう言って、薫さんはちょっと眉をひそめた。

「自分の両親がいがみあって離婚したというより、そっちのほうがよくない?」

「……そう、ですね」

わかっている。わかっているけど、それを認めたくなかった。

私はふたりを憎んでいたかった。

だって美奈子が最後を託したのは、こんなにも愛した私ではなく康司だったから。

だがきっと、私が病の予兆に気がついていたとしても、美奈子は康司を頼ったのだろう。

美奈子は人生の終わりに向かう短い時間を、愛した男とふたりきりで過ごしたかったのかもしれない。奔放で無邪気で、蝶のような私の母。やっぱり美奈子は気まぐれなのに寂しがりで、大人のくせに聞き分けのない子どものようで、だけどそこがとても愛おしかったのだと私はようやく認められた。

美奈子には康司でないとだめだった。そして泉子様には、鈴様でないとだめだった。耐えて耐えて、そしてついに絶望に押し潰されそうになった泉子様が縋ったのは、薫さんではなく鈴様だった。

薫さんならきっと、藤城家の惨事を回避できたのだろう。泉子様のために家族を説得して過干渉を緩和するようにもっていくか、話し合いが平行線で解決の目途がつかないなら泉子様の安全な家出とひとり暮らしに手を貸したかもしれない。その過程で大小の波乱は起きただろうけど、泉子様が薫さんに助けを求めていたら、藤城家の人々が殺されることも、神崎と光さんが犯罪者になることもなかったはずだ。

良識ある百人の人に訊ねたら、きっと百人全員が鈴様ではなく薫さんのやり方を正当とする。私も、痛みはあっても人の死なないこちらの結末であってほしかったと思う。

だけど薫さんでは、泉子様の救いにはなれなかった。

鈴様しかいなかったのだ。

呼吸が止まって身体が粉々になりかけた瞬間に、泉子様が思い浮かべたのは鈴様の姿だった。鈴様ならきっとこの身体を締め上げる鎖を破壊してくれる。この人にならすべてを委ねられるという、無条件の信頼。

たとえその方法が倫理的に正しいものではなかったとしても、泉子様は鈴様のすることならまるごと受け入れた。

もうずっと前から、マリアは悪魔を愛してしまっていたのだ。

私はまた鼻をすすった。それからふと、薫さんの両親のことを考えた。

薫さんは父親が亡くなって、それで母親とともに藤城家に復籍した。その母親もあの火災で亡くなった。母親を亡くしたという点は私と同じでも、一応は病気だと知っていた私と違って、薫さんは突発的な放火殺人でいきなり母と祖父母を失った。

すでに両親が亡くなっていて、そして人を刺した光さんの今後はまだ不明瞭だ。

薫さんは十八歳の高校生なのに、家のことをすべてひとりで負っている。

「すみません、私、聞いてもらってばっかりで……」

私がそう言ったとき、私たちの横を自転車がすり抜けた。漕いでいたおじいさんは、地面に座りこむ私たちをちらっと見てベルを鳴らした。

やけに軽やかなベルの音が青い風に響き、やがて透きとおる暑さにまぎれて消えていく。

自転車が完全に去るのを見送って、薫さんが言った。

「僕が三科さんで母親が美奈子さんだとしたら、僕は美奈子さんとそんなふうに仲良くやっていけないと思う。三科さんの話を聞いているかぎりは、かなり破天荒じゃない？」

「でも、私は美奈子がどれだけ我儘で身勝手でも、美奈子が大好きだったんです」

「ひとりしかいないお母さんだから？」

「違う！」

私は思わず叫んでいた。

「お母さんに好かれたくてそう言ってるのねとか、そんなことなら嫌になるほどよく言われたけど全然違うんです。私は……」

私は美奈子を愛した。それだけだった。

「私のすべては美奈子でした。だけど親子だし同性で、そもそも美奈子にとって私は娘でしかなくて、こんな感情はどうにもならないことぐらいわかってる。だから私は美奈子のために生きようとしたのに……」

「生きられるよ。美奈子さんのために」

弾かれたように顔を上げると、薫さんは思いのほかやさしく微笑していた。

「誰かのことをそこまで好きになれることってそうないよ。たぶん……すごくしあわせなことだと思う。それに美奈子さんはきっと、三科さんが生きていてくれるだけでよかったんじゃないかな。これまでもそうだったろうし、これからも」

他でもない薫さんがそう言ってくれたことに、胸に固まっていた重い瘤のようなものがすっと溶けていく感じがした。

私は膝をきつく抱きしめて、ありがとうございますと言った。

私の涙は乾いていた。そのことに、私は熱くなった頰をこすってやっと気がついた。

ずいぶん高い位置に昇った陽は、硝子(ガラス)を砕いたようなきらめきになって私たちを照らしていた。揺れる青い稲に陽が降って、麦畑の金がときおり淡く光った。

青い緑と薄い金とアスファルトの鉄色。山に囲まれたこの集落は、きわめて少ない色彩で構成されているらしかった。

単純な稜線(りょうせん)が、ずっと向こうで空を分断していた。ベタ塗りしたような緑は、田畑の緑よりも濃く見える。

薫さんは抱えた膝に頰杖をついて、遠くの山々を見つめていた。その眼は私とは違う理由で乾いている。

そうだった。私はここに薫さんの飲み物を買いにきたのだ。

私は道に放り出していた鞄を引き寄せ、スカートについた砂を払って立ち上がった。

「どれ？」

私と同じタイミングで立ちあがった薫さんはそう訊ねた。

「これです」

それを指さすと、薫さんが買ってくれた。

私があっけにとられているあいだに、もう一度薫さんは同じボタンを押す。

「あっ」

重たげな音を立てて、缶ジュースが取り出し口に落ちる。

「僕も飲む」

「薫さんには、違うものを買おうと思ってたのに……」

渡された缶は音ほどに重たくなく、かわりによく冷えていた。

私を揺さぶった見本と寸分違わないあの缶が、手の中にあった。

人目を惹(ひ)く派手なデザインは細部まで昔のままだけど、小さく復刻版と記されていた。

胸がいっぱいになりながら缶を見つめているあいだに、薫さんはひとくち飲んでいた。

なんとも言えない微妙な顔で、薫さんは派手な缶を眺めた。

「……甘い」

私はちょっと噴き出しながら缶を開けた。

「すごく甘いんですよ、これ」

このジュースはひたすらに甘い。人工着色料に人工甘味料を存分にぶち込んだような飲み物だ。色味は完全にかき氷のイチゴシロップで、味もわりと似たところがある。ストロボという名称は、炭酸成分から発想したのだろうか。

そうだ、この飲み物はあまりおいしくなくて、お世辞にも洒落(しゃれ)ていない。

だけどこれはまぎれもなく、私と美奈子の思い出の味だった。

学童に迎えにきてくれた帰り道でいつもこれを買って、帰ってからコップに分けて飲んだことを思い出す。透明なコップに炭酸の浮かぶ赤い水がしゅわしゅわと透けるあの時間。

この目立つデザインの缶飲料は、私が十歳になる頃にはぱたりと姿を消した。その時期の家計なら苺（いちご）風味じゃなくて、果汁百パーセントの高級苺ジュースもきっと手に入れられたはずなのに、美奈子はなくなったこの百三十円の缶ジュースを惜しんで寂しがった。

切った歯茎に炭酸が染みて、力任せの甘さがぷちぷちと痛む。

ちょっとずつ飲む私の横で、薫さんはあっという間に数口で飲み干した。まずいという感想を神妙に隠しているのがわかる。

薫さんは好みではないこの甘いジュースを最後まで飲んでくれた。

私はこの人に気を遣わせてばかりだ。

「すみません、本当に……」

薫さんは「いや、おいしかった」と言ってゴミ箱に缶を入れた。

遅れて飲み終えた私は甘くなった唇を舐（な）め、それから口を開いた。

「……私が泉子様を探そうって思ったのは、本当は美奈子のことがあったからなんです」

薫さんは先を待つように私を見た。

「なにかわからないあいだに美奈子は私の前からいなくなって、あっという間に死んでしまったから……。一番ショックだったときに支えてくれた泉子様が困っているのなら、今度は私が助けないといけないと思った」

正直なことを話して薫さんを不快にさせないか悩んだけど、もう誤魔化すのはやめようと腹を括った。

「なんで泉子様が失踪したのかがわかったら、美奈子が私から逃げるみたいに死んでしまった理由もわかるかもしれないと思ったんです。だから私はずっと、泉子様は家出だろうって決めつけていました。人をものすごく惹きつける部分とか、似ている気がして……」

言ってしまってから、私は決まり悪さがこみあげてきてすみませんと頭を下げた。

「三科さんは、それがわかった？」

「……本当にわかったと思えるのは、私は美奈子を愛しているということだけでした」

そっか、と薫さんは静かにつぶやいた。平坦な声だけどやさしかった。

薫さんはあてもなくなにかを探すように、ただ遠くを眺めている。

「僕にはまだわからない。僕にとっての泉子の意味も、泉子にとっての僕の価値も」

「見つけに行きますか？」

私にはやっと、自分がなにをするべきか見えた気がした。

「鈴様のいる場所がわかったんです。だけど、薫さんに伝えるべきなのかわからなかった」

「……どうして？」

「泉子様はきっと変わってしまっていて、泉子様を変えたのは鈴様だろうから……」

とても大切な人が自分以外の何者かを愛して変わってしまった。それを受け入れるのは、腸が捩れて千切れるほど苦しいことではないかと思った。だから私は薫さんには、泉子様のいるかもしれない場所が見つかったと言わないほうがいいのではないかと迷っていた。

美奈子の病気を隠し続けた康司もずっと、私と似たような葛藤をしたのかもしれない。だけどすべてが終わってから知らされた私は、嘘をついた康司を憎み続けた。

私は知りたかった。やさしさのつもりで本当のことを隠されたくはなかったのだ。

薫さんは私を見つめていたが、ふっと眼を逸らした。

「僕がどう感じても、泉子は興味をもたないよ」

「え……」

「泉子は、綾倉鈴以外の誰にも自分を受け入れてほしいとは思ってないだろう。泉子にとっては誰でも一緒だったんだ、あいつの他なら、誰だって」

喉の奥が閉じるように狭くなって、口を開けてもうまく息ができなかった。

おせっかいな私の心配よりも、薫さんが向き合ってきた残酷はずっと大きかったのだ。

自分をどん底につき落とした最愛の相手から、路傍の石とすら思われていなかったこと。

いくら問うても答えはなく、たとえ憎しみを募らせた挙句に殺してしまったとしても彼女は痛みを感じない。

私なら、せめて嫌っていてほしいと思う。ふたりで私を嘲笑ってくれと縋りたくなる。だけどどれだけ無様に懇願しても、泉子様から返ってくるものはなにひとつないのだ。

いつから薫さんはその事実に気づいていたのだろう。

「光も神崎先生も、あのふたりだから利用したわけじゃない。誰でもよかった。あの家にいて、泉子に心酔しているなら誰でもね。誰がどの順番で死に、誰が先に手を汚すか、泉子にとっては些細な誤差でしかない。それより綾倉鈴が望む姿を本人に見せたかったんだろう」

「薫さんは、それを」

許せるんですか、と言おうとした私の問いを止めるように薫さんはかすかに首を横に振り、虚脱したみたいな無表情でつぶやいた。

「人と人なんて、結局はわかりあえないから」

それはもしかしたら、薫さんがこれまでの暮らしで身に着けた諦念なのかもしれない。たとえ血が繋がっていても他人同士はわかり合えないと知りながら、薫さんは家族を敬い大切にしようとした。だがその家族は、薫さんが一番守りたかった少女の手で崩壊した。

薫さんは今も、泉子様に対してなにを思えばいいのかわからずにいる。憎んでいるのか愛しているのかもわからない。

薫さんにとって確かなことはただ、泉子様に会いたいということだけなのかもしれない。

「……それにさ、好きだからどんなことも受け入れるなんて、傲慢じゃないかな」

私はあなたを理解したという意識が心のどこかにあったら、あなたも私に同じものを返してほしいと思う。人と人が別個の存在である以上、その人の抱えているものを理解して受け入れたなんて、ひとりよがりの自己満足に過ぎないのに。

薫さんはそう言いたいらしかった。

「ここまで来たら見届ける。泉子に会わないと、僕も終わりにできないから」


一度寮に戻って外出届を出したあと、私は一階ロビーの黒電話の前に立った。

番号は覚えても自分からは回したことのないダイヤルをコールする。

すぐに出た康司にやけに丁寧に名乗られて、まごつきながら「私だけど」と言った。

「なんや、鮎子(あゆこ)か」

一方的に私が反発していた長い期間などなかったように、それは気さくな声だった。

「どうしたん、なんかあったんか」

「ううん……あのさ……今、どこにいるの？」

「B町。F県の北のほう。ここで美奈子が中三の途中まで暮らしてた」

やっと地元がわかって、実家も連絡ついたんや、としみじみ言われて衝撃が走る。

「ちょっと待って、藤城家の事件の取材をしてるんじゃないの？」

泉子様の事件を調べているはずの康司が、どうして私も知らない美奈子の故郷にいる？

「藤城家？　時事事件の取材は俺には来んぞ」

「だって、私に関係のある人で、私に悪いって言ってたじゃん！　美奈子なら最初からそう言ってよ！　……もしかして、私が仕事に口を出したから怒って言わなかったの？　好き勝手なこと書かないでなんて言ったから……」

「俺は鮎子を叱れへんよ。あのときは今までずっと苦しい思いさせてたって思ったら、なんも言えへんかっただけや」

「でも美奈子のこと調べて書くのに、私に内緒なんて……」

「……美奈子のことやったから、めっちゃ迷って言えへんかった。美奈子の人生を本にする依頼が来たこと伝えたら、鮎子がいろいろ……美奈子のこと思い出してつらいやろから」

「バカバカバカバカ！　いつだって私は美奈子を思い出さないことなんかないよ！」

一気にそう言ってはあはあと息を吐いていたら、電話の向こうで康司は言葉を失ったように黙り込んだ。

息を殺してお互いの気持ちを窺い合う遠い距離を、触ることのできない線が繋いでいた。

「――すまんかった」

愚直な声だった。それを聞いて私はようやく、気楽そうに明るく振る舞うことで、康司もまた行き場のない翳（かげ）りを隠していたのかもしれないと気がついた。

「もうすぐ行けるから、そこで待ってて」

「鮎子？」

あとちょっとで行ける。だから待って。もう私を置き去りにして留守番をさせないで。

「美奈子のことなら私も知りたい。ていうか、私が知らないとだめなんだよ」

「いや……でも、嫌ちゃうんけ。俺と一緒て」

むしろ康司がひとりで勝手に美奈子の人生を知るほうが、私にはずっと許せない。

「私も逃げないから、今度は私から逃げないで」

絞り出すみたいにそう言ったら、電話口は少し沈黙した。

それなら一緒に探そうかと言われたとき、私は素直にありがとうと口にできた。

——美奈子に会いに行く、その前に。

私と薫さんはマリアの葬列に加わって、ある聖少女の昇天を見届けないといけない。

＊

いいえ、私は私のためにあの家の人たちを殺しました。

マリアが私にそう望みましたから。

ですが、マリアの望みを叶えることは、すなわち私のためなんです。

兄弟の家庭教師として雇われたあの家で、私はマリアと出会った。

うつくしく可憐で、高潔なあの少女。

彼女を救うためには、あの家を壊すしかなかったんです。

やさしくて理想的な家庭だった？　彼女はまぶたが開く前から風切羽を切られて、鳥籠に閉じ込められた愛玩人形だったのに？

あの場面に私が居合わせたことは、間違いなく恩寵でしたね。私でなければ、あの瞬間の彼女の絶望を見抜けなかったでしょうから。

私の他には誰も気づいていなかった。どれほど彼女が傷ついているのかを。

あの日……あなたの秘密を知っているよって、みんなで取り囲んだ日。

あの悪意のない暴力で、彼女の秘密を暴いた日。

秘密がどういうものだったか？

全裸で晒しものにされて嘲笑われるより、もっとずっと恥ずかしいことですよ。

だけどあの人たちは彼女を傷つける可能性なんて、まったく想像していなかった。

だってあの人たちにとって、彼女は一個の独立した人間ではないから。

娘を愛して？　……愛していると言えば、なんでも許されると思っているんですか。

あの日私は、気絶寸前のように青ざめた彼女を追いかけて、それで……。

ランプだけが照らす暗い踊り場で、彼女は黙って涙を流していました。

あのお屋敷の、西翼三階の踊り場です。大きな張り出し窓から裏庭が見下ろせる……。私があと少し遅かったら、彼女はあそこから飛び降りていたでしょう。

はらはらと涙を流す彼女は、一指でも触れたら粉々になりそうなほど儚かった。でも、壊してしまうかもしれないと思いながら、抱きしめたい衝動を抑えられなかった。

身体の芯に甘くせつない震えが駆け上るのをはっきり感じました。どれほどこの機会を待ち焦がれたか。これでマリアは私だけのもの。そして私はマリアのうなじの体温を知り、マリアの足の裏の柔らかさを知りました。いつまでも触れていたくなる髪のかぐわしさに、ひんやりとした白い肌の従順な染まりよう……！

あの瞬間の突き抜けるような悦楽！　圧倒的な勝利の快哉！

吸い込まれそうな瞳も、蜜のような吐息も私の腕の中にあった。でも……ようやく結ばれたというのに、マリアはあの鳥籠から山奥の牢獄に護送されて、私から引き離されたんです。

彼女に会えない一週間が、私にとってどれほどつらく長かったか。まるきりなにも手につかず、まざまざと思い出される彼女の肌の匂いや潤む瞳に悩まされ身悶えた。

この苦悩が永遠の祝福へと変わる方法がわかったのは、ふたたびマリアが私の腕に逃げ込んできたあの夜のことでした。

マリアは私に福音を聴かせてくれた。他の誰でもなく、この私だけに。

狂信的な賛美者たちにかしずかれて、いつも心細げに息をひそめて佇んでいた聖少女が、ついに私に縋りついたんです。私だけを頼りにして、私だけに壊れそうな心を打ち明けた。私は彼女の涙を唇でとめました。そしてマリアの透明な涙は今も私の身体の奥底に滴り落ち、私の血と混じり合っています。ええ、今この瞬間も、彼女は私のために泣いている。

私はマリアを助けようと決めた。でもそれは恋人になるためではなくて、私のすべてをマリアに捧げるためなんです。マリアの隣に並んでその細い腰を抱くことよりも、跪いてマリアの裳裾に口づけすることのほうが、私にはずっとふさわしい。

だから私はあの人たちを殺めて、あの家を燃やしました。

あれは火刑です。マリアを痛めつけた人々を罰するなら、火炙りしかないでしょう？

マリアを雁字搦めにしてきた責め苦のすべてを焼き尽くす、マリアに捧げる私の火刑！

私の奉仕に彼女は微笑み、永遠に私のマリアになると約束してくれました。

私は数多の崇拝者の中からマリアに選ばれ、そしてマリアに赦されたんです。

この身をマリアに献ずることを、私はマリアに赦された。

後悔？　そんなものあるわけないじゃないですか。

なにを弁明する必要がありますか？　私の告解師は彼女だけなのに。

マリアのためにできることがあったというだけで、私には無上の幸いです。

だけど本当は、あそこで死ねていれば完璧だったんですけどね。

光君、どうしてちゃんと殺してくれなかったのかな。彼はそこが甘いんですよね。

まあ死刑ですよね、俺は。

俺は今度こそ死ねるでしょうね？

待ち遠しいですよ。マリアが待っていてくれますから。

あの聖少女は死にました。だけど最後に、狂おしいまでに蠱惑的な姿を見せてくれた。

この世で私だけが、頑なな聖少女マリアが脆く崩れ堕ちる瞬間をつぶさに見たんです。

そのときですね、マリアのために死にたいと思ったのは。

これは私と、私のマリアのための、ふたりきりの聖なる葬列だったんですよ。


満足そうに嘯きながら、神崎はまた腹をさすった。

腸にまで達した傷痕を、神崎は聖痕のように撫でている。まるでその傷が、マリアと自分を永遠に繋ぐ臍帯であるように。

「マリアをどこに隠したか、ですか？」

捜査官が訊ねても、神崎は吐息で微笑するだけだ。行方不明の少女の足取りは、依然途絶えたままだった。

「いくら探しても、見つかることはないでしょうね」

淡々としながら真意の読めない返答に、捜査官はなおも問いを重ねた。

「いえ、彼女なら私の肺腑(はいふ)の中ですよ」

神崎は慈(いつく)しむように傷痕をさすった。喉仏より鎖骨のくぼみが目立つ痩せた上半身が、どこか殉教者を思わせる。

彼は行く先の楽園を見たように、純真な表情を浮かべていた。

終　章

西に傾いてより強くなった陽射しを避けながら、私と薫さんは地蔵堂の陰に立っていた。影から一歩踏み出せば、アスファルトの道路が横たわる。五メートルもないその鉛色の対岸に、泉子様が隠れ住んでいるかもしれない家があった。

あの金曜日の放課後に、泉子様が米原駅から向かった先はきっとここだ。

一番涼しい場所を私に譲ってくれた薫さんは、半分陽のかかる位置で息を詰めて通りを見つめていた。だけどなぜか日陰にいる私が汗だくで、薫さんは汗をかいていない。

数時間前にはじめてこの通りに足を踏み入れたときから、私たちはほとんど言葉を交わすことなく待っていた。

泉子様はまだ来ない。

大阪市内のはずれにひっそりある古い住宅路地に私たちはいる。

通りにはたしかな生活の息づかいがあるのに、それぞれの家から出てくる人はいない。

夕方の家庭特有の慌ただしさは肌と耳に感じるが、見える景色はただ静謐だ。

夏の陽が焼いてしまったように、居並ぶ家屋は等しく飴色に朽ちている。ところどころささくれのように剝がれた板塀が、なぜか風景に調和する。

町内が揃いであつらえたような茶色い格子の引き戸玄関はすぐに道路に面して、どの家の正面にも庭はない。長屋のように間口も均一。瓦屋根の二階建てはいかにも昭和の昔によくあっただろう凝ったところのない画一的なデザインだった。

私たちのいる地蔵堂の斜め前に、待つ人の住処が佇んでいる。

目的の家の二階の物干し場に、シーツらしいものがはためいていた。白いシーツの両端から見える青っぽい物干し竿。半分開いたままの窓の磨りガラス。

高度経済成長期よりも古いようなこんな家並みを私は教科書でしか知らないはずなのに、不思議と幼い頃に来たことがあるような感じがする。

胸が痛くなるような作り物の郷愁。閑散としたセピアの面影。

白蓉のある農村とは色合いの異なる懐古がここにはあった。あちらが日本の原風景としての古さなら、こちらは時代にとり残されて朽ち果てた袋小路のノスタルジアだと思う。

この通りの両端に見える景色は、風景画をはめ込んだように動かない。

ここはもう、どうにもならない最果ての行き止まりだ。これ以上、どこにも行けない。

家の並びに沿って引かれた細い側溝にはときどき溝蓋を外された落とし穴があって、そこから雑草が髭のように繁茂している。

身じろぎすると思いがけず歪んだ溝蓋が高い音を立てた。お線香のような匂いがどこかから流れてくる。包丁を使うリズミカルな音が耳に懐かしい。

私を隠す観音開きの地蔵堂の戸が、風もないのにかすかに軋んで鳴くように揺れた。

夏休みの夕方だからか、時折どこかから子どものはしゃぐ声がした。煮炊きの音や水を使う気配がする。だけど通りはひたすらにがらんとして、誰の姿も見ることはない。

家先の植木鉢の朝顔すら、どこか造り物めいている。

これを見ている私は生きているのか、ふいに不安に捉われた。

腕時計は小さく時を刻むのに、この通りの時計の針は止まったままで動かない。じっとりとした暑さに息が詰まる。暮れても強い陽射しのせいか、蚊の一匹も飛んでこない。

薫さんは黙ったまま、斜め向かいの青い瓦の家を見つめている。

数時間前に呼び鈴を押したけど、あの家は留守のようだった。

それから、私たちは待ちつづけている。

かまぼこ板のような表札には『綾倉』と毛筆で書かれていた。

顎から首元へ汗が滴り落ちるのを感じた。白い制服の襟をあおいで風を送る。

私があの家の場所を知りえたのは、納屋の持ち主のおじいさんの情報による。だがその前に、大阪にいるのだろうという裏付けは鈴様の実家からとっていた。

寮から鈴様の実家に電話をかけ続けて、三度目で鈴様の兄という若い男性が出てくれた。

お兄さんはあっさりと、妹なら大阪の祖父の家にいるからこの夏休みは帰ってこないと教えてくれた。

　おじいさんはひとり暮らしで、先月から入院している。鈴様は空き家になってしまう家の留守番をしつつ、入院中のおじいさんの世話をしているという。鈴様はそのおじいさんとは仲がよく、これまでもちょくちょくその役目を果たしていたらしい。

　念のために鈴様の個人的な連絡先もお兄さんに訊いたけど、鈴様はやはり通信機器は持っていないそうだ。校則で禁止ではないかという簡単な返事だった。

　泉子様の逃亡を助けるために、鈴様はなにかの通信機器をこっそり持っているのかもしれないと私は思っていた。だけどまだ鈴様は十七だった。鈴様が正常に機能する携帯電話的なものを所持しているとすれば、鈴様はよっぽどうまくそれを手に入れたのだろう。

　少なくとも家族はそれを知らない。

　鈴様は兄三人がいる四人兄妹の末っ子だというが、三兄にあたるその人はもう二年ぐらい妹とはまともにしゃべっていないと言った。

「全然会わないから……まだシャバでやれてますか、あいつ」と冗談めかして明るく言うお兄さんに、私は「鈴様はお元気にされていますよ」と仲のいい後輩を装って返事をした。

　本当のことはなにも言えない。

　そのあとで私は納屋の持ち主にたどり着き、鈴様が夏場の連絡先として伝えていた家電の電話番号を聞き出して、大阪市にあるこの古風な一軒家の住所を割り出した。

町名も、表札も一致する。

白蓉のある集落を発って大阪環状線沿線のこの家を見つけるまでに、すでに午後も半ばに差し掛かっていた。

そこから二時間ほど、私たちはここで待っている。

留守ならばかえって好都合だと薫さんは言った。インターフォンだと居留守を使えるかもしれないが、帰ってくるところを待てば確実に呼び止めることができる。

私たちはほとんど言葉を交わさずに、それぞれの結末を待っていた。

暑さのせいか、ふいに眼元が暗くなった。強く眼をつぶるとまぶたの裏が赤い。私は地蔵堂に手を添えてめまいのする身体を支えた。

眼を開けても、少し視界は揺れていた。

隣の薫さんがわずかに身じろぎをする。つられて私は薫さんを見、その視線の先を追う。

知らずに足を踏み出していた。踏み出した位置に長い影がついてくる。

息を呑むほど突然に、突き当たりの嵌め殺しの風景画にふたりが現れた。

白と黒のシルエットが瞳に突き刺さる。その白と黒の少女たちは額縁にいきなり登場したはずなのに、ひどくスローモーションなコマ送りの映像を見ているように私には見えた。

泉子様の黒いワンピースの裾が風にはらりと舞った。さほど慌てた様子も見せず、泉子様ははためくスカートをそっとおさえた。洗練された仕草に余裕を感じる。乱れたスカートを捌き直すあいだも、もう片方の手は鈴様の手としっかり繋がれていた。

風にはためくシャツとだぼついたズボンという白い一対の鈴様は、まだ長い煙草をふかしながら泉子様に合わせて歩調を落とした。肩のぶつかるような位置のふたりは眼と眼を見交わし、手を握り合ったままゆっくりとこちらに向かって歩いてくる。

「泉子様……」

つぶやきながら、私はさらに数歩足を進めていた。アスファルトに長い影が伸びる。ふたりに立ちふさがるように、私は道幅の狭い通りに飛び出していた。

私は泉子様の名前を呼んだはずだった。

だけどふたりはこちらを見ない。

もう一度口を開きかけた私をさっと追い抜いて、薫さんが通りの真ん中に立った。

「……泉子」

低くかすれた声が泉子様を呼んだ。ふたりの延長線上、もう十メートルもない。

鬱陶しくねばついた暑さの中に、薫さんの声だけがぽつんと浮かんだ。

私は思わず喉に手を触れていた。ちゃんと喉は動いている。薫さんが焦れたように泉子様を呼ぶ声も、私の耳には聞こえている。だけど泉子様は私たちに気づかない。

押し殺した呼び声が、ひどく苦しげに夏の夕暮れに響いて消える。薫さんの後ろ姿の肩のラインが崩れて歪んだ。

ふたりの姿が少しずつ、私の正面に大きくなる。もうあとわずかの距離しかない。私が見えていれば、ふたりはこんなふうに歩いていられないだろう。

声が聞こえないわけがない。私と薫さんが見えていないわけもない。

それなのにどうして、ふたりはなんでもないようにまっすぐ歩き続けられるのか。

薫さんはなにかを言いかけ、やめて唇を噛んだ。呼んでも答えない人の名を叫び続けて、不可視を実感させられることを恐れている。

ここでは、本当の意味で実在するのは泉子様と鈴様なのだ。私たちがきっと幽霊の側。だって私たちにはふたりが見えるのに、ふたりには私たちが見えていない。

こめかみがどくどくと脈を打った。ふたりとの距離はもうあと五歩ほどしかない。

手を繋いで歩きながら、泉子様は幸福な約束をするように鈴様の頬に唇を寄せた。なにかを耳打ちするその横顔の、見惚れるほどの愛らしさ。

咥え煙草の鈴様はそれを聞いて、伏し眼のままかすかに笑った。

鈴様は外側の手に白いレジ袋を提げている。半透明の袋から野菜の葉や実が透けて、発泡トレーが斜めになっている。肩にかけた大きな布バッグは丸く膨らんでいた。重そうな荷物たちに、ここで暮らすふたりの生活の履歴があった。

それを眺める私は次第に動悸が痛いほど高まり、息が詰まったようになっていった。

突然家と家の隙間から、猫が二匹飛び出してきた。ふたりと私たちの間を分断して、まだ若そうな白い猫と黒い猫が、もつれあうようにじゃれている。

猫たちを邪魔しないためとでもいうように、鈴様は絡めていた手を引いて泉子様を抱き寄せた。ふたつの細いシルエットが踊るように混じり合い、落ちる影はひとつになる。

猫には気がつくのか。私たちは見えていないのに。

呆然とする私の顔を、煙草の匂いのする強い風が正面から叩いた。

泉子様の黒いレーススカートが、さっきよりも大きく弾む。吹きつける風にはためいた黒いスカートと、一瞬だけ見えた泉子様の白く小さな膝の対比が眼に焼きついた。見てはいけないものを覗き見てしまったように、私は喉に渇きを覚える。

泉子様は素足だった。オープントウのサンダルは頼りないほど踵が高く、剝き出しの爪先は凝ったネイルで彩られていた。夜の海を映したように、きらきらと光るうつくしい脚の先。

私は思わず泉子様の手に眼をやった。薄地のレースから白い肌が透ける袖の先、鈴様の手と絡められた泉子様の指の先には宝石があった。

手と足と。宝石たちはきっと真綿で包むように丁寧に手入れをされているのだろう。爪のひとつひとつがキャンバスになったように、一本として同じデザインがなくて、でも黒衣を纏った泉子様に驚くほど調和する。高い技術が必要そうな装飾と眼を引きつける巧みな色使いに、私はすぐにそれを塗った人を連想した。

鈴様は軽く外を向いて、短くなった煙草を吐き捨てた。曇った煙が彼女の表情を隠す。

その煙がかき消えたとき、鈴様は満足そうに笑っていた。

洗いざらした開襟シャツから伸びるそっけない深爪の手は、今はただ泉子様をとらえるためだけに使われていた。黒衣の細い腰を抱いている腕は自然な仕草で繊細なレースが覆う肩へと回され、つややかな長い髪に指を入れてゆっくりと梳る。

肌をなぞるように髪を片寄せられ、泉子様はそれに応えるように甘く微笑んだ。

差し出された耳朶を鈴様が噛む。

くすぐったそうに肩を竦めた泉子様の柔らかな耳は、鈴様の唇と同じ色に染まっていた。

悪魔の唇が真珠のようなマリアの耳に交わり、牙を立てるその冒瀆。

かすかな呻きが左隣から聞こえた。瞠目した薫さんの胸が息苦しそうに上下する。力なく開いた唇はなにも言えずに硬直していた。

だが薫さんは眼が逸らせないでいる。焼かれるような苦しさにのたうち回っても、泉子様の甘美なる魅惑にあらがえない。

それは私も同じだった。背筋に震えがくるほどの寒気を覚えながら、私は食い入るようにふたりを見続けていた。

私たちのマリア。妙なる救いの聖少女。どこまでも清らで麗らかな、品行方正な泉子様。

だが極悪非道の悪魔と交わったこの瞬間、泉子様は私の見てきた中でもっともあでやかにうつくしく、罪深いマリアとなった。

マリアをひとりじめして、悪魔はまるで生まれ変わったように機嫌がいい。血濡れの抜き身を振り回す、満たされない子どもの不機嫌はどこにいったのか。

まったく知らないふたりがそこにいた。

睦み合うマリアと悪魔が通りすぎるとき、私は魂が抜かれたように立ちすくんでいた。手前に立つ薫さんの背中は、強張ったまま微動だにしない。言葉は声にならず、薫さんの姿だけが影画になる。

鈴様に道を譲られた猫たちは、じゃれ合いながら家の隙間に引っ込んだ。あどけない鳴き声の応酬に、なぜか私はとても暗くて狭い場所に追い詰められた気持ちになる。

薫さんに、ふたりは眼を向けることとすらしなかった。

見ていないのではない。見えていないのだ。

ふたりには、お互いしか見えていない。

マリアと悪魔はひとつになった。

私は思わず自分の手首を強く摑んでいた。自分が本当にこの場所に実在しているのか、わからなくなった気がした。

ふたりは迷うことなく、あの家の戸の前に立った。

鈴様の手であっけなく格子戸が開き、また閉まる。そしてふたりは格子の影になった。

砂糖でできた純白のドールハウスを燃やし、仮住まいの納屋を捨て、そしてふたりで格子戸の檻に入る。

私は『ヨルノウミ』の四枚目を見た気がした。

マリアと悪魔は深い夜に抱かれた海の底で、ふたりきりの檻に沈んだのだ。

玄関の格子戸の横に、赤い花のついた蔓草の植木鉢があった。細く頼りない蔓はささやかな花を咲かせながら、地面に根を張る紫陽花の枝に絡みついている。

ああ、鈴様はこれを描いたのかもしれない。

紫陽花は鈴様自身だったのだ。腕に縋る繊細な蔓を支えて守りながら、したいようにさせてやる毒の花。

それは悪魔の降伏宣言ではないか。

鍵のかかる音だけがはっきりと聞こえ、私たちは取り残された。

*

ふたりが消えてからしばらく経って、夏の夕暮れもずいぶんと夜に近くなった。薄紫に陰った通りの景色にやっと時間を思い出して、私たちはどちらからともなく歩き出した。

葬列はついに終わった。

聖少女は死んだ。

悪魔が殺し、そして葬り去った。

敬虔な信奉者たちを犯罪者に堕とした、私のマリア。

悪魔は聖少女の心に住み着き、やさしく溶かして悪魔の色に染めかえた。

透明な心はよく染まる。疑いを知らず、悪魔を信じきったまま純真に悪に変わる。

これが悪魔の所業でなくてなんだろう。

泉子様はそのひたむきさゆえにマリアとなり、同じひたむきさゆえに悪魔へ献身した。

だけどこの堕落のはじまりに、無意識に悪魔をそそのかしたのはマリアだったのかもしれない。鈴様は泉子様といると少しだけ棘がやわらぐ。マリアに癒され、そしてマリアの庇護者になってしまう。

さっき泉子様を抱き寄せた鈴様の表情は、まるで無垢でおだやかだった。あんなに無防備な顔もするのかと、思わず眼を疑ってしまうほどに。

マリアが悪魔を心から愛したように、悪魔もマリアに激しく惹きつけられ、そのために悪魔として失格した。

愛した少女とふたりで生きていきたいと望み、そのために奮闘する。おそよ悪魔らしくない健気さを見せるほど、鈴様は泉子様に魅入られた。

どちらがどちらをたぶらかし、そしてどちらが先に堕ちたのか。

私にはただ、すべては終わったのだということしかわからなかった。

きっともう、聖少女は二度と甦らない。


駅に向かって歩きながら、薫さんはあの家を振り返らなかった。

薫さんは深く強く思い続けた少女の一切を丁寧に棺に詰めて、その棺をうつくしい花で満たしたのかもしれない。吹っ切れたような表情には泉子様を探していたときの、痛々しいほどの自制はもうなかった。

薫さんは終えられたのだ。聖少女たちの葬列を。

「どうしたら、いいんでしょう」

私はまだ、あのふたりのことを冷静に考えることができなかった。

あれは麻薬のような光景だった。後ろめたさに垣間見を後悔し、忘れてしまいたいと眼を瞑って否定に頭を振りながら、でもなんとかしてもう一度見たいと腹の底から渇望する。胸が絞られるような苦しさと身体の内側から湧き上がる陶酔を同時に感じた。

強烈な中毒性を伴うあの浮遊感に、私はいまだ身震いしている。

私は泉子様を探して守りたいという本来の目的もぐらつき、これからどのように行動すべきかわからなくなっていた。

「ほっとくしかないよ」

ためらいなく歩きながら、薫さんはあっさりと言った。

「あのまま、ふたりで……?」

ポケットに手を入れた薫さんの横顔はかすかに歪んだ。だが、それも一瞬だった。

「あれで泉子がしあわせなら好きにすればいい。だけどそれなら僕は真っ当な手段だけを使って、絶対に壊れない成功を手に入れる」

誰からも後ろ指を指されないような、完全な成功。

それは不可能に近いことかもしれない。だけど薫さんなら、一見ありえないような不滅の栄光でも手に入れられる気がする。

私は素直にそう感じて、そしてそんな薫さんを見てみたいと思った。

「薫さんなら、できちゃいますね」

端整な横顔に夕陽が差す。燃えさかる洛陽(らくよう)に負けないくらい、薫さんは晴れやかな表情をしていた。

その表情には、すべてが終わったことを心から納得した人の自由があった。

果ての空に敗れていく落日がまぶしい。

薫さんは泉子様を、古い記憶として埋葬したのだろう。

＊

神崎理久は後日、建造物等放火と殺人の容疑で正式に逮捕起訴された。一方、藤城光は動機に情状酌量の余地があり、なおかつ十五歳という年齢も考慮されて不処分が決定した。神崎理久は藤城邸への放火と一家五人の殺害に関するすべての嫌疑を認めた。また神崎は藤城家の長女・泉子も殺害したと主張したが、証拠不十分のため殺人罪での立件は見送られた。のちに第一審で死刑判決が下され、被告側が上告をしなかったため死刑が確定した。

藤城泉子の行方は、誰も知らない。

※この作品はフィクションです。実在の人物・団体・事件などにはいっさい関係ありません。

集英社オレンジ文庫をお買い上げいただき、ありがとうございます。
ご意見・ご感想をお待ちしております。

● あて先
〒101-8050　東京都千代田区一ツ橋2-5-10
集英社オレンジ文庫編集部 気付
東雲めめ子先生

私のマリア

集英社
オレンジ文庫

2024年4月23日　第1刷発行

著　者　東雲めめ子
発行者　今井孝昭
発行所　株式会社集英社
〒101-8050東京都千代田区一ツ橋2-5-10
電話【編集部】03-3230-6352
【読者係】03-3230-6080
【販売部】03-3230-6393（書店専用）
印刷所　大日本印刷株式会社

ISBN 978-4-08-680556-8 C0193